|gr|a|f|it|

Dieses Buch ist ein Roman. Handlungen und Personen sind frei erfunden. Ähnlichkeiten mit lebenden oder toten Personen sind nicht gewollt und rein zufällig.

Bibliografische Information der Deutschen Nationalbibliothek
Die Deutsche Nationalbibliothek verzeichnet diese Publikation in der Deutschen Nationalbibliografie; detaillierte bibliografische Daten sind im Internet über http://dnb.d-nb.de abrufbar.

© 2020 by GRAFIT in der Emons Verlag GmbH
Cäcilienstraße 48, 50667 Köln
Internet: http://www.grafit.de
E-Mail: info@grafit.de
Alle Rechte vorbehalten.
Umschlaggestaltung: Nele Schütz Design unter Verwendung von shutterstock/LightField Studios (Frau), Nataliya Hora (Zürich)
Gestaltung Innenteil: César Satz & Grafik GmbH, Köln
Lektorat: Nadine Buranaseda
Druck und Bindearbeiten: CPI-Clausen & Bosse, Leck
ISBN 978-3-89425-676-0
1. Auflage 2020

Sunil Mann

Der Schwur

Kriminalroman

|g|r|a|f|i|t|

Sunil Mann wurde als Sohn indischer Einwanderer im Berner Oberland geboren und gilt als einer der renommiertesten und vielfältigsten Autoren der Schweiz. Zwanzig Jahre lang hat er als Flugbegleiter gearbeitet, seit zwei Jahren ist er freischaffender Autor. Sein Werk wurde vielfach ausgezeichnet.
www.sunilmann.ch

1

»Schneller, wir sind spät dran!«

Keuchend lässt sich Faith zurückfallen, der Drang wegzurennen ist jetzt übermächtig. Doch Tante Yisabella hält ihre Hand mit eisernem Griff fest und zerrt Faith hinter sich her, während sie zielstrebig die sandfarbene Mauer entlangläuft. Faith stolpert die letzten Meter mit offenem Mund, der Herzschlag rast, Schweiß rinnt ihr übers Gesicht. Das schlichte grüne Baumwollkleid klebt nach dem langen Fußmarsch wie eine zweite Haut am Körper.

Sie schwankt, nachdem Tante Yisabella jäh vor dem unscheinbaren Durchbruch in der Mauer stehen geblieben ist, und starrt auf den Schrein dahinter, eine zerfallene Hütte im Schatten einer uralten knorrigen Platane, allein von Stützpfeilern aufrecht gehalten. Die bröckelnden Wände sind mit okkulten Zeichen und doppelköpfigen Fabelwesen verziert, die Faith noch nie gesehen hat, staubig und rostrot die Erde im Innenhof. Dämonische Holzfiguren, von Wind und Regen geschwärzt, reihen sich unter dem Vordach aus Palmwedeln und glotzen sie mit unheilvollen Blicken und weit aufgerissenen Mündern an. Zu ihren Füßen häufen sich Opfergaben: Speisen, Blumen, Schmuck. Grelloranges, längst eingetrocknetes Mus, das sich wie Erbrochenes über Sockel und Boden ergießt, daneben Zigaretten und Coca-Cola in trübglasigen Flaschen. Bunte Kleidung verhüllt einige der Figuren, manche sind mit blutroter Farbe besprizt, anderen hat man Ketten aus Kaurimuscheln umgehängt.

In Faiths Schläfen hämmert der Puls und die Panik fühlt sich an wie ein Schwall eiskaltes Wasser, der ihren Körper flutet. Der Klang der Trommeln, der dumpf aus dem Inneren des Schreins dringt, fällt ihr erst jetzt auf.

»Reiß dich zusammen«, zischt Tante Yisabella, da Faiths Knie unvermittelt nachgeben, und packt sie grob am Oberarm.

»Tante, ich …«

»Vorwärts!«

Halb stößt Tante Yisabella Faith vor sich her, halb schleppt sie sie auf den mit einem zerschlissenen Vorhang verhüllten Eingang der Hütte zu. Unter dem Vordach bleibt sie schwer atmend stehen und wischt sich mit einem Taschentuch den Schweiß von der Stirn. Zum ersten Mal seit sie am frühen Nachmittag aufgebrochen sind, sieht Faith sie zögern. Sie zupft das türkisfarbene Kleid zurecht, das mit dunkelblauen Ornamenten verziert ist, und fingert nervös an ihrem farblich passenden Gele herum, dem turbanartigen Kopfschmuck der nigerianischen Frauen.

Wie schön sie ist, denkt Faith und in ihr erwacht plötzlich wieder diese Entschlossenheit, die sie schon beim allerersten Treffen mit Tante Yisabella verspürt hat. Dieser unbedingte Wille, der sie überhaupt erst hierhergebracht hat.

Faith seufzt unhörbar. Ich kann es schaffen, denkt sie, sie hat es auch geschafft. Und dann werde ich so sein wie sie, wie Tante Yisabella. Schon bald werde ich teure Kleider tragen und einen schwarzen SUV fahren. Ein iPhone und Satellitenfernsehen haben und in einem großen Haus an der Sapele Road wohnen, mit genügend Platz für meine Mutter und die Geschwister. Für Taslima, Tayo und Djmon. Für Joy, wenn sie zurückkommt. Alles wird gut werden. Wir werden reich sein, wir werden glücklich sein. Schon bald.

Ein paar Atemzüge lang betrachtet Tante Yisabella den fleckigen roten Stoff des Vorhangs, der sich im Durchzug sanft bewegt. Sie wirft Faith einen Seitenblick zu. Kurz flackert Mitgefühl über ihre Züge, gerade lang genug, dass es Faith auffällt. Im nächsten Moment presst Tante Yisabella die Lippen zusammen und hebt entschlossen den Kopf.

»Sie ist da!«, ruft sie laut.

Schritte sind zu hören, kurz darauf teilt sich der Vorhang.

»Ek'abo!«, begrüßt der Priester die beiden Frauen mit samtiger Stimme und breitet die Arme aus.

Sein Kopf ist kahl rasiert, die schwarze Haut glänzt wie poliert und seine großen Zähne schimmern weiß. Der rote Kaftan wallt bei jeder Bewegung um seinen mächtigen Körper. Massive goldene Armringe umschließen die Handgelenke, seine Füße sind nackt.

»Bist du bereit?«, fragt der Mann und drückt Faiths Hand.

Wie erstarrt schaut Faith ihn an. Erst als Tante Yisabella sie anstößt, nickt sie eingeschüchtert.

»Faith, ich habe dich gefragt: Bist du bereit?«

»Ja, ich bin bereit«, antwortet Faith und bemerkt, wie dünn und brüchig ihre Stimme mit einem Mal klingt.

»Gut.« Prüfend sieht der Priester sie an.

Er kann sich nicht mehr erinnern, wie viele Mädchen schon so vor ihm gestanden sind. Hunderte. Und alle sind sie wie Faith: hoffnungsvoll und ehrgeizig, gleichzeitig verzweifelt und voller Angst. Und vor allem naiv. Sie sind überzeugt, auf dem Weg in ein besseres Leben zu sein. Auf der Schnellstraße zum Glück.

Faith ist jung, vierzehn, höchstens fünfzehn, ein gutes Alter. Sie wirkt intelligent, etwas widerspenstig vielleicht, doch das wird man ihr austreiben. Karamellfarbene Haut, kaum Akne, das lange Haar zu Strähnchen geflochten. Noch etwas pummelig, aber hübsch. Hübsch genug.

Der Priester nickt. Man bezahlt ihn gut für seine Dienste. Den Teufel wird er tun und dem Mädchen sagen, was es wirklich erwartet.

»Folgt mir«, fordert er die beiden Besucherinnen auf und schiebt den Vorhang zur Seite.

Ein schwüler Tag, einer mehr, die Luft war stickig und feucht, als sie aufgebrochen sind, und hat ihnen die Kleider an den Körper gepappt. Das Thermometer zeigte vierunddreißig Grad an, der Wind kam vom Meer und jagte turmhohe Wolkenberge über die Stadt.

Der schnellste Weg führte über die A 2, eine der Hauptverkehrsadern, die Benin City mit Ekpoma verbindet, streckenweise allerdings wegen gravierender Unwetter- und Altersschäden kaum mehr befahrbar ist. Sie passierten den Kara Market mit seinen bunten Sonnenschirmen und den Verkaufsständen, hinter denen Händler lautstark ihre Waren anpriesen, und dann weiter Richtung Osten, stadtauswärts. Der köstliche Geruch frittierter Jamswurzeln und gegrillter Kochbananen begleitete sie ein Stück weit und irgendwann tauchte zu ihrer Linken die United Mission International auf, ein flaches, lang gezogenes Gebäude, das pistaziengrün und schokobraun gestrichen war und in dem sonntags um halb acht Gottesdienste abgehalten werden.

An der *NNPC*-Tankstelle machten sie kurz Rast, setzten sich auf einen der vielen herumliegenden Autoreifen und tranken Wasser aus der mitgebrachten Plastikflasche. Unablässig donnerten Autos vorbei und der aufgewirbelte Straßenstaub trieb ihnen Tränen in die Augen. Tante Yisabella hatte ihren SUV in der Garage stehen lassen, weil die Gegend, in die sie mussten, »nicht sicher« sei, wie sie betonte. Und Busse waren ihrer Meinung nach sowieso unzuverlässig.

Nach einem halben Kilometer kamen sie an einer weiteren Kirche vorbei. Beacon of Light hieß sie und warb mit einem Straßenplakat, auf dem der Bishop und die Reverends in lila und rosa glänzenden Roben abgebildet waren, um den Hals trugen sie schwere Goldketten mit Kreuzen.

Fünf Minuten später bogen die beiden Frauen in die Urora Road ein. Es war genau dort, wo Tante Yisabella Faith an der Hand nahm und sie für den Rest der Strecke nicht mehr losließ. Sie führte das Mädchen über schmale Seitengassen weiter ins Viertel hinein, an heruntergekommenen Wohnblocks vorbei, vor denen rostige Pick-ups parkten, sich Müllsäcke hinter Bretterverschlägen türmten und Wäsche an Leinen trocknete. Zweimal verlief sich Tante Yisabella und musste nach dem Weg fragen, dann hetzten sie jeweils zur richtigen Gabelung zurück und gelangten immer tiefer in ein Labyrinth mit schlammigen Pfaden, auf denen Hühner herumspazierten und halb nackte Kinder Fußball spielten, mit übel riechenden Abwasserkanälen und bruchreifen Hütten unter Wellblechdächern. In eine Gegend, in der die Straßen keine Namen mehr trugen.

Bestialischer Gestank schlägt ihnen entgegen, kaum haben sie den Vorraum des Schreins betreten. Faith wird auf der Stelle übel, ein Würgen schnürt ihre Kehle zu. Sie presst sich hastig die Hand vor den Mund. Die Hitze im Zimmer ist unerträglich und die Luft zum Schneiden dick, der ekelerregend klebrige Geruch von Fäulnis und Verwesung erfüllt den Raum. Die Gardinen sind zugezogen, durch den fadenscheinigen Stoff dringt das verwaschene Licht der einsetzenden Dämmerung und lässt Umrisse aus dem Halbdunkel hervortreten, eine Vielzahl von rundlichen Gegenständen, auf Tischen und Teppichen am Boden aufgereiht, deren Konturen ineinanderzufließen scheinen.

Die beiden Frauen folgen dem Priester, der sich traumwandlerisch durch die Auslagen bewegt, ohne irgendwo anzustoßen oder etwas umzukippen. Als er den Vorhang auf der gegenüberliegenden Seite lüftet und ein fahler Lichtstrahl kurz den Raum erhellt, stößt Faith vor Entsetzen einen Schrei aus.

Hunderte von Affenschädeln reihen sich dicht an dicht auf den Tischen und glotzen sie mit leeren Augenhöhlen an. An manchen Köpfen kleben noch Fell und eingetrocknete Fleischfetzen, die Gebisse sind fleckig braun verfärbt, die Reißzähne riesig. Faiths Blick fliegt panisch durch die Kammer. Auf den Teppichen liegen weitere Tierköpfe, das ganze Zimmer ist voll davon: Hunde, Katzen, Kühe und Büffel, irgendwelche Nagetiere und Schlangen. Sogar zwei Krokodilschädel entdeckt sie, daneben zu Haufen gestapelte Tierhäute, Knochen, Hörner, abgetrennte Pfoten und Hufe. Entlang der Wände stehen tönerne

Amphoren und Flaschen mit Korkverschlüssen, die mit dunklen Tinkturen gefüllt sind.

»Faith, kommst du?« Die sanfte Stimme des Priesters reißt sie aus der Schockstarre, er lächelt beruhigend, da er bemerkt hat, wie aufgewühlt das Mädchen ist. »Fetische. Dinge, die ich für meine Arbeit benötige«, erklärt er und legt seine Hand auf Faiths Schulter.

Mit weit aufgerissenen Augen schaut ihn Faith an.

Eine geräumige Halle mit senfgelb gestrichenen Wänden und einem groben, von rostbraunen Flecken übersäten Betonboden bildet das Zentrum des Schreins. Auch hier ist alles abgedunkelt, die Fensterläden sind geschlossen, Dämmerlicht fällt in blassen Streifen durch die Lamellen. In den Ecken flackern Kerzen auf dem Boden, an den Wänden hängen grimmig blickende Holzmasken.

Auf ein geheimes Kommando hin stellen sich die Trommelspieler, die Faith schon draußen gehört hat, in einem Halbkreis vor den Neuankömmlingen auf. Die Männer tragen weite Hosen in bunten Farben, ihre Oberkörper sind nackt und glänzen vor Schweiß, die Gesichter stoisch. In monotonem Takt schlagen sie die Felle, bis unvermittelt eine Gruppe Frauen aus einem weiteren Nebenraum hereinkommt. Sie tragen ebenfalls farbenfrohe Kleidung und passenden Kopfschmuck. Der Priester nickt, worauf sie zu tanzen und zu singen beginnen, rhythmische Verse in Yoruba, die sie wie ein Mantra wiederholen. Dennoch versteht Faith kein Wort. Das Blut dröhnt in ihren Ohren, ihr Herz rast. Schwindel erfasst sie. Die Trommelschläge werden immer schneller, lauter, der Rhythmus pulsiert durch ihren Körper. Alle tanzen jetzt im Kreis um sie herum. Faith dreht sich um die eigene Achse und hält verzweifelt Ausschau nach Tante Yisabella, kann sie aber nirgendwo entdecken. Da ist bloß noch dieser Reigen gleichgültiger Gesichter und offener Münder, die unablässig das Gleiche singen.

Mit einer geschmeidigen Bewegung wendet sich der Priester

Faith zu und lächelt. Ihr Atem setzt kurz aus, sobald sie das Huhn sieht, das er plötzlich unter dem Arm hält. Im nächsten Moment streckt er ihr die Faust entgegen und öffnet sie behutsam. Ein flauschiges Küken sitzt auf seiner Handfläche. Der Priester schaut Faith direkt in die Augen, entgeistert weicht sie zurück. Alle Freundlichkeit ist aus seinem Blick verschwunden und hat etwas anderem Platz gemacht. Etwas Unberechenbarem, Bösartigem, als hätte er sich in einen komplett anderen Menschen verwandelt.

Mit raschen Schritten verschwindet der Priester im Nebenraum, aus dem vorher die Frauen gekommen sind, und einer der Trommler gebietet der Versammlung Einhalt. Sofort verstummt die Musik, niemand rührt sich mehr. Sekundenlang geschieht gar nichts, die Stille wird nur vom aufgeregten Gackern des Huhns durchbrochen. Dann ist ein dumpfer Schlag zu hören und gleich darauf erklingt von nebenan ein lang gezogener Ton.

Die Musiker weichen zur Seite, die nackten Fußsohlen verursachen ein schleifendes Geräusch auf dem harten Boden. Rasch bildet sich eine Gasse, an deren einem Ende Faith steht. Ihr gegenüber taucht der Priester auf, er hebt das Kuhhorn an die Lippen und bläst erneut hinein, worauf Trommeln und Gesang wieder einsetzen. Er holt mit dem Arm aus, den er hinter dem Rücken verborgen gehalten hat, und wirft etwas Schweres in Faiths Richtung.

Faith schreit schrill auf, da das Huhn direkt vor ihr auf den Boden klatscht. Es flattert hektisch mit den Flügeln, Federn und Staub wirbeln hoch und der Körper dreht sich wie irrsinnig im Kreis. Erst da erkennt Faith, dass dem Tier der Kopf fehlt. Blut quillt in einem dünnen Rinnsal aus der Halsöffnung und besudelt den Beton, ein gallertartiger Fleischfetzen baumelt schlaff aus der Wunde.

Verstört beobachtet Faith, wie der Priester das verzweifelt zappelnde Küken mit den Fingerspitzen an den winzigen Flügeln aufspannt. Ihr Mund öffnet sich zu einem stummen Flehen,

11

vergebens. Ungerührt reißt er das Tier mit einem Ruck entzwei, lässt sich das Blut auf Stirn und Wangen tropfen und verteilt es mit dem leblosen Körper des Kükens auf dem ganzen Gesicht. Anschließend nähert er sich Faith.

»Zieh dich aus!«, befiehlt er ihr und nichts mehr an seiner Stimme ist samtig und weich.

Zögernd tut Faith, was er verlangt, und steigt aus dem grünen Kleid, während Gesang und Trommeln den Raum zum Beben bringen. Sie schiebt das Kleid mit den Zehenspitzen zur Seite und verbirgt ihre nackten Brüste hinter den verschränkten Armen.

»Ganz!«, bellt der Priester.

Trotzig presst Faith die Lippen zusammen. Erst als der Priester eine drohende Bewegung auf sie zu macht, streift sie widerwillig ihren Slip samt der Binde über die Oberschenkel. Sie zittert.

Zwei Frauen bahnen sich einen Weg durch die Menge. Die eine ist mit einer Schere bewaffnet, die andere hält einen fingerhutgroßen Plastikbehälter in der Hand.

Faith weicht zurück. Schlagartig ist der Drang wegzurennen wieder da. Aber das ist der Preis, den sie zahlen muss, wenn sie so werden will wie Tante Yisabella. Faith hat von den Ritualen gehört, vom Versprechen, das man dem Priester geben muss.

Sie schließt die Augen und denkt an den Job als Friseurin, den man ihr in Aussicht gestellt hat. An das Haus an der Sapele Road, in dem sie bald mit ihrer Familie wohnen wird, an ihr neues iPhone, an den SUV. Sie denkt an ihre Mutter, die die Familie mit den am Straßenrand verkauften Zigaretten und Süßigkeiten nicht annähernd über die Runden bringt. Die vor Erschöpfung und Hoffnungslosigkeit krank geworden ist und kaum noch lacht. An den Vater, der nach dem fünften Kind abgehauen ist und die Familie im Stich gelassen hat.

Und sie denkt an Joy. Joy, die jeden Monat Geld schickt, auch wenn es bei Weitem nicht reicht, um die Familie durchzufüttern, geschweige denn, das Schulgeld für vier Kinder zu bezahlen. Joy, der es gut geht. Joy, die in der Schweiz als Babysitterin für eine reiche Familie arbeitet und auf den Fotos immer so fröhlich wirkt. Joy, die es wie Tante Yisabella geschafft hat.

Die Prozedur dauert bloß Sekunden. Die Frauen schneiden ihr eine Haarsträhne ab, schnippeln an den Fingernägeln herum, zupfen zwei, drei Schamhaare aus, füllen ein paar Tropfen Menstruationsblut in den Plastikbehälter und ziehen sich daraufhin zurück.

Sie werden die Opfergaben hinter dem Schrein vergraben, von nun an wird ein Teil ihres Körpers und ihrer Seele immer hier sein. Damit hat sich Faith ausgeliefert, nun hat der Priester die Macht über sie. Etwas in ihr wird eiskalt.

»Knie dich nieder!«

Faith gehorcht.

Der Priester hält ihr einen tönernen Becher hin und fordert sie auf zu trinken. Angeekelt riecht Faith an der trüben Brühe und schiebt das Gefäß von sich, worauf der Priester sie grob an der Schulter packt. Faith wimmert. Der Mann verstärkt den Druck so, dass es wehtut. Schließlich führt sie den Becher an die Lippen. Der erste Schluck lässt sie würgen, der Trunk schmeckt metallisch nach Hühnerblut, nach Erde und bitteren Kräutern. Der Chor jubelt und stößt hohe gurrende Laute aus.

Faith wendet den Kopf ab und weigert sich, einen zweiten Schluck zu nehmen. Wut und Ungeduld verzerren das Gesicht des Priesters, er langt in Faiths Haare und reißt ihren Kopf nach hinten. Jemand tritt neben sie – Faith kann die Person nicht sehen, da der Priester sie schraubstockartig festhält – und zwingt ihren Kiefer gewaltsam auf. Gemeinsam flößen sie ihr das Gebräu ein.

Faith hustet und erbricht einen Schwall Brühe auf den Boden. Der Priester lächelt kalt. Er steht immer noch dicht vor ihr und benommen registriert Faith, dass etwas Metallisches zwischen seinen Fingern aufblitzt.

»Schwöre bei Ogoun, dass du gehorchen wirst, dass du tust, was man dir sagt, und dass du nicht wegläufst. Und dass du die fünfunddreißigtausend Euro zurückzahlen wirst, die Madame für deine Reise ausgeben hat.«

Madame Esther, eine gutherzige Frau, die Faith auf eigene Kosten nach Europa kommen lässt und ihr den Job als Friseurin versprochen hat.

»Denn wenn du nicht gehorchst, wird sich Ogoun rächen. Der Fluch des Juju wird dich und deine Familie ereilen und es werden schreckliche Dinge geschehen.«

Faiths Kehle wird eng. Sie hat von Ogoun gehört, dem Voodoogeist, vom Juju-Fluch, man erzählt sich darüber die unheimlichsten Geschichten in ihrer Nachbarschaft. Von den kerngesunden Vätern, die plötzlich gestorben sind, von kleinen Kindern, die verschwinden, von Geschäften, in denen keiner mehr etwas kauft. Von Frauen, die sich nicht an das Versprechen gehalten haben und die der Juju-Fluch hat verrückt werden lassen, die sich vor den Zug geworfen oder furchtbare Unfälle erlitten haben. Niemand lacht, wenn diese Geschehnisse im Flüsterton herumgereicht werden. Denn sie wissen alle, dass der Fluch real ist. Und dass ihm keiner entkommt, wenn er erst einmal ausgesprochen ist.

»Schwöre es bei Ogoun.«

Eine nie gekannte Angst lähmt Faith plötzlich, sie bringt kein Wort heraus.

»Schwöre, Faith!« Die Stimme des Priesters ist eisig, erbarmungslos, die Rasierklinge reflektiert das Kerzenlicht, während er sie mit raschen Handbewegungen über Faiths Oberkörper tanzen lässt. Blutstropfen quellen aus den winzigen Schnitten, Faith laufen Tränen übers Gesicht.

Ogoun kennt keine Gnade, er findet dich, wo auch immer du dich versteckst. Er hat die Macht, dir alles zu nehmen, dein

Leben zu zerstören. Lieber würde Faith sterben, als dass der Familie wegen ihr etwas zustößt. Zitternd holt Faith Luft. Fünfunddreißigtausend Euro. Sie wird hart arbeiten und das Geld zurückzahlen, bis auf den letzten Cent.

Der Priester bedeckt sie über und über mit weißem Puder und murmelt beschwörende Worte.

Faiths Herz hämmert im Takt der Trommeln, die Stimmen der Frauen werden immer eindringlicher. Blut sickert zähflüssig über ihren nackten, weiß bestäubten Oberkörper, sie kann es spüren.

»Faith! Schwöre!«

Und sie senkt den Kopf und schwört.

2

Der Mond ein klauenscharfer Riss im brodelnden Himmel, die Nacht dreht noch einmal alle Regler hoch. Der Bass wummert und jeder gönnt sich eine letzte Line, bevor die Lichter verglimmen und die Wut, von Alkohol, Koks und Enttäuschung befeuert, durch die Straßen tigert.

Bashir Berisha lässt sich gegen die Hauswand fallen und schließt die Augen. Jetzt, nachdem sich das Gewitter verzogen hat, ist die Luft kühl und frisch, ein leichter Nieselregen fällt. Verzerrt spiegelt sich der Neonschriftzug der Bäckerei schräg gegenüber in den Pfützen, Straßenlaternenschein flimmert über den nassen Asphalt.

Acht Stunden vor dem Eingang des Klubs, Bashir fühlt sich wie von einem Güterzug überfahren. Regentropfen glitzern in seinem braunen Haar, das er seit Neustem kurz geschnitten trägt, ein kantiges Gesicht, der Fünftagebart ist ums Kinn herum weiß gesprenkelt. Das schwarze T-Shirt mit dem aufgedruckten Emblem des Klubs auf dem Rücken gehört zur Uniform, ebenso die schwarze Cargohose und die Lederstiefel. Seit er mit Aikido begonnen hat, ist sein Körper sehniger geworden, die Bewegungen präziser, der Geist wacher.

Üblicherweise fallen den Partygängern, die am Einlass von ihm kontrolliert werden, zwei Dinge an Bashir auf: erstens seine Augen. Ihr durchdringendes Hellblau erinnert an Gletschereis und kontrastiert auf attraktive Weise mit seinen dunklen Gesichtszügen. Und dann ist da zweitens diese gut sichtbare Narbe, die sich von der Schläfe quer über die linke Wange zieht.

Acht Stunden. Acht Stunden Betteln, Drohen, Schreien, verzweifeltes Flirten – nach knapp einem Jahr braucht Bashir einen einzigen Blick, um zu entscheiden, wer reindarf und wer besser draußen bleibt. Er kann den Alkoholpegel eines Gastes förmlich sehen, wie viele und welche Drogen er intus hat, sein Aggressionspotenzial. Schlägereien sind schlecht für den

Ruf eines Lokals, am vergangenen Wochenende haben Bashir und sein Kollege nur knapp eine Messerstecherei verhindern können. Ein Fressen für die Boulevardmedien, wäre es so weit gekommen.

Wenn es nötig ist, setzt er die Fäuste ein, die einzige Waffe, über die er verfügt. Gegen betrunkene Frauen hilft je nach Fall Gleichgültigkeit oder einfühlsames Zureden, trotzdem kann beides jäh zu Zorn und unhaltbaren Anschuldigungen führen. Vor wenigen Monaten ist ein Kollege von einer komplett betrunkenen Studentin, der er den Zutritt verwehrt hat, der Vergewaltigung bezichtigt worden. Nüchtern zeigte sie sich zwar reuig, die Angelegenheit endete für die junge Frau dennoch vor Gericht.

Acht Stunden Hölle, zweimal jedes Wochenende, Bashir braucht das Geld, sein eigenes Unternehmen läuft miserabel. Milde ausgedrückt.

Bashir schlägt die Augen auf. Auf der gegenüberliegenden Straßenseite torkeln zwei Männer um die vierzig vorbei, sie wirken betrunken und sehen sich gierig um. Vermutlich suchen sie die Prostituierten drüben in der Kanonengasse. Beide tragen ausgebeulte Jeans und Sweatshirts mit Kapuzen, fleckige Sneaker an den Füßen. Einer der beiden Typen taxiert Bashir herablassend, bevor er seinem Begleiter mit einer halblauten Bemerkung den Arm um die Schulter legt. Der andere grölt schmierig, dreht sich kurz nach Bashir um, lachend gehen sie weiter.

Die Tür des Klubs wird aufgestoßen und eine Horde Jungs taumelt in den frühen Morgen. Blasse Kindergesichter und Pupillen wie Satzzeichen, Designerklamotten im Straßenlook, dazu diese überhebliche Haltung, die Bashir zur Genüge kennt. Koks hebelt die Relationen aus.

Benommen rotten sich die Burschen auf dem Gehsteig zusammen und zünden sich Zigaretten an, es dauert immer eine Weile, bis sie sich wieder in der Realität zurechtfinden.

»Hey, Shipi!«, ruft einer von ihnen Bashir zu.

So großspurig, wie er an der Fluppe zieht, ist er das Alpha-
männchen der Gruppe. Prompt sehen alle zu Bashir herüber, der
zur Antwort nur knapp das Kinn hebt. Albaner sind in dieser
Stadt nun mal die Shipis. Von manchen akzeptieren sie diese Bezeichnung, andere riskieren eine gebrochene Nase. Doch Bashir
lässt sich nicht so leicht provozieren, nicht mehr. Ausdruckslos
fixiert er den Jungen und etwas in dessen Haltung schrumpft
zusammen.

»Eine Frage.«

Glück gehabt. Bashir zieht eine Augenbraue hoch.

»Wo läuft um diese Zeit noch was?«

»Google. Kennste?«

Die anderen lachen und der Junge kriegt einen knallroten
Kopf. Wut wallt in seinem Blick auf, er ballt die Hände zu Fäusten. Er weiß, dass er gegen Bashir unweigerlich den Kürzeren
ziehen wird. Zweimal in Folge kann er sich das als Anführer
nicht leisten. Verächtlich spuckt er auf den Boden und fordert
seine Schafherde auf, ihm zu folgen. Die einzige Möglichkeit,
die ihm bleibt, um seine Würde zu bewahren. Stolpernd verschwinden sie Richtung Bahnhof, an den dunklen Durchgängen
zu den Hinterhöfen vorbei, die die Straße säumen.

Am Horizont kündigt sich die Dämmerung an, die letzten
Gewitterwolken nehmen den Regen mit. Die beiden Betrunkenen mit den gierigen Blicken sind verschwunden. Vorne an
der Langstrasse bewegt sich der Verkehr seit Stunden bloß im
Schritttempo. Zürichs Ausgehmeile ist selbst im September
weihnachtlich hell erleuchtet. Es wimmelt von Menschen, die
unablässig aus den Bars und Klubs gespült werden, es ist laut
und aufgeregt, die Taxifahrer sind im Dauereinsatz, die Polizei
patrouilliert in weißen Kastenwagen.

Das Klacken von Absätzen durchdringt hell die konstant rau-
schende Geräuschkulisse, eine Frau biegt in die Seitenstraße ein.

Ihre Locken hüpfen bei jedem Schritt, Wellen aus Kupfer und Gold, die sich über ihre Schultern ergießen. Sie trägt eine perfekt passende grüne Brille, die Gesichtszüge rundlich und weich, ihr Kinn allerdings ist markant und entschlossen vorgeschoben. Am Ohr das Telefon, sie spricht leise, tröstend.

Italienerin, denkt Bashir, am anderen Ende der Leitung trotz der frühen Stunde ein Kind. Ihr Kind.

Der graue Hosenanzug wirkt eine Spur zu förmlich, als käme sie von einem Businessmeeting, eine weiße Bluse darunter, dazu dunkle Pumps, die sie größer machen, ein paar maßgebende Zentimeter holt sie damit auf jeden Fall raus.

Die Frau weicht zwei Mädchen aus, die gerade aus dem Klub getreten sind und sich benebelt umsehen, sie streift dicht an Bashir vorbei, so nah, dass er ihr Parfüm riechen kann. Ein warmer Duft, Sandelholz vielleicht. Die Frau reicht ihm bis zur Brust. Noch immer spricht sie ins Telefon, beschwörend jetzt.

»Ich bin ja unterwegs«, hört er sie mit sanfter Stimme sagen. »Leg dich wieder hin.«

Wieder geht die Tür des Klubs auf und ein Bursche mit blond gefärbter Frisur fragt lallend nach dem Weg zum Escher-Wyss-Platz. Bashir erklärt ihm, welchen Bus und welches Tram er nehmen und wo er umsteigen muss, und nachdem sich der junge Mann auf den Weg gemacht hat, schaut sich Bashir nach der Frau mit den kupferfarbenen Locken um. Sie ist nirgends zu entdecken.

So schnell kann sie gar nicht bis ans Ende der Straße gelangt sein, denkt Bashir verwundert und fragt sich, ob sie in einem der Hauseingänge verschwunden ist. Mittlerweile kennt er – zumindest vom Sehen – alle Bewohner in der Nachbarschaft und diese Frau wäre ihm garantiert aufgefallen.

Kopfschüttelnd wendet er sich ab, weil gerade weitere Gäste den Klub verlassen, und hätte deshalb beinahe den unterdrückten Schrei überhört, der aus einem der Hinterhöfe dringt. Bashir stutzt, lauscht, aber nun ist nichts mehr zu vernehmen. Sofort setzt er sich in Bewegung und spurtet die wenigen Meter zum nächsten Durchgang.

Wegen der hohen Hausmauern ist es dunkler im Innenhof als auf der Straße. Kopfsteinpflaster, rechts reihen sich Müllcontainer aneinander, die Wände sind mit Graffiti vollgesprüht. Der rote Volvo steht, vom Gehsteig aus nicht zu sehen, in der hintersten Ecke des Hofs.

Einer der beiden Männer beugt sich über die Frau, hält ihre Handgelenke fest und presst sie auf die Motorhaube des Wagens. Der Rock ist hochgeschoben und gibt den Blick frei auf die Unterwäsche, ihre Anzugjacke aufgerissen und bis zu den Ellenbogen heruntergezerrt. Die Bluse darunter in Fetzen, ein Büstenhalter und nackte Haut schimmern matt in der Dunkelheit.

Der zweite Typ macht sich derweil fiebrig am Reißverschluss seiner ausgebeulten Jeans zu schaffen, er grunzt vor Lust und Vorfreude. Die Frau wirft sich herum, versucht sich zu befreien, doch der Kerl mit dem Kapuzenshirt lacht bloß und hält sie mit eisernem Griff fest. Sie haben ihr ein Taschentuch in den Mund gestopft, damit man ihre Schreie nicht mehr hört.

Ehe Bashir eingreifen kann, rammt die Frau ihrem Widersacher die Spitze ihres Schuhs in den Schritt. Alles spielt sich in Sekundenbruchteilen ab. Der Kerl jault auf, sein Oberkörper klappt zusammen. Sofort kickt sie nach, worauf der Kerl ihre Handgelenke loslässt und zurücktaumelt, mit einem Wimmern sinkt er auf die Knie, die Hände verkrampft zwischen den Beinen. Blitzschnell richtet sie sich auf, stützt sich auf der Motorhaube ab und rutscht nach vorne, gleichzeitig zieht sie das Bein an. Dann tritt sie zu, mit voller Wucht. Bashir hört Zähne zusammenschlagen, sieht den Kopf zur Seite fliegen. Spucke und Blut spritzen auf die Pflastersteine. Ein weiterer Tritt und mit einem trockenen Knacken bricht der Kiefer.

Mittlerweile hat Bashir dem anderen Kerl, der, die Hand

nach wie vor am Hosenschlitz, mit glasigem Blick die Szene verfolgt hat, den Arm auf den Rücken gedreht. Er brüllt vor Schmerz, ein winziger Ruck würde genügen, um seine Schulter auszukugeln.

»Alles unter Kontrolle«, ruft Bashir der Frau zu, die von der Motorhaube springt, die Anzugjacke vor der Brust zuhält und hektisch nach ihrer Handtasche langt, die auf den Boden gefallen ist. »Beruhigen Sie sich, Ihnen kann nichts mehr passieren.«

Seine Worte erreichen sie nicht, sie reagiert überhaupt nicht auf seine Zurufe. Adrenalin, denkt Bashir. Nach einer solchen Situation ist sie bis obenhin voll damit.

Die Frau richtet sich auf und Bashir erkennt das Pfefferspray in ihrer Hand.

»Alles gut! Bleiben Sie stehen!«, schreit ihr Bashir entgegen, da sie mit schnellen Schritten und ausgestrecktem Arm auf die beiden Männer zukommt.

Sie hört ihn nicht. Er vernimmt noch das Zischen, der Kerl vor ihm kreischt. Einen Wimpernschlag später steht Bashirs Gesicht in Flammen, seine Augen brennen, als würde die Hornhaut mit Säure verätzt. Die Lider schwellen innerhalb von Sekunden an und klappen zu, ohne dass er etwas dagegen tun kann. Tränen schießen ihm aus den Augenwinkeln und einen beängstigenden Moment lang hat er das Gefühl zu ersticken.

3

»Was tut sie?« Die Männerstimme am Telefon klingt angespannt.

»Sitzt im Café *Lang* am Limmatplatz …«

»Draußen oder drinnen?«

»Draußen auf der Terrasse. Trinkt Latte macchiato.«

»Wie lange schon?«

»Sie hat sich vor«, Bashir wirft erst einen Blick auf seine Notizen und dann auf seine Armbanduhr, »neunzehn Minuten hingesetzt. Um vierzehn Uhr achtundzwanzig.«

»Ist sie …?«

»Ja, sie ist allein.«

»Handy?«

»Auf dem Tisch.«

»Wie lange wird sie bleiben, was glauben Sie?«

»Ich bin Privatdetektiv, Herr Marolf, kein Hellseher.«

»Schätzungsweise.«

»Keine Ahnung.«

Marolf stöhnt. Er spricht in breitem Berner Dialekt, von der Behäbigkeit der Sprache ist bei ihm allerdings nichts zu merken, er stößt die Worte hervor, als stünde er unter größtem Zeitdruck.

»Ist das wichtig?« Bashir lässt die Frau nicht aus den Augen, während er herumschlendert.

Das Lokal liegt einen Steinwurf entfernt auf der gegenüber-liegenden Straßenseite. Von der belebten Traminsel mitten auf dem Limmatplatz aus kann er Frau Marolf unauffällig beob-achten, ohne dass sie auf ihn aufmerksam wird.

»Nein, nein, selbstverständlich nicht. War nur 'ne Frage.«

Frau Marolf ist eine sportliche Mittvierzigerin mit brünetter Kurzhaarfrisur, die sie jünger aussehen lässt, und einer Vor-liebe für ausgefallene Handtaschen. Extravagante und zweifel-los kostspielige Kontraste zu ihrer zwar eleganten, aber etwas förmlichen Garderobe.

In den drei Tagen seiner Beschattung hat Bashir nicht das

geringste Anzeichen für die angebliche Untreue feststellen können, wegen der ihr Gatte ihn engagiert hat. Vielmehr ist Frau Marolf dermaßen beschäftigt mit ihren diversen Wohltätigkeitsprojekten, den Mittagessen mit Freundinnen oder Geldgebern, Yogalektionen und abendlichen Treffen mit Projektleitern und weiteren Geldgebern, dass sie gar keine Zeit für eine Affäre gehabt hätte. Beinahe unablässig bewegt sie sich kreuz und quer durch die Stadt und dass sie jetzt seit zwanzig Minuten in einem Café sitzt, ohne jemanden zu treffen oder zu telefonieren, ist die absolute Ausnahme.

»Sie behalten sie im Auge, ja?«

»Natürlich.«

»Ich rufe wieder an.«

Bashir steckt das Handy ein. Marolf nervt. Im Halbstundentakt ruft er an, um nachzufragen, was seine Frau gerade macht und wo sie ist. Wäre er auf den Verdienst nicht so dringend angewiesen gewesen, Bashir hätte den Auftrag gekündigt.

Er spaziert einmal um die Traminsel, ringsherum kreist der Autoverkehr, ein blau-weißer Bus der Zürcher Verkehrsbetriebe kollidiert fast mit einem unachtsamen Velofahrer. Frau Marolf hat nun doch zum Telefon gegriffen und führt, nach ihrer Mimik und den ausholenden Handbewegungen zu urteilen, ein angeregtes Gespräch.

Eine Straßenbahn der Linie 4 fährt ein. Menschen drängen sich ungeduldig vor den Einstiegen, die Türen gleiten auf und Bashir tritt zur Seite, um die aussteigenden Passagiere durchzulassen.

Sie steht so unvermittelt vor ihm, dass er zusammenzuckt. Sie hat geweint, das kann Bashir sehen, ihre Wimpern glitzern feucht, die Lider sind gerötet. Ihr kupferrotes Haar hat sie zurückgebunden, sie trägt ein cremefarbenes Kleid, das einen Tick zu elegant ist für einen Mittwochnachmittag, selbst in Zürich, und Schuhe mit hohen Absätzen, natürlich.

Die Frau erkennt ihn sofort, erblasst und weicht zurück, sieht sich nach einem Fluchtweg um.

Beschwichtigend hebt Bashir die Hände. »Warten Sie. Ich habe Ihr Handy.«

Sie stutzt.

In eine Ecke des Hinterhofs hingekauert und vor Schmerz stöhnend, so hat ein Kollege Bashir am frühen Freitagmorgen gefunden und ihn daraufhin in den Klub zurückgeschleppt. Wo sich Bashir immer wieder die Augen ausgewaschen und das Gesicht unter den Wasserhahn gehalten hat. Nach einer Stunde konnte er wieder normal sehen, das Brennen klang allerdings erst am nächsten Tag ab. Bashirs Glück war, dass er hinter dem Typen stand, als die Frau das Pfefferspray einsetzte, und deshalb nicht ganz so viel davon abbekommen hat. Zu seinem Ärger waren die beiden Angreifer verschwunden, bevor der Kollege eintraf. Eine entsprechende Meldung an die Polizei wurde ihm aber vom diensthabenden Leiter des Sicherheitsdienstes untersagt, weil sich ein Streifenwagen vor einem Klub nie gut mache, wie er kurz angebunden meinte. Und schließlich sei ja nichts passiert.

Später, nachdem Bashir zum Tatort zurückgekehrt war, stieß er per Zufall auf das Handy, das der Frau beim Übergriff wohl heruntergefallen und unter den Volvo gerutscht war.

Fordernd streckt die Frau die Hand aus. »Geben Sie es mir. Ich habe danach gesucht.«

Bashir greift in die linke Innentasche seiner Jacke, hält abrupt inne, überprüft die rechte Seite. Nichts.

»Mist, ich Idiot habe das Handy in der anderen Jacke …«

Sie verzieht die Mundwinkel. »War ja klar.«

»Echt jetzt. Ich weiß, wie das klingt.«

»Und was nun?«

»Ich kann es zu einem vereinbarten Treffpunkt bringen. Oder per Post schicken, wenn Ihnen das lieber ist.«

Sie verschränkt die Arme vor der Brust und sieht der Straßenbahn hinterher, die gerade die Tramstation verlassen hat. Eine Haarsträhne hat sich gelöst und bewegt sich leicht im Fahrtwind.

»Sind Sie okay?«

»Sehe ich irgendwie nicht okay aus?«

»Wegen Freitagnacht, meine ich.«

»Alles bestens.«

»Ich wollte bloß helfen.«

»Ich komme gut allein zurecht, haben Sie ja gesehen«, zischt die Frau und presst die Lippen zusammen. »Warum waren Sie überhaupt da?«

»Ich bin Türsteher im Klub nebenan.«

»Aha.«

»Wenn nicht Ihr Pfefferspray dazwischengekommen wäre, hätten wir die beiden Kerle erwischt.«

Sie sagt nichts, atmet tief aus.

»Zeigen Sie die Typen an«, rät ihr Bashir, ehe die Gesprächspause peinlich wird.

Sie zuckt mit den Schultern.

»Das sollten Sie unbedingt tun.«

Sie wirft ihm einen unergründlichen Blick zu. »Hören Sie, ich muss weiter …«

»Was ist mit dem Handy?«

»Wo wohnen Sie?«

Bashir nennt ihr eine Adresse in Schlieren. Niemandsland am Rand der Stadt. Nicht mehr urban und noch weit von der Einfamilienhäuseridylle der mittelländischen Agglomerationen entfernt, ein Ort, der wie ein Abszess an der Bahnlinie klebt. Knapp zwanzigtausend Einwohner, die Hälfte davon Ausländer. Heruntergekommene Wohnblocks, Fabrikareale und gesichtslose Bürokomplexe, die unvermeidlichen Start-up-Unternehmen haben sich angesiedelt, es gibt eine Druckerei und einen Fernsehsender, den keiner schaut. Sony und Mercedes-Benz haben hier ihre Schweizer Hauptsitze.

Die Frau sieht flüchtig auf ihre Armbanduhr. »Heute Abend um sechs. Halten Sie das Gerät bereit.«

4

Sie verspätet sich um zwanzig Minuten. Mit einem schwungvollen Manöver fährt sie vor das Doppeltor der Lagerhalle mit den eingelassenen Glasscheiben und hält mitten auf dem Vorplatz an. Sie steigt aus und verharrt in der offenen Fahrertür.

»Ziemliche Beule«, meint Bashir, der im Freien auf sie gewartet hat, und deutet auf die Delle am Heck des knallroten Renault Modus.

»Sparen Sie sich den Small Talk. Haben Sie das Telefon?«

Bashir hält das Handy in die Höhe und steigt die wenigen Stufen hinunter, die zu seinem Büro führen. Ein winziges Haus, das wie angeklebt rechts vor der petrolblauen Wellblechfassade der Lagerhalle steht, etwas mehr als zwei Meter breit und sieben lang. Ein Schrägdach, zwei Räume, Bad mit Toilette und eine kleine Küche. Die Farbe des Verputzes ist dermaßen abgeschossen, dass niemand mehr sagen kann, ob sie einst grün oder blau gewesen ist.

Wortlos schnappt sich die Frau das Handy.

»Wie heißen Sie eigentlich?«, will Bashir wissen.

Sie ist bereits im Begriff, wieder in den Renault zu steigen, und schaut mit spöttischem Blick auf. »Wieso? Wollen Sie mir eine Weihnachtskarte schicken?«

Wortlos sieht Bashir auf die Gleise, die nur wenige Meter neben der Lagerhalle vorbeiführen. Achtundzwanzig Züge stündlich, er hat sich daran gewöhnt.

»Verzeihen Sie, das war unmöglich.« Die Frau richtet sich wieder auf, kommt auf ihn zu und streckt ihm die Hand entgegen. »Marisa. Marisa Greco.«

»Italienerin?«

»Zweite Generation. Und Sie?«

Bashir nennt ihr seinen Namen.

»Albaner?«

»Zweite Generation.«

Marisa lächelt zum ersten Mal.

»Sie waren spät unterwegs«, bemerkt Bashir nach einer Verlegenheitspause.

»Ein Auftrag.«

»Oh.«

Sie lacht. »Klingt nach Geheimdienst. In Wahrheit habe ich einem Studenten geholfen, seine Masterarbeit zu korrigieren. Eine kurzfristige Anfrage, Abgabetermin am Montag. Deswegen haben wir die ganze Nacht durchgeackert.«

»Das ist Ihr Job?«

Marisa wiegt den Kopf. »Eine lange Geschichte. Momentan mache ich alles, was Geld einbringt.« Sie zögert, streicht sich eine Strähne hinters Ohr und wirft einen Blick auf das Häuschen. »Ich muss weiter. Vielen Dank für …« Abrupt hält sie inne, kneift die Augen zusammen und beugt sich vor. »Sind Sie etwa Privatdetektiv? Das steht doch da auf dem Schild neben der Tür, oder?«

»Richtig.«

Misstrauen schleicht sich in ihre Stimme. »Sie haben aber gesagt Türsteher.«

»Der Laden läuft nicht.«

»Kein Wunder.«

»Wie meinen Sie das?«

»Sorry!« Marisa schlägt sich die Hand vor den Mund. »Ich wollte nicht …«

»Nein, nein, spucken Sie es aus.«

»Ich kann manchmal einfach nicht meine Klappe halten.«

»Raus damit.«

Marisa seufzt. »Weil das alle machen. Es gibt viel zu viele Privatdetektive.«

»Ich kann nichts anderes.«

»Lassen Sie sich von einer Sicherheitsfirma anstellen.«

»Ich arbeite lieber selbstständig. Vorgesetzte sind mir ein Gräuel.«

Ein angedeutetes Lächeln. »Ich leide unter derselben Allergie.«

»Die beiden Tage vor dem Klub halte ich nur aus, weil der Chef normalerweise nicht auftaucht.«

»Vielleicht sollten wir uns impfen lassen.«

Konsterniert sieht Bashir sie an. »Wogegen?«

Marisa schüttelt den Kopf. »Vergessen Sie's. Wovon leben Sie dann? Der Job als Türsteher reicht ja sicher nicht zum Durchkommen.«

Bashir weist auf das Häuschen. »Die Miete ist lächerlich, das Büro dient gleichzeitig als Wohnung und umgekehrt. Und ich kann Ihnen verraten, wo es die besten Dosenravioli gibt.«

Marisa grinst. »Und ich dachte schon, Sie hätten gar keinen Humor.«

Bashir errötet leicht. »Also, was würden Sie ändern?«

»Bieten Sie etwas an, das sich niemand sonst traut.«

»Was denn, zum Beispiel?«

»Keine Ahnung. Finden Sie eine Marktlücke.«

»Verstehen Sie etwas davon?«

»Nicht die Spur. Aber ich bin gut in Problemlösungen. Außerdem habe ich Fantasie.«

»Wie hoch ist Ihr Stundensatz?«

»Ein Glas Rotwein, ich schulde Ihnen was.«

»Haben Sie jetzt Zeit?«

Marisa wirft einen Blick auf ihre Armbanduhr. »Eine knappe Stunde.«

»Ich habe nur Tee da.«

»Zur Not akzeptiere ich auch den.«

5

»Wie oft meldet er sich?«

»Alle dreißig Minuten.«

»Hast du ihn schon mal von dir aus zurückgerufen?«

»Dazu komme ich gar nicht erst.«

»Tu es.«

»Was?«

»Ruf ihn an. Jetzt.«

Bashir holt sein Handy hervor, entsperrt es und drückt auf Marolfs Kontakt. Während er darauf wartet, dass sich die Verbindung aufbaut, beobachtet er Marisa, die mit einer dampfenden Tasse Hibiskus-Hagebutten-Tee in der Hand durch sein Büro schlendert und alles interessiert mustert. Als befände sie sich in einem Museum.

Sie haben begonnen, sich zu duzen, kaum hatte Bashir den Wasserkocher in Betrieb gesetzt und ein paar Kekse aufgetischt.

»Herr Berisha, was gibt es?« Marolf ist außer Atem, als er den Anruf endlich entgegennimmt.

»Ihre Frau ist jetzt beim Yoga. Üblicherweise dauert das bis zwanzig Uhr.«

»Ich weiß, ich weiß, vielen Dank für das Update. Machen Sie Feierabend, Berisha.«

Das hat Bashir bereits kurz nach halb sechs gemacht, in dem Moment, in dem Frau Marolf im Yogastudio verschwunden ist.

»Herr Marolf ...«

»Ich melde mich morgen wieder.«

Jäh bricht Marolf den Anruf ab und Bashir fixiert Marisa.

»Er war nicht allein, nicht wahr?«

»Da hat eine junge Frau im Hintergrund gekichert. Woher wusstest du das?«

»Männer.« Marisa zuckt mit den Schultern. »Deshalb will er immer genau wissen, wo seine Alte ist. Damit sie nicht unerwartet zu Hause aufkreuzt und ihn bei einem seiner Schäferstündchen überrascht.«

Bashir verschränkt die Arme hinter dem Kopf und lehnt sich in seinem Schreibtischsessel zurück, das einzige Möbelstück in seinem Büro, das neu aussieht. Tatsächlich hat jemand in der Nachbarschaft den Stuhl auf der Straße deponiert, vor einem Umzug vermutlich, und Bashir hat ihn am Morgen nach seiner Schicht als Türsteher mitgenommen.

Marisa setzt sich auf die Tischkante und lässt ein Bein baumeln. »Ist das momentan dein einziger Kunde?«

»Ja.«

»Das muss sich ändern. Lass mich mal kurz überlegen.«

Abwartend beobachtet Bashir sie, wie sie angestrengt in die Teetasse starrt.

Marisa Greco. Ehemalige Flugbegleiterin, so viel hat sie ihm verraten, ein achtjähriger Sohn, den Vater hat sie bislang nicht erwähnt. Bashir schätzt sie auf sechsundvierzig, etwas älter als er. Wegen des Jungen hat sie vor einem halben Jahr den Job aufgegeben. Das ständige Unterwegssein lasse sich schlecht mit ihren Aufgaben als neuerdings alleinerziehende Mutter vereinbaren, hat sie erklärt, während er den Tee aufgoss.

Dann der knallharte Aufprall in der Realität.

»Hey, ich habe fünfundzwanzig Jahre lang alles gemacht, was der Job dir abverlangt. Die meisten Leute denken, wir fliegen einfach ein bisschen in der Welt herum, gehen in New York shoppen, essen Sushi in Tokio oder liegen in Brasilien am Strand. Tun wir natürlich, wenn wir endlich am Ziel sind. Aber die acht, zehn, zwölf Stunden davor ist reinste Knochenarbeit angesagt. Dreihundert Leute, und alle wollen etwas von dir. Ich war Kellnerin, Sommelière, Auskunftsbüro und Reiseplanerin, Krankenschwester, Babysitterin, Arzthelferin, Seelsorgerin, Psychotherapeutin, Altenpflegerin, Übersetzerin, ich habe kaputte Brillen geflickt und Menschen wiederbelebt, habe Flugangstkandidaten Händchen gehalten, bei Turbulenzen

Leute beruhigt und geholfen, ein Baby zur Welt zu bringen. Ich weiß, wie Juden, Moslems und Buddhisten ticken, kenne die Gepflogenheiten und Marotten der Inder, der Japaner, der Amis, spreche fünf Sprachen. Und ich kann mich notfalls innerhalb kürzester Zeit in ein Team einfügen, das aus Leuten besteht, die ich nie zuvor gesehen habe. Auf dem Arbeitsamt kriegst du dann zu hören, dass du in den letzten Jahrzehnten leider nur Tabletts verteilt und eingesammelt hättest und deswegen schwer zu vermitteln seist.«

Sie war außer sich, als sie ihm den Grund für ihre Tränen am Limmatplatz verriet. Ihr Rossschwanz pendelte wild in ihrem Nacken, die Hände flogen durch die Luft, die Wut erfasste ihren ganzen Körper.

»Und jetzt stehe ich allein da mit einem Kind, das im Unterhalt immer teurer wird, und erledige Büroarbeiten, fülle Steuerformulare aus, korrigiere Masterarbeiten. Alles, was Geld einbringt.«

»Ich glaube, ich hab's!« Unternehmungslustig hüpft Marisa vom Schreibtisch und marschiert durch das Büro. »Erst einmal musst du den Raum neu möblieren.« Sie rudert mit der freien Hand in der Luft, während sie in der anderen immer noch die Teetasse hält.

»Keine Kohle.«

»Brauchst du auch nicht, auf jeden Fall nicht viel. Der Schreibtisch muss weg, er schafft bloß eine Barriere zwischen dir und der Kundschaft. Dann kommen Sofas und Sessel rein, die findest du für wenig Geld in jedem Trödelladen. Teppiche, hübsche Lampen, Bilder an die Wände. Es soll gemütlich sein, der Kunde soll sich sofort wohlfühlen und gleichzeitig merken, dass er nicht an einem gewöhnlichen Ort ist.«

»Wohin kommt der Computer?«

»Du verkaufst ihn.«

»Aber …«

»Stattdessen schaffst du dir ein Tablet an. Das reicht völlig und sieht viel eleganter aus.«

»Und was biete ich an?«

Marisa bleibt stehen und legt den Kopf in den Nacken. »Du bietest Leistungen an, die man sonst nirgendwo bekommt.«

»Zum Beispiel?«

»Du erledigst Dinge, die niemand gern macht.«

»So etwas nennt man Putzinstitut.«

Marisa wirft Bashir einen strafenden Blick zu. »Jetzt bloß nicht frech werden!«

Sie tritt ans Fenster und knetet mit Daumen und Zeigefinger ihre Unterlippe. Draußen donnert ein ICE vorbei und bringt den Boden unter ihren Füßen zum Vibrieren, die Scheiben zittern.

»Unangenehme Dinge. Zeitraubende Dinge. Um die machen wir doch alle am liebsten einen Riesenbogen. Wir leben in einer Welt der Unverbindlichkeiten und des chronischen Zeitmangels. Willkür herrscht, alles ist flüchtig und kann sich jeden Moment ändern, jeder hetzt dem Geld oder seinen Träumen hinterher, Kommunikation findet größtenteils nur noch auf virtuellem Weg statt. Was gestern zählte, ist heute überholt.« Marisa deutet auf Bashir. »Und da kommst du ins Spiel. Du bringst altmodische Werte zurück, du nimmst dir Zeit, du redest mit den Menschen. Du entschuldigst dich im Namen deiner Auftraggeber, machst Schluss mit Geliebten, gehst für sie aufs Amt, was weiß ich?«

»Darf man das überhaupt? Für jemand anders aufs Amt?«

»Das war nur ein Beispiel!« Marisa rollt die Augen. »Was mir vorschwebt, ist eine Agentur, die sich um alles Unangenehme kümmert.«

Bashir wirkt wenig überzeugt.

»Eine Agentur …« Marisa dehnt die Wörter und wendet sich mit einem Strahlen Bashir zu. »Eine Agentur für unliebsame Angelegenheiten!«

»Unliebsam? Das klingt veraltet. Wieso nicht lästig oder ärgerlich?«

»Unliebsam klingt weniger negativ, außerdem kommt das Wort ›lieb‹ darin vor, das spricht die Leute an.«

»Ich wäre trotzdem für lästig.«

Marisa kräuselt die Lippen. »Okay, okay, dann halt lästig.«

»Und das soll funktionieren?«

»Immer noch besser als eine hundsgewöhnliche Detektei, nicht?«

»Na ja …«

»Die Bezeichnung sagt etwas aus, aber nicht zu viel. So lassen wir offen, was unsere Dienstleistungen alles beinhalten, und können notfalls weiterhin Ermittlungen und Überwachungen übernehmen.«

»Wir?«, wirft Bashir ein, Marisa hört jedoch nicht hin.

»Ich sehe schon das Schild an der Tür vor mir.« Enthusiastisch umreißt sie die imaginäre Beschriftung vor einem der Fenster. »*Agentur für lästige Angelegenheiten!*«

6

Der Pick-up steht, von der Straße aus kaum auszumachen, im Schatten des Tankstellenshops. Insekten schwirren in schwarzen Wolken um die flackernden Neonröhren über den Zapfsäulen, in einiger Entfernung zeichnen sich dunkel die Umrisse des Oluku Terminal ab, des Busbahnhofs. Zwei Uhr nachts, die Gegend ist verwaist. Beleuchtung gibt es hier an der Peripherie der Stadt praktisch keine mehr.

Faith wartet, bis alle ausgestiegen sind, und klettert als Letzte aus Tante Yisabellas SUV. Zögernd geht sie auf den Pick-up zu. Zu ihrer Überraschung haben sie auf dem Weg hierher vier weitere Mädchen abgeholt, alle ungefähr in ihrem Alter. Während sich Tante Yisabella mit einem Mal wortkarg gab, haben die vier die ganze Fahrt über von nichts anderem als von ihren gut bezahlten Jobs in Europa geredet, vom vielen Geld, das sie bald verdienen würden, was sie sich damit alles kaufen wollten.

Als sich Faith dem Pick-up nähert, blitzen in der Dunkelheit Augäpfel weiß auf und sie schreckt zurück. Auf der Ladefläche des staubigen Transporters sitzen rund zwei Dutzend Mädchen und drei Jungen, dicht an dicht gedrängt, ihre Begleiterinnen sind bereits dabei, sich Plätze zu sichern. Die meisten Jugendlichen starren ins Leere, niemand spricht, kein Lächeln, die Stimmung ist angespannt.

Verunsichert dreht sich Faith um. Tante Yisabella, die im Wagen sitzen geblieben ist, weist sie mit einem ungeduldigen Handwedeln an weiterzugehen.

In dem Moment schwingt die Tür der Führerkabine auf und ein Mann im fleckigen T-Shirt springt heraus. Krauses, ergrautes Haar, im Mundwinkel klebt eine Zigarette. Er ist hager und unrasiert, sein säuerlicher Schweißgeruch verschlägt Faith den Atem.

»Können wir endlich?«, knurrt er, doch ehe Faith antworten

kann, klopft er gegen die Seitenwand der Ladefläche. »Mach's dir besser bequem, Kleine, wird eine lange Fahrt.«

Der Fahrer zählt seine Passagiere durch, unterdessen klettert Faith auf die Pritsche und quetscht sich neben ein Mädchen, das ganz am Rand sitzt.

»Sorry«, flüstert sie, aber das Mädchen reagiert nicht.

Mit weit aufgerissenen Augen stiert es auf das von dornigem Gestrüpp überwucherte Brachland gegenüber der Tanke. Abfall und Plastiktüten liegen dort herum, in den Ästen der Platanen raschelt es.

»Ich bin Faith.«

Das Mädchen wirft ihr einen gehetzten Blick zu und jetzt erst erkennt Faith die Panik in seinem Gesicht, die Brust hebt und senkt sich heftig, als wäre es gerannt.

»Abeni«, stößt es hervor.

»Alles wird gut, Abeni«, raunt Faith dem Mädchen zu und drückt seine Hand.

»Ich habe Angst.«

»Das haben wir alle.«

»Sie sagen, wir werden auf die Straße geschickt und müssen mit den Männern mitgehen.«

Gerüchteweise hat Faith von den Mädchen gehört, die in Europa als Prostituierte arbeiten. Obwohl sie immer noch nicht genau weiß, was das eigentlich bedeutet. Man muss schmutzige Dinge mit Männern machen, so viel hat sie immerhin herausgefunden, man spricht nur leise darüber, wenn überhaupt. Hat sie nachgefragt, ist man sofort auf andere Themen ausgewichen, nie hat sie konkrete Auskünfte bekommen. Nicht von Tante Yisabella, die selbst viele Jahre in Europa gewesen ist und sich auskennen muss. Und auch nicht von ihrer Mutter.

»Das ist freiwillig, *oponu!*«, zischt ein hageres Mädchen mit Rastafrisur, das hinter ihnen sitzt.

Sie wurde ebenfalls von Tante Yisabella hergefahren, deshalb weiß Faith, dass sie Tynisha heißt.

»Nur diejenigen, die wollen, arbeiten auf der Straße.«

»Die zu blöd sind für richtige Arbeit«, frotzelt das pummelige Mädchen neben ihr, Tynishas Freundin Precious, und beide kichern.

»Siehst du, das betrifft uns nicht«, beruhigt Faith Abeni. »Meine Madame hat mir einen Job als Friseurin besorgt.«

Abeni entspannt sich etwas und holt tief Luft. »Und ich werde in einem Lebensmittelladen an der Kasse sitzen.«

»Das klingt aufregend!«, ruft Faith.

»Mmh.« Abeni kaut auf ihrer Unterlippe. »Wie lange, glaubst du, brauchen wir, bis wir dort sind?«

Tynisha schlägt sich mit der flachen Hand gegen die Stirn. »Mann, du bist wirklich selten doof, Abeni!«

»Drei Tage«, erklärt Precious. »Ist doch klar!«

»Drei Tage?« Ungläubig runzelt Faith die Stirn und dreht sich zu den beiden Mädchen um.

»Ja, Tante Yisabella hat mir das so gesagt. In drei Tagen sind wir in Libyen.« Precious nickt triumphierend.

»Und in fünf in Italien«, ergänzt ihre Freundin.

»Und wie lange wird es dauern, bis wir unsere Schulden abbezahlt haben?«

»Bestimmt nicht lange«, antwortet Tynisha.

»Weißt du, wie viel fünfunddreißigtausend Euro in Naira sind?«, will Abeni wissen.

Tynisha zuckt mit den Schultern. »Keine Ahnung.«

Der Motor des Pick-ups stottert ein paarmal, bis er anspringt, und eine stinkende Abgaswolke weht über die Ladefläche hinweg.

Faith schaut zu Tante Yisabella hinüber, die schließlich doch noch ausgestiegen ist, um ein paar halblaute Worte mit dem Fahrer zu wechseln. Die beiden kennen sich offenbar, so vertraut, wie sie miteinander umgegangen sind, das ist Faith sofort aufgefallen. Jetzt sitzt sie wieder in ihrem SUV, lächelt kurz und winkt dem Pick-up zu, bevor sie die Scheibe geräuschlos hochfahren lässt. Sie steuert den Wagen auf die Straße und rauscht Richtung Stadtzentrum davon.

Holpernd macht sich auch der Transporter auf den Weg. Kurz streift das Neonlicht der Tankstelle die jungen Gesichter auf der Ladefläche, dann werden sie von der Dunkelheit verschluckt.

Faith wirft einen letzten Blick auf die spärlichen Lichter von Benin City, die in der Ferne glimmen, und ihr Herz wird tonnenschwer.

Faith ist nie zuvor weg gewesen, nie allein gereist. Sie fürchtet sich, aber sie weiß, dass dies der einzige Weg aus dem Elend ist. Nur so kann sie ihre Familie unterstützen. Sie wird Arbeit haben, Geld verdienen. Jenseits des Mittelmeers erwartet sie ein besseres Leben, das hat man ihr versprochen.

Nachdem der schwarze SUV zum dritten Mal vorbeigefahren war, wurde Faith misstrauisch. Sie kauerte am Straßenrand, nur wenige Meter von der verlotterten Hütte mit dem Wellblechdach entfernt, in dem sie mit ihrer Mutter und den drei Geschwistern wohnte. Auf dem staubigen Boden hatte sie ihre Waren ausgebreitet, ein paar Schachteln Zigaretten, Mangos und Kochbananen, Fallobst, das sie unter den Bäumen aufgelesen hatte, und Süßigkeiten, von ihrem Bruder Tayo in der Flowell Shopping Mall geklaut.

Solange die Mutter krank war, kümmerte sich Faith um den Straßenverkauf, viel brachte sie allerdings nicht zusammen. Am Vormittag hatte sie gerade einmal dreihundertzwanzig Naira eingenommen, umgerechnet fünfundsiebzig Cent. Das reichte nicht annähernd für eine fünfköpfige Familie. Meist aßen sie Fufu, einen Brei aus Maniok und Kochbananen, oder Ofada-Reis mit einer scharfen Soße aus Tomaten, Zwiebeln, grünen Chilis, Palmöl und Johannisbrotkernmehl. Fleisch gab es, wenn überhaupt, nur an Feiertagen.

Faith hob den Kopf und bedachte die Fahrerin des SUV

mit einem finsteren Blick. Was wollte die Frau? Wieso tuckerte sie stets im Schritttempo vorbei und musterte sie dabei so eingehend?

Faith sprang auf, im selben Moment fuhr die Frau an den Straßenrand, stieg aus und kam auf sie zu. Sie trug ein hellgrün gemustertes Kleid und einen passenden Gele, dazu eine Perlenkette und goldenen Ohrschmuck. Wespentaille und breite Hüften. Ihre Schuhe waren hochhackig, vorne offen und mit glitzernden Steinchen besetzt. Die Frau sah aus, als käme sie von einem anderen Planeten.

»Wollen Sie etwas kaufen?«, fragte Faith misstrauisch, obschon sie die Antwort bereits kannte.

Frauen in solchen Kleidern kauften nicht bei ihr ein. Andererseits kutschierten Frauen in solchen Kleidern auch nicht mit ihren teuren Autos durch dieses Viertel.

Die Frau blieb stehen, begutachtete kurz die armselige Auslage und schüttelte bedauernd den Kopf. »Nein«, sagte sie mit einer Stimme, die an flüssigen Honig erinnerte. »Aber du bist ein wunderschönes Mädchen.«

Faith wand sich vor Verlegenheit, sie mochte es nicht, wenn die Leute sagten, sie sei hübsch.

»Es ist wahr. Wie heißt du?«

»Faith.«

»Ein schöner Name, Faith. Du kannst mich Tante Yisabella nennen.«

Sie trat nah an Faith heran, ergriff sanft ihr Kinn und betrachtete das Gesicht des Mädchens von allen Seiten. »In Europa könntest du viel Geld verdienen.«

Faith blinzelte.

»Ich kenne da jemanden, eine warmherzige Frau. Madame Esther heißt sie und wohnt in der Schweiz. Weißt du, wo das ist?«

Faith schüttelte den Kopf, sie hatte die Schule seit acht Monaten nicht mehr besucht.

»Das ist weit weg. Auf der anderen Seite des Mittelmeers, in den Bergen.«

»Und wie soll ich da hinkommen, Lady? Ich habe kein Geld.«

»Madame Esther würde selbstverständlich für deine Reisekosten aufkommen, sie ist sehr großzügig. Natürlich musst du ihr das Geld zurückzahlen, darüber reden wir später. Ich müsste kurz mit ihr telefonieren, aber ich bin mir sicher, sie hätte Arbeit für dich. Sie besitzt einen großen Friseursalon in Zürich, wo sich die Prominenz die Haare frisieren lässt, Schauspieler, Models, Sängerinnen, und sie ist ständig auf der Suche nach neuem Personal.«

Faith strahlte. Es kam ihr vor, als wäre Tante Yisabella eine gute Fee, die ihre geheimsten Wünsche kannte und sie wahr machte. Als Friseurin zu arbeiten, war schon immer ihr Traum gewesen. Ein Traum, den sie längst begraben hatte, sie wusste nur zu gut, dass sie ohne Schulabschluss keine Chance auf eine Lehrstelle hatte.

»Sie bezahlt ordentlich, weißt du? Du wärst in der Lage, deine ganze Familie zu ernähren, deine Geschwister könnten endlich wieder in die Schule ...«

»Meine Mom ist krank, ich kann nicht weg von hier.«

»... und du könntest dafür sorgen, dass deine Mutter von einem Arzt untersucht wird und Medikamente erhält.«

»Was muss ich tun?« Faith hielt den Atem an, während Tante Yisabella überlegte.

»Lass mich ein paar Worte mit deiner Mutter sprechen«, sagte sie schließlich, spähte zur Hütte hinter Faith und verzog unmerklich den Mund. »Ich nehme an, sie ist zu Hause?«

»Sie ist schwach und hat Fieber. Das Bett hat sie seit Tagen nicht verlassen.«

Entschlossen schob Tante Yisabella Faith zur Seite und lief auf den Hütteneingang zu.

Ihre Mutter wirkte um Jahre gealtert, als Faith endlich hereingerufen wurde, die Gesichtszüge eingefallen, der Blick hoffnungslos. Als hätte sie gerade eine schreckliche Nachricht erhalten. So hatte Faith sie noch nie gesehen.

Besorgt fiel sie auf die Knie neben der Pritsche und ergriff die Hand ihrer Mutter. »Mom …«

»Es ist der einzige Weg, Faith«, wisperte ihre Mutter. »Hier hast du keine Perspektive.«

»Ich komme wieder, Mom, versprochen. Tante Yisabella hat gesagt, Madame Esther bezahlt meine Reise.«

»Das tut sie gern«, warf Tante Yisabella ein.

»Und ich werde alles zurückzahlen, das verspreche ich, bis zum letzten Cent. Es macht mir nichts aus, hart zu arbeiten.«

Faiths Mutter lächelte gequält über die Aufregung ihrer Tochter.

»Taslima wird für dich sorgen, auch wenn sie noch klein ist, Tayo kann den Straßenverkauf übernehmen. Und ich werde euch Geld schicken, viel Geld.« Abrupt hielt Faith inne und ein Strahlen erhellte ihr Gesicht. »Und weißt du was, Mom? Ich werde Joy wiedersehen! Tante Yisabella meint, sie wohnt ganz in der Nähe des Friseursalons. Zwanzig Minuten mit dem Bus vielleicht.«

Tante Yisabella nickte bestätigend. »Zürich ist eine kleine Stadt. Ihr werdet euch oft sehen, da bin ich mir sicher.«

Ein plötzlicher Schmerz verzerrte die Gesichtszüge von Faiths Mutter, sie warf Tante Yisabella einen hasserfüllten Blick zu, doch die lächelte bloß unverbindlich.

»Und wenn wir genug Geld verdient haben, kommen wir zurück, kaufen ein schönes Haus und leben alle zusammen. Wir werden glücklich sein, Mom, endlich!«

Faiths Mutter schluchzte auf, sie zog ihre Tochter fest an sich und strich ihr zärtlich übers Haar. »Mein Mädchen«, flüsterte sie und Tränen liefen ihr übers Gesicht.

Hart wird Faith herumgeschüttelt, während der Pick-up über die unebene Straße holpert, Schlaglöcher überall, Staub wirbelt hoch. Faith klammert sich mit aller Kraft an einen der Holzstöcke, die an den Seitenwänden der Ladefläche befestigt sind, damit sie nicht von der Ladefläche rutscht. Derweil hält sich Abeni an ihr fest, das nächste Mädchen wiederum an Abeni und so weiter, sie bilden eine Kette über die gesamte Breite der Pritsche hinweg.

Seit vier Stunden sind sie unterwegs und fahren durch eine karge Landschaft. Am Horizont geht eine glutrote Sonne auf und bringt die Luft zum Flimmern, der Verkehr nimmt stetig zu. Ab und zu passieren sie ein kleines Dorf, dazwischen gibt es nur endlose Einöde mit vereinzelten Häusern, die nah an der Straße stehen, die Erde rötlich und rissig, unter den Bäumen rotten sich ausgemergelte Ziegen zusammen.

Eben haben sie Okene hinter sich gelassen, eine von felsigen Hügeln umgebene Stadt, den ersten Halt hat der Fahrer in Lokoja angekündigt, das aber noch mehr als eine Stunde entfernt ist.

Faith wischt das mit Straßenstaub verklebte Gesicht am Ärmel ihres Kleids ab, den löchrigen Plastiksack mit ihren Habseligkeiten hat sie zwischen die Knie geklemmt. Zwei T-Shirts, ein Rock, Unterwäsche, eine kleine Flasche Wasser. Das ist alles, was sie dabeihat.

Sie lässt den Stock nicht los, nachdem sie den Kopf gegen die vibrierende Seitenwand gelehnt hat. Seit dem Morgengrauen kämpft sie gegen eine bleierne Müdigkeit an und hat sich gezwungen, wach zu bleiben, jetzt schafft sie es nicht länger, die Augen offen zu halten.

Faith hatte die prachtvollen Wohnhäuser, die hinter hohen strahlend weißen Mauern lagen, schon früher gesehen, die Einfahrten mit den pompösen Toren, ihren goldbesetzten Zaunspitzen, den Fernsprechanlagen und Kameras, die gepflegten Rasenflächen und Gärten dahinter. Jeder in Benin City kannte sie, es waren die Wahrzeichen des Erfolgs, der untrügliche Beweis dafür, dass man es geschafft hatte. Dass man jemand war.

»Um Gottes willen, sei nicht so schüchtern.« Tante Yisabella lachte, als sie sah, wie Faith verlegen in der Tür stehen blieb. »Komm herein.«

Da Faith nach wie vor zögerte, ergriff Tante Yisabella ihre Hand und führte sie durch die Eingangshalle mit dem Kronleuchter und den spiegelnden Marmorböden, an einer Mahagonitruhe vorbei, die unter einem riesigen goldgerahmten Spiegel stand, ins Wohnzimmer.

Ein Raum so groß wie ein halbes Fußballfeld, jedenfalls kam es Faith so vor. Es war erfrischend kühl darin, in jeder Ecke surrte leise ein Klimagerät. Helle Ledersessel standen vereinzelt herum, geblümte Vorhänge vor den Fenstern, ein Kamin, an der Wand ein riesiger Flachbildschirm. Dazwischen gähnend leere Flächen, als hätte Tante Yisabella nicht so recht gewusst, was sie mit dem ganzen Platz anfangen sollte.

»Was magst du trinken?«, fragte sie Faith jetzt und klingelte mit einer silbernen Glocke, die auf einem Tablett bereitstand, nach ihrer Angestellten.

Ratlos presste Faith die Lippen zusammen.

»Frische Limonade? Coca-Cola?«

Faith hörte Tante Yisabellas Stimme nur aus der Ferne, fasziniert schaute sie hinaus. Vor der Fensterfront glitzerte blaues Wasser in einem Swimmingpool, Palmen wiegten sich sanft im Wind, Kakteen blühten.

»Adamma«, sagte Tante Yisabella zu der schwarz gekleideten Frau, die den Raum betreten hatte und unterwürfig in der Tür verharrte, »bring uns einen Krug eiskalter Limonade. Und ein paar Sandwiches, Faith muss hungrig sein.«

Adamma deutete eine Verbeugung an und schloss die Tür geräuschlos hinter sich, als sie das Wohnzimmer verließ.

»Setz dich.«

Faith ließ sich auf dem Rand eines Sessels nieder, in den sie locker mit ihrer Schwester zusammen hineingepasst hätte.

Eine Woche war es her, dass Tante Yisabella in ihrem Leben aufgetaucht war, und jetzt saß sie in diesem Haus, in diesem Wohnzimmer und konnte nicht fassen, wie ihr geschah.

»Das kannst du alles auch haben«, flüsterte Tante Yisabella, die sich auf die Armlehne des Sessels gesetzt hatte, und Faith riss die Augen auf.

Es war eine Sache, von Geld und Erfolg und schönen Dingen zu träumen. Aber es war eine ganz andere, sie tatsächlich vor sich zu sehen. Zu wissen, dass Träume wahr werden können, dass man nur die Hand nach ihnen auszustrecken brauchte.

»Wirklich?«

»Wirklich. Wenn du hart dafür arbeitest, ist alles möglich. Willst du das, Faith?«

Faith ließ ihren Blick durch das Wohnzimmer schweifen. Ja, sie wollte, sie wollte unbedingt. Sie wollte nie mehr in diese Wellblechhütte am Straßenrand zurück, nicht mehr jeden Tag Fufu essen, sie wollte, dass ihre Mutter gesund wurde und dass sie und ihre Geschwister in die Schule konnten. Und sie wollte Kleider tragen, wie sie Tante Yisabella trug, teure, glänzende Kleider, die ihren Hintern und den Busen betonten, sie wollte prächtige Geles und Schmuck besitzen wie sie, sie wollte einen gigantischen Fernseher, sie wollte einen schwarzen SUV und ein Einfahrtstor mit Fernsprechanlage und goldenen Zaunspitzen.

»Ich habe mit Madame Esther gesprochen«, sagte Tante Yisabella und legte die Hände zusammen. »Sie hat sich bereit erklärt, deine Reisekosten zu übernehmen.«

Faith brachte vor Aufregung kein Wort über die Lippen.

»Allerdings …« Tante Yisabella machte eine vielsagende Pause. »Allerdings musst du ihr das Geld zurückzahlen.«

»Ich weiß«, brachte Faith hervor.

»Du musst es schwören.«

»Ich schwöre …«

Tante Yisabella lächelte. »Nicht hier, nicht mir gegenüber. Wir werden zu einem Priester gehen, ihm wirst du das Versprechen geben.«

»Wann?«

»Wann?« Sie war zu zappelig, als dass sie das leise Bedauern in Tante Yisabellas Stimme bemerkt hätte. »Schon bald, Faith. Schon bald.«

7

Die Hand der alten Frau zittert, während sie suchend über die Bettdecke tastet. Marisa zögert, dann greift sie danach und hält sie fest, bis das Zittern nachlässt. Die Hand ist kühl und knochig, von Altersflecken übersät, wie Flüsse auf einer Landkarte verlaufen blassblaue Äderchen unter der Haut.

»Es ist so schön, dass du mich endlich wieder einmal besuchst«, sagt die Frau mit brüchiger Stimme. Sie spricht vorsichtig, als müsste sie die Worte erst zusammensuchen. »Ich bin so oft allein.«

»Ach, Oma, ich komme doch gern her«, erwidert Marisa, obschon sie sich innerlich windet.

Wer hatte bloß die Idee, für ein Alters- und Pflegeheim gelbe Bettwäsche einzukaufen?, geht es ihr durch den Kopf, als sie mit der freien Hand die Decke zurechtzupft.

»Man bekommt nicht oft Besuch hier.« Die alte Frau starrt mit wässerigem Blick an die Decke, ihr Kiefer macht seltsame Kaubewegungen. »Nicht oft.«

Die Pflegerin hat die Blumen in eine Vase gestellt, jetzt stehen sie auf dem Nachttisch neben einer Schachtel Schokotäfelchen, wie man sie in der Cafeteria des Altersheims kaufen kann. Gelbe und orangefarbene Chrysanthemen, die mag die alte Frau am liebsten.

»Das Hanni ist gestorben, ganz plötzlich ...« Sie hält inne. »Oder habe ich dir das schon erzählt?«

»Ja, macht nichts, Oma.«

Ein feines Lächeln kerbt ein Netz aus Falten in das Gesicht der Frau. »Das Alter ist kein Zuckerschlecken.«

Sie verstummt, scheinbar in Gedanken versunken, die Züge entspannen sich, ihre Lider sind geschlossen.

Als Marisa schon glaubt, die Frau sei eingeschlafen, öffnet sie plötzlich wieder die Augen und schaut Marisa an. Ihr Blick ist trübe.

»Wie geht es dem Franz? Der war immer so beschäftigt. Hat er sich vom Herzinfarkt erholt?«

»Es geht ihm gut«, erwidert Marisa beruhigend und sieht verstohlen auf ihre Armbanduhr.

Eine halbe Stunde ist vereinbart, die Zeit ist um.

»Oma, ich muss langsam …«, setzt sie an.

Die alte Frau kommt ihr zuvor. »Geh nur, meine Liebe, geh, die jungen Leute heutzutage haben ja so viel um die Ohren. Das war bei uns ganz anders. Die Uhren haben da noch viel langsamer getickt.«

»Schlaf ein wenig«, murmelt Marisa und lässt die Hand los.

Die Frau lächelt schwach, mühsam hebt sie den Kopf vom Kissen und ein Flehen liegt in ihrer Stimme, als sie sagt: »Komm bald wieder, ja? Ich freue mich immer so, wenn du kommst, Patrizia.«

»Keine große Sache. Ich habe dreißig Minuten Händchen gehalten und ein wenig zugehört, leicht verdientes Geld.«

»Und die Alte hat keinen Verdacht geschöpft?«

»Keine Sekunde. Hat uns Patrizia Haller ja versichert, sonst hätte ich den Auftrag nie angenommen.«

Bashir legt die Stirn in Falten. »Die Haller macht irgendetwas mit Events, nicht?«

Marisa nickt und lässt sich in einen der neu angeschafften Sessel fallen. »Eventmanagerin, ist dauernd unterwegs. Deswegen hat sie auch keine Zeit, ihre Oma zu besuchen.«

»Eigentlich traurig, oder?«

»Davon leben wir, Bashir. Von traurigen Dingen.«

Marisa langt nach der Teetasse, die auf dem niedrigen Salontisch neben dem Sessel steht. Kirschblüten-Matcha-Grüntee. Klingt umständlich, schmeckt aber ganz in Ordnung.

In den letzten zehn Tagen hat sie gemeinsam mit Bashir das Büro komplett neu eingerichtet. Schreibtisch und Bürosessel wurden sie in einem Internetauktionshaus für einen akzeptablen Preis los, ein Türsteherkollege von Bashir kaufte ihnen den Computer für seinen Sohn ab.

Am Samstag, nach Bashirs Schicht, rissen sie den uralten Spannteppich heraus und Bashir verlegte billiges Laminat, das auf den ersten Blick wie edles Eichenparkett aussieht. Im Brockenhaus fanden sie ein paar gut erhaltene Sessel und Sofas sowie einen Perserteppich und für Bashir erstanden sie einen beinahe ungebrauchten Futon, damit er in seiner Kammer hinter dem Büro nicht mehr auf der durchgelegenen Matratze schlafen muss. Voller Elan verluden sie alles in den gemieteten Transporter und es bereitete vor allem Marisa großes Vergnügen, das Interieur des kleinen Hauses neu zu gestalten.

Zufrieden sieht sie sich um. Jetzt wirkt ihre Agentur nicht mehr wie ein Detektivbüro in einem mittelmäßigen Film aus den Achtzigern, sondern wie eine gemütliche Lounge. Co-Work-Living-Space würde wohl ein Hipster sagen, denkt sie und grinst.

»Was meinst du?«, hat Bashir sie bereits nach zwei Tagen gefragt.

»Zu was?« Marisa ließ den Lappen sinken, mit dem sie gerade einen hartnäckigen Fleck auf einer der Fensterscheiben bearbeitete, und sah Bashir auffordernd an.

Mit einer Kinnbewegung wies er auf den leer geräumten Raum, in dem nur noch der speckige Teppich an die frühere Einrichtung erinnerte.

»Ich habe keine Ahnung, was du meinst, Bashir. Benutze einfach Worte, wenn du mir etwas mitteilen willst. Das hat sich gemeinhin bewährt.«

»Wollen wir das gemeinsam durchziehen?«

»Du meinst die Agentur?«

»Schließlich war es deine Idee.«

Marisa überlegte kurz. »Wieso nicht?«

»Als Sekretärin könntest du …«

Bestimmt schüttelte sie den Kopf und wedelte gleichzeitig mit dem Zeigefinger. »Nein, mein Lieber, so nicht.«

»Ich bezahle anständig.«

»Keine Chance. Wenn schon, führen wir die Agentur gemeinsam. Du und ich, absolut gleichberechtigt. Die Einnahmen teilen wir uns.«

Bashir sah sie verblüfft an, dachte kurz nach und nickte schließlich. »Reich wirst du aber nicht.«

»Ist mir egal, solange ich meine Miete bezahlen kann und mir kein Chef vor der Nase sitzt.«

»Deal?«

Marisa stieg von der Leiter, legte den Lappen weg und ergriff seine Hand. »Deal.«

»Ich lasse einen Vertrag aufsetzen.«

»Du glaubst doch nicht, dass ich ohne auch nur den kleinen Finger rühre.«

Sie haben ein paar Inserate auf Internetplattformen geschaltet, Konten auf allen gängigen Social-Media-Kanälen eingerichtet und haben jetzt, knapp drei Wochen nach ihrem ersten unglückseligen Treffen, bereits erste Aufträge an Land ziehen können.

Das alles ist so reibungslos und harmonisch abgelaufen, dass es Marisa manchmal kaum fassen kann. Sie hat in ihrer Laufbahn als Flugbegleiterin oft mit Leuten zu tun gehabt, die sich wesentlich umständlicher wegen deutlich simplerer Sachverhalte angestellt haben – meist diejenigen, die im Vorfeld behauptet hatten, sie seien »total unkompliziert«.

Aber wie es scheint, ergänzen sich Marisa und Bashir perfekt.

Er eher wortkarg und ernst – manchmal zu wortkarg und zu ernst, wie Marisa findet –, sie lebenslustig und redselig – manchmal zu redselig, wie Bashir findet –, sie hat Fantasie, er analytisches Denkvermögen, sie hat den guten Geschmack, er verfügt über technisches Geschick. Gemeinsam ist ihnen, dass sie in finanzieller Hinsicht das Messer am Hals haben und eine tief sitzende Abneigung gegen Autoritäten.

Mittlerweile sind sie bereits für drei Aufträge engagiert

worden. Den jüngsten hat aus naheliegenden Gründen Marisa übernommen, weil die Auftraggeberin jemanden brauchte, der an ihrer Stelle die Oma besuchte. Bashir kümmerte sich dafür um den Anwalt, dem er von seiner Geliebten ausrichten musste, dass sie die Affäre beenden und in Griechenland bleiben würde, sie sei mittlerweile überzeugt davon, dass er seine Frau niemals verlassen würde. Der Mann zeigte keinerlei Regung, als Bashir jedoch sein Büro verließ, wurde hinter der geschlossenen Tür etwas Schweres mit aller Wucht gegen die Wand geschleudert und zerbrach klirrend. Vermutlich die Kristallkaraffe mit dem Kognak.

Abwechselnd betreuten sie noch während der Umgestaltung des Büros fünf Tage lang eine Zwölfjährige, deren Eltern wegen einer Terminkollision im Ausland weilten. Die Mutter als Journalistin auf der Fashion Week in Mailand, der Vater auf einem Onkologie-Kongress in Wiesbaden. Ein gut bezahlter Auftrag, Amélie-Chloé stellte sich allerdings als wahre Nervensäge heraus. Eine verwöhnte Göre mit diktatorischen Allüren, die morgens den halben Kilometer zur Privatschule gefahren werden musste und nach dem Unterricht je nach Wochentag zum Ballettunterricht, zur Geigenlehrerin, zur Reitstunde, zum Schwimmkurs. Am Montag- und Mittwochabend erhielt sie von einem Privatlehrer jeweils zusätzliche Lektionen in Englisch und Chinesisch, freitags stand Französisch auf dem Programm.

Nicht weil sie etwa schlechte Noten schrieb, wie der Vater Marisa und Bashir bei den ausführlichen Instruktionen zur Handhabung des Kindes ungefragt erklärte. »Gott bewahre!«

Sondern weil Amélie-Chloés Mutter und er der Meinung seien, das Mädchen müsse früh auf das Berufsleben vorbereitet werden. Dazu wollten sie ihr zur bestmöglichen Ausgangsposition verhelfen, der reguläre Schulunterricht reiche dazu leider nicht aus.

»So eine Karriere muss schon früh aufgegleist werden«, sagte der Vater, nachdem er sich versichert hatte, dass Marisa und

Bashir den Terminplan gründlich studiert hatten. »Man muss der Konkurrenz stets einen Schritt voraus sein.«

Und wenn sie gar keine Karriere will? Wenn sie lieber mit Drogen experimentiert oder mit einer Gitarre durch Kirgistan trampt? Oder Schauspielerin werden möchte, Sängerin, Surferin, Kugelstoßerin? Wenn sie es vorzieht, selbst über ihr Leben zu entscheiden? Was dann? Marisa lagen die Bemerkungen bereits auf der Zunge, Bashir schien ihre Empörung zu spüren, auf jeden Fall warf er ihr gerade rechtzeitig einen warnenden Blick zu. Es ging hier immerhin um die Gehälter für die nächsten beiden Monate.

»Wie sind Sie auf uns gekommen?«, fragte er stattdessen.

Der Vater kratzte sich am Hinterkopf. »Weder in der Verwandtschaft noch im Bekanntenkreis hatte jemand fünf Tage Zeit, um das Kind durchgehend zu betreuen, deshalb habe ich im Internet nach einer Lösung gesucht. Ihre Agentur scheint ganz neu zu sein, richtig?«

Bashir nickte.

»Da haben Sie sicher freie Kapazitäten, habe ich mir gedacht, und sind nicht so wählerisch bezüglich Ihrer Aufträge.«

Ein weiterer warnender Blick Richtung Marisa.

Nach fünf Tagen mit Amélie-Chloé standen sie beide am Rand eines Nervenzusammenbruchs und ahnten, weshalb sich niemand aus dem näheren Umfeld fünf Tage lang mit der Göre hatte abgeben wollen. Der einzige Lichtblick war, dass ihre Großmutter zu Hause nach ihr sah, sodass Marisa und Bashir nur tagsüber die Betreuung zu übernehmen brauchten.

»Übrigens hat der Postbote heute Morgen das Schild geliefert«, meint Bashir plötzlich in lauerndem Ton.

»Mann, und das sagst du erst jetzt?« Sie springt auf und stößt dabei fast die Teetasse vom Salontisch. »Zeig her!«

Bashir langt nach der flachen Kartonverpackung, die an der Wand neben ihm lehnt, und reicht sie Marisa. »Unliebsam, hm?«

Seine Partnerin, die das Messingschild bereits herausgezogen hat, verharrt mitten in der Bewegung und schaut einen Tick zu lange auf die Beschriftung. Endlich hebt sie den Kopf, ihre Wangen glühen. »Als ich es in Auftrag gegeben habe, dachte ich erneut, dass ›lästig‹ so negativ klingt.«

Sekundenlang starren sie sich an, dann zuckt Bashir mit den Schultern. »Ist mir, ehrlich gesagt, scheißegal, wie der Laden heißt. Solange uns die Kundschaft die Bude einrennt.«

Erleichtert atmet Marisa auf. »Aber es sieht großartig aus, nicht?«

»Wie eine richtige Agentur.«

Beinahe zärtlich streicht sie über die eingravierten Buchstaben. »Wir sind eine richtige Agentur, Bashir. Das kommt gut, ich spüre es.« Sie öffnet die Tür, tritt hinaus und hält das Schild an die Wand neben dem Eingang. »Et voilà! Sogar viersprachig für die internationale Klientel!«

Bashir, der ihr gefolgt ist, grinst und liest die Beschriftung erneut:

Marisa Greco & Bashir Berisha

Agentur für unliebsame Angelegenheiten
Agency for inconvenient Affairs
Agence pour des affaires inconvenientes
Agenzia per affari spiacevole

8

Eine ihrer Freundinnen hat mal gesagt, der ultimative Beweis für eine glückliche Beziehung sei, wenn man spätabends nach Hause komme und sich freue, wenn in der Wohnung Licht brennt.

An einem weinseligen Abend ist das gewesen, bei ihr in der Küche, erst vor ein paar Monaten. Andrea erscheint es, als hätte dieses Zusammensein mit ihren besten Freundinnen in einem anderen Leben stattgefunden. Sie hat eine Lasagne zubereitet, daran erinnert sie sich, davor gab es Salat an einem gekauften Dressing, sie ist keine geübte und schon gar keine leidenschaftliche Köchin. Dafür hatte Manuela eine bis zum Rand gefüllte Auflaufform ihres köstlichen Tiramisus mitgebracht. Den Wein, eine Kiste *Giordano Barbera d'Asti* von 2012, hatte sie aus dem Keller ihres Vaters geholt, am Tag zuvor, er trank ohnehin nur noch selten und hatte sie geradezu gedrängt, sich einen guten Tropfen auszusuchen.

Selbst wenn er es nicht zeigt – er ist stolz auf sie. Zumindest redet es sich Andrea ein. Seit sie in der Landesregierung sitzt, sorgt sie mit ihren Vorstößen und erbitterten Voten für Furore. Darin sind sie sich sehr ähnlich, ihr Vater und sie. Wenigstens das muss den Parteipräsidenten in ihm mit Genugtuung erfüllen: dass sie nach ihm kommt, die Tochter ihres Vaters, eine Kämpferin, sein Blut, sein Vermächtnis. Dank ihr würde seine Vision weiterleben.

Zwar will Andrea eigenständig sein und nicht andauernd auf ihren Vater angesprochen werden, weshalb sie entsprechende Interviewfragen längst nicht mehr beantwortet. Trotzdem ist ihr bewusst, dass die Neider hinter ihrem Rücken tuscheln und die medial breit ausgewalzten Familienverhältnisse in den Köpfen der Journalisten und Wähler fest verankert sind. Da kann sie sich noch so abstrampeln, aus dem Schatten ihres übermächtigen Vaters wird sie es nie ganz schaffen, das hat sie in der Zwischenzeit eingesehen.

Aber was für ein Abend das gewesen ist! Fast glaubt sie, das Klirren der Gläser und das Lachen ihrer Freundinnen im Rauschen des strömenden Regens zu hören. Andrea starrt durch die Windschutzscheibe, die Scheibenwischer quietschen leise, sie denkt an die Gespräche zurück, die aufgekratzte Stimmung. Damals war noch alles in Ordnung. Ihre Karriere hatte einen Raketenstart hingelegt, selbst in der Partei war man überrascht über ihre Popularität, die Zustimmung, die sie vom Volk erhielt. Der erste Platz auf der Parteiliste, die fulminante Wahl in den Nationalrat mit einem Glanzresultat, das waren in der Folge nur Formalitäten.

Eine Windböe fährt ihr unter den Mantel, nachdem Andrea aus dem Taxi gestiegen ist und nach oben blickt. Der ultimative Gradmesser für den Stand einer Beziehung. Alles ist dunkel. Sie blinzelt ein paar Regentropfen weg, die ihr der Wind in die Augen getrieben hat, und ganz kurz glaubt sie, doch Licht zu entdecken. Aber dann erkennt sie, dass es nur der Schein der Straßenlaterne ist, der sich in der Fensterscheibe spiegelt. Matthias ist nicht zu Hause.

Sie spürt, wie eine Welle der Erleichterung sie erfasst, während sie dem Fahrer einen Fünfziger in die Hand drückt und wartet, bis er das Gepäck aus dem Kofferraum geholt hat.

Die Wohnung ist still, als sie aufschließt. Als Erstes fällt ihr der faulige Geruch auf. Vermutlich hat Matthias wieder einmal Früchte gekauft und sie rumliegen lassen, bis sie verrottet waren.

Sie macht Licht, schält sich aus dem feuchten Mantel und hängt ihn über einen Bügel an der Garderobe, streift die Schuhe ab und geht in Strümpfen durch die Diele. Unverputzte Betonwände und Glasfronten, edles Nussbaumparkett, Fotokunst an den Wänden. Das Interieur könnte direkt aus einem Einrichtungskatalog für Yuppies stammen, wüsste sie es nicht besser. Das Apartment kommt ihr fremd vor, als würde sie eine

Airbnb-Unterkunft betreten, ein Gefühl, als würde sie nicht hierhergehören. Sechs Wochen Abwesenheit, eine lange Zeit.

So nennt man das heutzutage. Nachdenklich sieht sich Andrea um. Alles unverändert, eine Kulisse für das erfolgreiche Paar, sie populäre Jungpolitikerin, er erfolgreicher Immobilienmakler, keine Kinder, noch nicht.

Abwesenheit.

Das klingt entweder nach Erholung und Urlaub oder nach herausfordernden Aufgaben, die einen komplett absorbieren, nach Dingen, die so wichtig sind, dass man keine Zeit mehr für Social Media hat, für die Presse, die Wähler.

So steht es auch in ihrer Abwesenheitsnotiz im E-Mail-Programm und dass sie erst ab September wieder Nachrichten beantworten werde. Auf Facebook, Twitter, Snapchat und Instagram hat sie sich mit dem Hinweis abgemeldet, dass sie eine dringend benötigte Pause einlege. Was zwar pathetisch klingt, der Post generierte jedoch innerhalb kürzester Zeit mehr als vierzehntausend Likes, etwas, das sie natürlich überprüfen musste, bevor sie sich endgültig ausgeloggt hat.

Abwesenheit. Das klingt überhaupt nicht nach Entzug und Burn-out. Nach Klinik.

Andrea stellt sich ans Fenster und blickt in das Gesicht, das sich in der Scheibe spiegelt. Das blonde Haar ist jetzt länger, nicht mehr so keck-frech-kurz wie zuvor, die Wangen fülliger, sie hat leicht zugenommen, seit sie wieder regelmäßig isst und das andere weglässt.

Heute sehe ich aus wie eine siebenunddreißigjährige Frau, denkt Andrea, nicht wie jemand, der krampfhaft jünger erscheinen will. »Jugendlich dynamisch« oder »die quirlige, sympathische Jungpolitikerin«, wie sie in den Zeitungen und Illustrierten immer wieder genannt worden ist. Sie könnte kotzen. Dieselben Medien, die sich später, als ihr Leben in tausend Stücke zerbrach, auf sie stürzten wie ausgehungerte Geier, sie zerfetzten, bis nichts mehr übrig blieb. Kein Stolz, keine Selbstachtung, keine Kraft mehr weiterzumachen, sich aufzuraffen, sich zu wehren, zu kämpfen, wie es der Vater ihr beigebracht hat. Da war nur diese undurchdringliche Dunkelheit vor ihr.

Eine Frau von siebenunddreißig Jahren. Es fühlt sich gut an. Wäre sie eine dieser Sozitanten, würde sie behaupten, sie sei endlich bei sich angekommen, sie hätte sich gefunden. Aber Andrea Graf ist keine Sozitante. Allein der Gedanke lässt sie spöttisch lächeln, ihre grünen Augen funkeln. Sie ist keine Verräterin, ihr Herz schlägt immer noch und trotz allem für dieses Land, für die Wirtschaft und eine harte Flüchtlingspolitik, sie steht für Eigenverantwortung und weniger Staat, ist für Waffenexporte in Krisengebiete, natürlich, und gegen die EU. Sie ist Politikerin aus Überzeugung, volksnah, eine mit Herzblut, eine, die mit allen Wassern gewaschen ist. Sie weiß, dass man lügen muss, um zu gewinnen, dass die Wahrheit ein dehnbarer Begriff ist, heute mehr denn je zuvor. Und sie wird allen beweisen, dass man sie nicht so schnell abschreiben darf.

Andrea blickt durch ihr Spiegelbild hindurch in die Nacht. Regen klatscht gegen die Scheibe, die Bäume beugen sich im Wind. Weit unten der Zürichsee, nachtschwarzes Wasser, an den Ufern blinken Sturmwarnungen. Jetzt fällt ihr der Geruch wieder auf, er ist hier stärker wahrzunehmen, ekelerregend und so faulig süß, dass er an allem kleben bleibt.

Sie hat keine Ahnung, wo Matthias ist, und es ist ihr auch egal. In den ersten Tagen hat sie seine Anrufe ignoriert, irgendwann hat er aufgehört, sie in der Klinik anzurufen. Sie lacht auf, ein bitteres Lachen, sie ist wirklich froh, dass er nicht da ist, sie weiß nicht, ob sie es ertragen würde, sich mit ihm im selben Raum aufzuhalten.

Andrea geht in die Küche. Endlos lange Chromstahlflächen, Schranktüren und Arbeitsplatten sind aus warmem Olivenholz, in der Mitte des Raums eine Kochinsel, die jede Wohnung in dieser Preislage haben muss. Sie sieht sich um, doch da sind keine vergammelten Früchte, alles ist aufgeräumt und sauber, die Putzfrau muss erst kürzlich da gewesen sein. Der Gestank kommt woanders her. Sie nimmt sich vor, gleich nachher die Quelle ausfindig zu machen.

Andrea öffnet eine der aufgereihten Weinflaschen, etwas Französisches mit pompösem Etikett, und schenkt sich ein Glas ein. Bereits der erste Schluck entspannt sie, mit Alkohol hat sie kein Problem, glücklicherweise nicht.

Das Glas in der Hand, kehrt sie in die Diele zurück, trägt den Rollkoffer ins Wohnzimmer und öffnet den Reißverschluss. Den Wein stellt sie in Griffnähe ab, die Schmutzwäsche wirft sie kurzerhand auf den Boden, langt nach dem Necessaire und tappt ins Badezimmer, wo sie beginnt, den Kulturbeutel auszuräumen. Zahnbürste, Zahnpasta, Deodorant, diverse Gesichtspflegeprodukte, die teure Augenfaltencreme von *La Prairie*.

Als sie den Spiegelschrank öffnet, um ihre Make-up-Utensilien einzusortieren, hält sie mitten in der Bewegung inne. Sekundenlang starrt sie auf die metallisch glänzende Hülse in Pink, dann greift sie langsam nach dem Stift, der halb hinter eine Packung Wattestäbchen gerutscht ist.

Maybelline, Scarlet Flame.

Andrea atmet tief durch und ist erstaunt, wie wenig ihr das ausmacht. Eigentlich ist es ihr sogar komplett egal.

Billiger Lippenstift, eingeräumt und schließlich vergessen. Zu bescheuert, um nach dem Wochenende wieder alles einzupacken.

Mit der Fußspitze öffnet sie den chromstählernen Abfalleimer hinter der Tür und wirft den Stift hinein.

Sie hält inne und fixiert sekundenlang den Deckel des Eimers. Unvermittelt dreht sie sich um, läuft aus dem Bad und eilt ins Schlafzimmer. Sie muss wissen, ob es dort ebenfalls Spuren gibt, ob sie so dreist gewesen sind, Dinge liegen zu lassen, ein Slip womöglich oder Ohrringe. Ob das alles schon selbstverständlich ist, Alltag, und sie nur noch ein Fremdkörper in Matthias' Leben, ein Störfaktor.

Andrea stürmt in den Raum, sofort verschlägt es ihr den Atem. Der Gestank ist überwältigend. Sie hält sich die Hand vor den Mund und zwingt sich, flach zu atmen. Ehe sie Licht machen kann, fällt ihr der Gegenstand auf der Kommode gegenüber dem Bett auf. Vor ihrer Abwesenheit hat er nicht da gestanden, davon ist sie überzeugt. Ein rundliches Objekt, vorne leicht abgeflacht, matt schimmernd im Schein der Straßenlaterne, der durch das Fenster hereinfällt. Aber im Halbdunkel kann sie unmöglich erkennen, was es ist. Andrea tastet nach dem Lichtschalter und als die Designlampe an der Decke aufleuchtet, entfährt ihr ein greller Schrei. Entsetzt stolpert sie rückwärts, den Blick starr auf die Kommode gerichtet.

Die Zähne sind gebleckt, Fetzen des rotbraunen Fells kleben noch am Knochen. Es kommt Andrea vor, als würde sie der Affenschädel hämisch angrinsen.

9

Ehe jemand auf das Klopfen reagieren kann, senkt sich die Klinke und die Haustür schwingt spaltbreit auf. Die Frau schiebt sich herein, wirft einen gehetzten Blick nach draußen, dann drückt sie die Tür ins Schloss und lehnt sich schwer atmend dagegen.

»Es gibt keine Klingel.«

Bashir lässt das brandneue Tablet sinken, auf dem er irgendwelche Spiele spielt. »Wird demnächst installiert.«

»Können wir Ihnen helfen?« Marisa ist sofort aufgesprungen und bereits auf halbem Weg zum Eingang.

»Ja«, sagt die Frau unsicher. »Das heißt, ich weiß es nicht, ich hoffe es. Ich habe keine Ahnung, wer mir sonst helfen könnte.«

Sie spricht Deutsch mit starkem Akzent, ihre Haut hat die Farbe von dunkel gerösteten Kaffeebohnen. Sonnenbrille, Kopftuch und ein beigefarbener Sommermantel, darunter eine bunt gemusterte Leggins, an den Füßen ausgelatschte Nike-Turnschuhe in Rosa und Grau.

Eine Prostituierte, das erkennt Bashir auf Anhieb.

»Setzen Sie sich erst einmal«, fordert Marisa die Frau in fürsorglichem Ton auf und führt sie am Arm zu einem Sessel.

Verwirrt schaut sich die Besucherin um. »Das ist schon die Agentur, die …?« Sie bricht ab, bleibt stehen und nimmt die Sonnenbrille ab.

»Ja, wir sind die *Agentur für unliebsame Angelegenheiten*, Sie sind schon richtig«, erklärt Bashir.

Die Frau wirft ihm einen zweifelnden Blick zu, als sie sich auf die Kante des Sessels setzt. Den Mantel behält sie an. Suchend wendet sie den Kopf. »Und wo ist der Schreibtisch?«

»Wir sind modern.« Bashir tippt auf das Tablet in seiner Hand.

Sie legt die Stirn in Falten und einen Moment lang sieht es so aus, als würde sie gleich wieder aufstehen und gehen.

»Erzählen Sie, weshalb Sie hier sind.« Marisa nimmt ihr

gegenüber Platz und lehnt sich vor. »Ich bin sicher, wir können Ihnen helfen.«

Die Frau atmet tief durch, die Hände im Schoss gefaltet.

»Beginnen wir mit Ihrem Namen.«

»Rosie, nennen Sie mich Rosie.«

Marisa schließt kurz die Augen. »Wir wissen beide, dass Sie nicht so heißen.«

»Ich kann Ihnen meinen Namen nicht verraten, weil ich Sie damit in Gefahr bringen würde.«

Bashir hebt den Kopf. »Worum geht es?«

»Um einen Koffer.«

»Einen Koffer?«, echot er.

»Ich brauche jemanden, der ihn abholt. Und zwar morgen, Punkt achtzehn Uhr fünfunddreißig.«

»Wo?«

Sie nennt ihm eine Adresse im Langstrassenquartier, nicht gerade die beste Ecke, zweiter Stock.

»Was ist darin?«

Rosie macht eine unwirsche Handbewegung, ihre Fingernägel sind lang und perlmuttfarben. »Sie wollen verdammt viel wissen, Mister!«

»Süße, mein Bullshitsensor schlägt gerade heftig aus.«

Rosie springt auf und macht einen Schritt auf Bashir zu. »Hey, nenn mich noch einmal Süße!«

»Jetzt wollen wir mal alle ganz entspannt bleiben«, sagt Marisa rasch, erhebt sich und stellt sich zwischen die beiden.

Widerstrebend lässt sich Rosie wieder auf dem Sessel nieder, fixiert aber Bashir weiterhin drohend.

»Wir müssen wissen, was in dem Koffer ist, Rosie«, erklärt Marisa ruhig.

Unschlüssig wiegt Rosie den Kopf, schließlich antwortet sie: »Kleider.«

»Klar!«, knurrt Bashir, doch Marisa bedeutet ihm mit einem knappen Wink, die Klappe zu halten.

»Wieso holst du sie nicht selber?«, fragt sie.

»Weil ich abhauen will, ich muss raus aus dem Laden, in dem ich arbeite. Und in die Wohnung kann ich nicht, nicht selber, sie lassen mich eh nicht rein und würden sofort merken, was läuft.«

»Sie haben deine Kleider?«

»Ja.«

»Teure Kleider?«

»Nein, ganz normale.«

Marisa verschränkt die Arme vor der Brust. »Und deswegen kommst du zu uns?«

»Und den Pass. Ohne den kann ich das Land nicht verlassen.«

»Klingt schon glaubwürdiger. Was geschieht morgen um halb sieben?«

»Achtzehn Uhr fünfunddreißig! Ihr müsst unbedingt pünktlich sein!«

Marisa nickt. »Werden wir.«

»Ich werde dafür sorgen, dass die beiden Kerle, die dort Wache schieben, die Wohnung verlassen müssen. Ihr geht rein, schnappt euch den Koffer und ich hole ihn am nächsten Tag hier ab. Das ist alles.«

»Wieso wir?«, will Bashir wissen.

»Weil ich keinem trauen kann. Ihr seid Außenstehende, auf euch kommen sie nicht.«

»Ist dir jemand gefolgt?«

»Ich habe niemanden bemerkt.«

»Bist du mit dem Auto gekommen?«

Rosie schüttelt den Kopf. »S-Bahn.«

Bashir nennt ihr den Preis.

»*Omo ale!* Das ist Wucher!«

»Nein, nur der marktüb…«

Weiter kommt Bashir nicht, Rosie hat eine Rolle Banknoten aus ihrer Manteltasche gezogen und schleudert sie mit einem genervten Schnalzen auf den Salontisch zwischen ihnen. Dann

legt sie einen Schlüssel dazu. »Für die Haus- und die Wohnungstür. Habe ich nachmachen lassen.«

»Wie sieht der Koffer aus?«

»Rosafarben, abgenutzt. Steht im Wandschrank gleich neben
dem Eingang.«

»Und es sind nur zwei Typen da?«

»Nur zwei, immer nur zwei. Aber ihr geht erst rein, wenn
sie die Wohnung verlassen haben, okay?«

»Alles klar.« Bashir nickt. »Wir brauchen eine Telefonnummer, unter der wir dich erreichen können.«

Rosie bedenkt ihn mit einem verächtlichen Blick. »Morgen,
achtzehn Uhr fünfunddreißig. Vermasselt es nicht.«

10

Dampf beschlägt den Spiegel, sobald Joy den durchsichtigen Plastikvorhang mit den aufgedruckten Goldfischen zurückschiebt und aus der Dusche steigt. Sie langt nach dem Handtuch, das sie auf dem Heizkörper bereitgelegt hat, und trocknet sich ab, cremt sich sorgfältig ein. Sieht zu, wie ihr Spiegelbild allmählich aus dem Nebel auftaucht.

Es kommt vor, dass sie sich in solchen Momenten nicht auf Anhieb erkennt, dass sie sekundenlang glaubt, sie würde eine Fremde anstarren. Dann muss sie sich mit den Händen ins Gesicht fassen und sich davon überzeugen, dass sie existiert, nicht bloß ein Geist ist, ein Trugbild. Manchmal spürt sie sich nicht mehr richtig, weil sie sich in ihrem eigenen Leben deplatziert fühlt, weil ihr alles falsch vorkommt. Gefangen in einem nicht enden wollenden Albtraum.

Denn was sie geworden ist, ist etwas völlig anderes als das, was sie sich erhofft hat, als man ihr versprochen hat. Babysitterin, hat ihr die Madame in Benin City gesagt und ihr ein regelmäßiges Einkommen in Aussicht gestellt, was gleichbedeutend war mit einem besseren Leben und der Hoffnung auf eine Zukunft. Woraufhin Joy alles hinter sich gelassen hat, was ihr lieb war, und sich auf den Weg gemacht hat. Nur um auf der anderen Seite des Mittelmeers Lügen und Gewalt vorzufinden und eine immense Schuld, die sie zurückzuzahlen hat.

Obschon sie ihre Haut unter dem heißen Wasserstrahl immer wieder eingeseift und abgeschrubbt hat, kann Joy den Geruch des Mannes immer noch wahrnehmen. Er dringt aus ihren Poren, sticht ihr säuerlich in die Nase, sie schmeckt ihn an den Lippen, als hätte er sich an ihr festgesetzt. Wie ein Parasit.

Kalkweiße Haut und kalter Schweiß, ein jungenhafter Körper mit rotblondem Schamhaar, ein Vertreter, dem Koffer nach, den er immer bei sich hat. Einer ihrer Stammkunden, er ist hektisch und fordernd zugleich. Joy ist jedes Mal erleichtert, wenn er fertig ist, seinen seltsam spargelspitzigen Schwanz aus ihr herauszieht und das Kondom abstreift, einige Blatt Papier von der Rolle auf dem Nachttisch abreißt und sich abwischt, hastig anzieht und das Geld hinlegt. Manchmal vereinbart er gleich den nächsten Termin, als wäre er beim Zahnarzt.

Sie legt Make-up auf, zieht sich einen weißen Spitzen-BH und einen kurzen Rock an, die Bluse verknotet sie über dem Bauchnabel. Streicht sich durchs Haar, seufzt und verlässt das Bad.

Nicht mehr lange, denkt sie, der Gedanke erfüllt sie jedoch mit einer unbeschreiblichen Furcht. Man soll Ogoun nicht herausfordern, das hat man ihr schon als Kind eingebläut, das hat sie dem Priester im Schrein geschworen, der Juju-Fluch ereilt alle, die sich ihm widersetzen. Und er kennt keine Gnade.

Doch Joy hat keine Wahl. Sie ruft ihre Mutter alle paar Wochen an, um ihr zu sagen, dass es ihr gut gehe, dass ihr die Arbeit als Babysitterin Freude mache und sie glücklich sei, aber auch, um zu fragen, ob das überwiesene Geld angekommen sei. Beim letzten Anruf vor wenigen Tagen hat die Mutter gleich geweint, sie klang krank und kraftlos.

»Joy, deine Schwester ...«

»Faith?«

»Sie ist unterwegs.«

»Unterwegs wohin?« Ehe sie die Frage ausgesprochen hatte, wusste Joy, was ihre Mutter meinte. Alles Blut wich aus ihren Extremitäten, ihr wurde schwindelig, sie musste sich am Türrahmen abstützen, um nicht umzukippen.

»Um Gottes willen!«, hauchte sie. »Warum hast du sie nicht aufgehalten?«

»Ich konnte nicht, wie auch? Es gibt hier nichts für sie, das weißt du selber. Keine Arbeit, keine Zukunft, keine Hoffnung.«

»Sie ist erst vierzehn!«

»Du machst so einen glücklichen Eindruck, dein Job als

Babysitterin ist gut bezahlt und die Schweiz ist sicher ein schönes Land. Auf den Fotos, die du uns schickst, sieht es auf jeden Fall danach aus. Wie hätte ich das Faith versagen sollen?«

Joy schluckte leer und brachte sekundenlang kein Wort über die Lippen.

»Es ist doch schön da, nicht wahr?«

Dieser lauernde Unterton. In diesem Moment wusste Joy, dass ihre Mutter mehr ahnte, als sie zugab, es allerdings vorzog, sich an die Lügen zu klammern.

Alles, was ihre Mutter über die Reise nach Europa und das Leben in der Schweiz wusste, hatte sie von Joy. Die ihr selbstverständlich eine stark beschönigte Version geliefert hatte mit unzähligen Auslassungen, die ihr nichts vom Hunger und Durst erzählt hatte, von der Angst, vom Tod und Verderben, die unterwegs lauerten, von der Wüste und vom Meer, dem Schrecklichsten von allem, und all den unaussprechlichen Dingen, die jungen Mädchen auf der Reise widerfuhren.

»Joy?«

»Wer?«, stieß sie endlich hervor. »Wer war es?«

»Eine Tante Yisabella. Madame Esther zahlt für die Reise, sie hat ihr einen Job als Friseurin in Aussicht gestellt.«

»Madame Esther«, flüsterte Joy und ihr Herz hämmerte hart gegen die Rippen.

Madame Esther hatte sie ebenfalls nach Europa gelockt, vor ein paar Jahren, sie war ihre Madame, ihre Herrin, die über sie verfügte, und es konnte kein Zufall sein, dass sie sich an ihre Schwester herangemacht hatte. Denn Joy würde ihre Schulden in ein paar Monaten abbezahlt haben, fünfundvierzigtausend Euro, die Summe war unterwegs mit jedem Hindernis, mit jedem Schmiergeld angestiegen. Ein paar Monate noch, dann würde sie frei sein.

Madame Esther brauchte also dringend Frischfleisch und was lag näher, als Faith in die Schweiz zu holen? Faith, die Joy sehr ähnlich sah, aber wesentlich jünger war. Die Stammkunden würden sich freuen und wenn mit dem Transport alles klappte, würde Faith rechtzeitig zur Ablösung eintreffen.

Der Entschluss stand für Joy sofort fest. Sie würde Faith an der Küste abfangen, ehe sie zu Madame Esther gebracht wurde, um sie wenigstens vor dem Schlimmsten zu bewahren. Denn war sie erst einmal in den Fängen der Madame gelandet, gab es kein Entkommen mehr.

Während Joy ins Erdgeschoss des schäbigen Wohnhauses hinuntergeht, denkt sie an ihre erste Zeit in der Schweiz zurück. Wie sie sich geweigert hat, auf der Straße anzuschaffen, als ihr klar wurde, für welche Art von Arbeit man sie nach Europa geholt hatte. Wie unerwartet sie die erste Ohrfeige getroffen hat, der sofort weitere folgten. Mit welcher Heftigkeit Madame Esther zuschlagen konnte! Und ihre Handlanger erst. Gnadenlos haben sie mit Fäusten und Stöcken auf sie eingedroschen, immer wieder zugetreten, selbst als sie um Gnade gefleht, sich am Boden gewunden hat, heulend vor Schmerz und Scham. Tagelang konnte Joy kaum aufrecht gehen, Blutergüsse in ihrem Gesicht, auf dem ganzen Körper, zwei gebrochene Rippen. Sie wurde ohne Essen in ihrem Zimmer eingesperrt und mindestens einmal pro Tag kamen sie vorbei, um sie zu verprügeln, so lange, bis ihr Wille gebrochen war, bis sie endlich klein beigab und weinend das viel zu kurze Kleid überstreifte, in die hochhackigen Schuhe stieg.

Anderen widerfuhr weit Schlimmeres. Joy hat mit eigenen Augen gesehen, wie die Madame ein Mädchen, das unterwegs schwanger geworden war, mit den Fäusten in den Bauch geboxt und anschließend die Treppe hinuntergestoßen hat, damit sie das Kind verlor.

Es wird nicht mehr lange dauern, denkt Joy und drückt die Durchgangstür zu *Macuto's* Bar auf. Selbst mitten am Tag wirkt das Lokal düster, die Fensterscheiben sind getönt, damit man von der Straße aus nicht hineinsehen kann. Noch ist es früh, das Lokal nicht geöffnet.

In ein paar Monaten wäre sie frei, niemand könnte sie aufhalten, so sieht es die Abmachung vor. Aber sie kann Faith unmöglich im Stich lassen, sie muss um jeden Preis verhindern, dass die Madame sie erwischt. Denn Joy will nicht, dass ihrer kleinen Schwester das Gleiche widerfährt wie ihr.

Madame Esther steht hinter dem Tresen, eine untersetzte, lebenslustig wirkende Frau. In zwei Jahren wird sie siebzig, das hat sie Joy erst vor Kurzem anvertraut, auch wenn ihr ihr wahres Alter nicht anzusehen ist. Sie trägt ein dunkelblaues Kleid mit smaragdgrünen Verzierungen und einen Gele aus dem gleichen Stoff, ihr Lippenstift leuchtet blutrot. Niemand würde vermuten, zu welcher Brutalität sie fähig ist, wie viel Bösartigkeit in ihr steckt, doch Joy kennt sie mittlerweile nur zu gut.

Madame Esther zählt Scheine und packt die Bündel rasch in eine krokodillederne Geldtasche, als sie Joy bemerkt.

»Es ist eine Plage!«, ruft sie mit rauer Stimme und Joy bleibt stehen.

»Was ist eine Plage, Madame Esther?«

Madame wedelt mit der Tasche. »Das ganze Geld! Erst will man es unbedingt und wenn man es hat, weiß man nicht, wohin damit.« Sie stößt ein heiseres Krächzen aus. »Und trauen kann man in diesem Land auch niemandem!«

Die beiden Frauen sind allein in der Bar. Madame hat das Haus kurz vor dem Abriss aufgekauft und rudimentär renovieren lassen, um es als Bordell zu nutzen.

»Aber die drei Friseurläden ...?«, bemerkt Joy, doch Madame Esther winkt ab. »Das reicht längst nicht mehr, Liebes. Kein Steuerbeamter nimmt mir ab, dass wir mit den Läden solche Umsätze machen.«

»Und mit dem ... anderen Geschäft?« Joy macht eine vielsagende Miene.

Vor einiger Zeit hat Madame Esther begonnen, ihr Einblick in ihre Geschäfte zu gewähren, und ihr einfache Aufgaben über-

66

tragen. Dabei hat sich eine Vertrautheit zwischen den beiden Frauen entwickelt, die Joy ihr allerdings nicht ganz abkauft. Denn sie weiß aus eigener Erfahrung, wie schnell Madames Laune umschlagen kann.

»Da ist die Rendite zwar unglaublich hoch, nur am Ende des Tages muss ich irgendwie beweisen können, dass ich das Geld auf legalem Weg verdient habe. Und genau das wird zunehmend komplizierter.«

»Ich könnte mich diskret umhören.«

Madame Esther schüttelt den Kopf. »Ich habe eine aussichtsreiche Möglichkeit aufgetan, doch irgendwie läuft das momentan noch nicht so, wie ich es gern hätte.«

»Es würde sich aber lohnen?«

»Man könnte größere Summen problemlos verschwinden lassen.«

»Ist das eine sichere Sache?«

»Davon bin ich eben nicht ganz überzeugt.«

»Wovon sind Sie nicht ganz überzeugt?« Geräuschlos ist die Frau hereingekommen und lehnt sich nun lasziv an den Tresen. Außer spitzenbesetzter Unterwäsche trägt sie nichts, ihre dunkle Haut glänzt seidig. Erst auf den zweiten Blick ist zu erkennen, dass sie älter ist, als sie wirkt.

»Nicht alles, was wir besprechen, ist für deine Ohren bestimmt, Lisha«, erwidert Madame Esther kühl und lässt die Geldtasche in eine Schublade unter der Kasse fallen, die sie sofort abschließt, den Schlüssel steckt sie ein.

»Aber Joy kann da mitreden?«, schnurrt die Frau.

»Ja, Lisha, das kann sie«, antwortet die Madame.

»Wirklich?« Lisha wendet sich Joy zu und mustert sie abfällig mit ihren Katzenaugen. »Leider nicht mehr lange.«

Joy durchfährt es siedend heiß, nach dem ersten Schreck realisiert sie jedoch, dass sich Lishas Äußerung auf die Abzahlung ihrer Schulden bezogen hat. Nicht auf ihre Flucht.

»Das werden wir sehen«, sagt die Madame leichthin und

überprüft ihr Handy. »Er kommt um achtzehn Uhr«, fügt sie mit einem Seitenblick auf Joy an.

»Ich bin bereit.« Joy entspannt sich wieder.

»Für den alten Knacker reicht das ja auch völlig.« Voller Verachtung taxiert Lisha Joys Outfit, dreht sich auf der Ferse um und stolziert Richtung Durchgangstür.

Ihr fetter Arsch kriegt Dellen, denkt Joy mit einer gewissen Genugtuung, während die Madame resigniert lächelt.

Joy zuckt mit den Schultern. Sie ist tatsächlich bereit. Ihr Plan ist gut durchdacht, eigentlich kann nichts schiefgehen.

Er wird wie immer pünktlich um sechs Uhr erscheinen, durch den Hintereingang, schlecht sitzendes Jackett, eine ausgebeulte Anzugshose, er ist sehr darauf bedacht, dass man ihm seinen Reichtum nicht ansieht. Erst werden sie sich an die Bar setzen, ein Glas Champagner trinken und ein wenig plaudern, das ist in den letzten Monaten immer so gewesen. Er braucht etwas Zeit, bis er in Stimmung ist. Irgendwann wird er seine Hand beiläufig auf ihren Schenkel legen, sie wird ihn anlächeln und nach oben führen, in den ersten Stock. Er ist nicht mehr so gut zu Fuß und sein Herz macht ihm zu schaffen, doch er wird darauf bestehen, die Treppe zu nehmen, vielleicht, um ihr zu beweisen, wie sportlich er noch ist. Joy vermutet eher, dass er dem altersschwachen Aufzug nicht traut. Sie hat alles vorbereitet, Kondome, Gleitcreme, Handtücher, er duscht immer – davor und danach. Sie hat ebenfalls darauf geachtet, dass der Wecker die exakte Uhrzeit anzeigt. Punkt 18:27 Uhr wird sie zu dem Fläschchen greifen, das sie unter dem Kissen versteckt hat, und danach Alarm schlagen. Madame Esther wird sofort ihre beiden Pitbulls herbeordern und um 18:35 Uhr wird die Wohnung verwaist sein, damit dieser Rüpel von einem Schnüffler den Koffer mit ihrem Pass abholen kann. Er wird schnell herausfinden, dass sie tatsächlich nicht Rosie heißt, doch das ist Joy egal. Ihrer Flucht steht nichts mehr im Weg.

11

Blaue Schatten kriechen über Hauswände, Dämmerlicht in den Quartierstraßen, am Horizont glühen ein letztes Mal die Wolken auf.

Bashir lehnt sich im Sitz zurück und öffnet das Fenster spaltbreit, ein ungewöhnlich warmer September.

18:14 Uhr.

Er hat den Wagen vor einer halben Stunde in Sichtweite des Wohnhauses geparkt, um die Lage zu checken. Alles ruhig. Im zweiten Stock sind die Gardinen zugezogen, niemand ist in der letzten halben Stunde reingegangen, niemand herausgekommen, abgesehen von einer älteren Frau mit Einkaufstrolley.

Brauerstrasse, eine Ecke des Ausgehviertels, die sich den gierigen Fingern der Gentrifizierung bislang entziehen konnte. Eine Frage der Zeit bloß, bis sie zulangen werden, die Baustellen und eingerüsteten Wohnhäuser, untrügliche Zeichen der sogenannten Aufwertung des Quartiers, sind kaum einen Steinwurf entfernt.

Aus den Lautsprechern ertönt *Bella ciao*, ein Männerchor singt das italienische Protestlied mehrstimmig, Gitarrengeschrummel dazu und ein Akkordeon. Bashir hat einfach die CD laufen lassen, die bereits im Player von Marisas Renault steckte. Sie mag die Italiener, das hat er wenig überrascht festgestellt, als er die im Fußraum vor dem Beifahrersitz verstreuten Hüllen durchgegangen ist. Edoardo Bennato, Gianna Nannini, Lucio Dalla, Celentano und Zucchero, aber eben auch alte Schlager, Eros Ramazzotti und Laura Pausini, die Unvermeidlichen.

Es lag auf der Hand, dass Bashir den Auftrag allein durchführt, schließlich geht es nur um einen abzuholenden Koffer, selbst wenn die Ausgangslage etwas seltsam war. Marisa will sich derweil um Luca kümmern, ihren Sohn, der gerade in die zweite Klasse gekommen ist, und wird den ganzen Abend zu

Hause bleiben. Deswegen hat sich Bashir ihren Wagen ausgeliehen, sein eigener, ein resedagrüner BMW E30 von 1986, ist seit längerer Zeit in Reparatur.

18:23 Uhr.

Er raucht zwar seit Jahren nicht mehr, doch in solchen Situationen wünscht sich Bashir, er würde es noch tun. Weil es nichts Langweiligeres gibt, als im Auto zu sitzen und Wohnungen zu beobachten. Weil man in seinen Tätigkeiten eingeschränkt ist. Unter gewissen Umständen kann man sich bei einer Observation erlauben, einen Film auf dem Handy oder dem Tablet anzuschauen, ein Magazin zu lesen. Aber schon das ist riskant, weil man dann womöglich den einen entscheidenden Moment verpasst. Den Augenblick, in dem sich der untreue Ehemann und seine Geliebte am Hotelfenster zeigen, zum Beispiel. Die paar Sekunden, in denen sich der Versicherungsbetrüger aus dem Rollstuhl erhebt, um den Briefkasten zu leeren. Pinkeln ist ein weiteres Problem, denn kaum gibt man seinen Beobachtungsposten auf, passiert garantiert etwas, nachdem sich zuvor stundenlang rein gar nichts getan hat. Aus diesem Grund führt Bashir immer leere Plastikflaschen mit sich, heute allerdings nicht, er rechnet nicht mit einer langen Wartezeit.

18:27 Uhr.

Eine Afrikanerin mit hellbraunen Locken tritt aus dem Wohnhaus, der Rock zu kurz, das Make-up zu grell, hochhackige Schuhe. Sie weint. Kurz bleibt sie stehen, nestelt ein Papiertaschentuch aus ihrer Handtasche, trocknet sich die Tränen ab und verschwindet Richtung Bäckeranlage, dem Stadtpark ganz in der Nähe.

Bashir schließt das Fenster, steigt aus und lehnt sich an den Wagen. Eine Zigarette wäre jetzt tatsächlich die perfekte Tarnung gewesen.

18:31 Uhr.

Er verschränkt die Arme vor der Brust. Die Gardinen im

zweiten Stock bewegen sich leicht. Eine kleine Wohnung, schätzt Bashir, eher eine Mansarde. Der Vorhang wird beiseite-gezerrt, Bashir senkt sofort den Kopf und studiert den Asphalt. Als er vorsichtig aufschaut, ist der Vorhang wieder geschlossen, nichts rührt sich mehr. Eine Minute später wird die Haustür aufgerissen und zwei afrikanisch aussehende Männer verlassen eilig den Wohnblock, beide etwa um die dreißig, weiße Sneaker, blaue Jeans, kahl rasierte Schädel. Der etwas korpulentere Kerl trägt ein schwarzes T-Shirt mit golden glitzerndem Aufdruck, der andere verbringt offensichtlich viel Zeit im Fitnessstudio, seine Muskeln spannen unter dem weißen Tanktop, über die aufgepumpten Oberarme verlaufen gut sichtbar Adern, eine goldene Kette liegt schwer um den Hals. Sie haben ihren Wagen direkt vor dem Haus geparkt, ein blau metallisierter Ford Mus-tang von ungefähr 2005, schätzt Bashir. Der Dicke wirft seinem Kollegen den Schlüssel zu, sie springen fast gleichzeitig in das Auto und brausen mit aufheulendem Motor davon.

Bashir setzt sich sofort in Bewegung. Mit raschen Schritten überquert er die Straße und fischt parallel Rosies Schlüssel aus der Hosentasche. Passt. Treppe rauf, zweiter Stock, links, er versichert sich, dass niemand aus den oberen Etagen herunter-kommt. Der Schlüssel gleitet ins Schloss und Bashir öffnet die Tür, schiebt sich hinein und drückt sie wieder zu. Eine win-zige Wohnung, wie vermutet, Schlafzimmer, Küche, Bad, der Schrank ist, wie Rosie gesagt hat, gleich neben dem Eingang in der engen Diele.

Mehr als ein Dutzend Koffer stapelt sich darin. Bashir entdeckt den rosafarbenen auf der Stelle, beinahe zuunterst, eingeklemmt unter all den anderen Gepäckstücken, der Stoff zerschlissen und schmutzig. Er packt den Handgriff und zieht vorsichtig daran, doch der Koffer rührt sich keinen Millimeter.

»Fuck!«

Als er stärker am Griff ruckelt, schwankt der ganze Stapel und die obersten Koffer neigen sich bedrohlich nach vorne.

Bashir presst sie mit der einen Hand zurück, während er mit der anderen den rosafarbenen Koffer mit einem Ruck herauszerrt.

Und im nächsten Moment sieht er ihn. Ganz zuoberst. Ein zweiter rosafarbener Koffer. Größer als der erste, trotzdem handlich.

»Shit!«

Bashir hebt das Gepäckstück herunter, es ist überraschend schwer. Kurz wägt er ab, ob er die Koffer öffnen soll, damit er den richtigen mitnimmt. Er will sich gerade niederknien, da fällt unten die Eingangstür zu und aus dem Treppenhaus sind Stimmen und Schritte zu hören. Jemand rennt die Stufen hinauf.

Bashir reagiert blitzschnell: Schrank zu, Wohnungstür geräuschlos abschließen, mit je einer Hand einen Koffer ergreifen und ab ins Badezimmer.

Sekunden später wird ein Schlüssel ins Schloss geschoben, die Tür springt auf und die beiden Typen stürzen herein, sie klingen aufgeregt und beschimpfen sich in einer afrikanischen Sprache.

»*Oponu!*« Blödmann, so viel Yoruba versteht Bashir nach all der Zeit an der Langstrasse. Nigerianer.

Der eine reißt den Schrank in der Diele auf, der andere macht sich in der Küche zu schaffen, aber sie scheinen nicht zu finden, was sie suchen. Sie stellen die Wohnung auf den Kopf, dabei bellen sie sich ungeduldig einzelne Worte zu. Schließlich kommen sie in der Diele zusammen, sie sind jetzt ganz nah, Bashir kann ihren keuchenden Atem hören, während sie sich beratschlagen. Auf einmal wird es ruhig. Im nächsten Moment wird die Badezimmertür aufgerissen, einer der beiden platzt herein, öffnet Schranktüren und stößt einen triumphierenden Schrei aus. Bashir riskiert einen vorsichtigen Blick. Der Dicke hat einen Verbandskasten hervorgeholt und stapft hinaus, die Wohnungstür schlägt zu, der Schlüssel wird gedreht. Stille.

Bashir wartet ab, bis die Schritte im Treppenhaus verstummt sind, unten die Haustür ins Schloss fällt und der Motor anspringt. Dann erst schiebt er den Duschvorhang zur Seite und steigt aus der Badewanne. Eine halbe Minute später verlässt er die Wohnung ebenfalls, in jeder Hand einen rosafarbenen Koffer.

12

»Wann fahren wir endlich?« Tarek wippt mit seinem Stuhl vor und zurück. »Wir warten jetzt schon seit Tagen und es passiert rein gar nichts.«

Sorgfältig rollt Osaro seine Zigarette zu Ende und lässt den Blick über den Platz schweifen, bevor er brummt: »Wir warten auf den richtigen Moment.«

»Und wann ist der?«

»Das weiß nur Allah.« Das Feuerzeug klickt und Osaro lehnt sich zurück. Zieht an seiner Zigarette, inhaliert tief und stößt den Rauch in einem einzigen langen Zug wieder aus.

Agadez, Niger. Einst das blühende Zentrum am südlichen Rand der Sahara, geprägt vom Tourismus. Wüstentouren, der Marktplatz, die Ankunft der Salzkarawanen im November, der historische Stadtkern ist UNESCO-Weltkulturerbe. Die Häuser sind mehrheitlich aus Lehm gebaut, in der Ferne ragt das Minarett der Großen Moschee in den wolkenlosen Himmel, noch so eine Sehenswürdigkeit, die Luft flirrt vor Hitze. Achtunddreißig Grad und es ist nicht einmal Mittag.

Vor dem Café *Ivoire* stehen Plastikstühle und ein paar wackelige Tische direkt auf der staubigen Straße, in zwei winzigen Gläsern dampft Pfefferminztee. Einheimischer Hiphop scheppert aus uralten Boxen.

»Aber wir können nicht die ganze Zeit rumsitzen und nichts tun«, eifert sich Tarek und rückt seine Sonnenbrille zurecht. »Wir sollten die Mädchen einladen und aufbrechen!«

»Tarek! Sieh dich um!« Unauffällig deutet Osaro auf die uniformierten Männer, die schwer bewaffnet und schwitzend über den Platz vor ihnen schlendern. »Überall Soldaten«, knurrt er. »Deutsche, Amerikaner, Franzosen, Italiener. Die kontrollieren die gesamte Route, Wasserlöcher, Oasen, Pässe. Da gibt's kein Durchkommen. Sie haben Zentren eingerichtet, wo sich die Migranten registrieren müssen.«

»Sollten. Registrieren sollten.« Tarek grinst schwach.

Tarek. Spitzbärtchen und lockiges Haar, verheiratet mit Cherifa, zwei Kinder, im Frühjahr wird er dreiundzwanzig.

»Wie auch immer. Sie sagen, sie wollen ihnen helfen, in Wahrheit dienen die Kontrollen dazu, die Leute in ihre Herkunftsländer zurückzuschicken. Oder wenigstens an der Weiterreise zu hindern.«

»Aber es gibt Studentenvisa«, wirft Tarek ein.

Osaro lacht trocken. »Bislang wurden gerade mal zwei davon ausgestellt. Zwei in den letzten vier Jahren! Definitiv kein Ticket nach Europa.«

Osaro. Ein massiger Typ, um die fünfzig, unrasiert und mit millimeterkurz geschnittenem Haar, über seiner Kleidung trägt er einen sandfarbenen Djellaba. Menschenschmuggler. Die Stadt war einst voll von ihnen, mittlerweile ist Osaro einer der letzten.

Mit einer knappen Kinnbewegung weist er auf die Soldaten. »Früher reihten sich auf diesem Platz jeden Montag die weißen Pick-ups dicht aneinander, die Fahrer hätten ihre Wagen mehrmals füllen können, so viele Leute wollten ums Verrecken nach Europa. Polizei und Militär haben uns unterstützt und – gegen eine großzügige Spende natürlich – die Konvois zum Schutz vor Überfällen durch die Wüste eskortiert. Pro Jahr kamen hier angeblich um die zweihunderttausend Flüchtlinge aus ganz Zentralafrika an, eine Fahrt nach Libyen kostete damals zwischen hundert und dreihundert Euro, je nach Situation. Was haben wir Kohle gemacht! Nicht nur Polizei und Militär, auch Grenzwächter und Beamte erhielten Schmiergelder, die Händler, die Restaurants, die Besitzer von Unterkünften, alle haben davon profitiert. Agadez ist nach einer schwierigen Zeit aufgeblüht wie eine Wüstenrose.«

Er leert sein Teeglas mit einem Schluck und gibt dem Kellner ein Zeichen, damit der Nachschub liefert.

»Schwierige Zeit? Wovon sprichst du?« Tarek rollt sich ebenfalls eine Zigarette.

Osaro lacht leise. »Du bist noch so jung, Tarek.«

»Nicht meine Schuld. Erzähl mir davon.«

»Wie du willst«, seufzt Osaro. »Damals in den Neunzigern, weißt du, da brummte das Geschäft mit den Touristen noch. Da war echt was los, wir verdienten alle gut und es ging uns blendend. Doch dann rebellierten die Tuareg gegen die Regierung, weil sie sich unterdrückt und ausgegrenzt fühlten. Dieser bewaffnete Aufstand versetzte der ganzen Region einen ersten gewaltigen Dämpfer. So richtig übel wurde es nach der Ermordung des libyschen Revolutionsführers Muammar al-Gaddafi. Danach blieben die Reisenden wegen der politisch unsicheren Lage und aus Angst vor Terroranschlägen plötzlich ganz weg. Alte Strukturen brachen in der ganzen Region zusammen, Verträge zwischen benachbarten Ländern wurden mit einem Mal nichtig. Während das plötzliche Machtvakuum in Libyen einen Bürgerkrieg auslöste, der den Staat in Fetzen riss, waren ganze Bevölkerungsgruppen auf der Flucht, auch hierher, nach Niger. Fast über Nacht wurden die uralten Schmugglerrouten zwischen Niger und Libyen wieder eröffnet und Agadez mutierte schnell zu einer Drehscheibe für Waffenschieberei, Drogenhandel und Menschenschmuggel. Es ging uns endlich wieder besser. Dann merkte Europa, dass es sich um Afrika kümmern musste, wenn es das Flüchtlingsproblem in den Griff bekommen wollte. Sie nahmen richtig viel Geld in die Hand, eine Milliarde Euro bis 2020, sie schickten die deutsche Bundeskanzlerin vorbei, um Druck zu machen, damit die Sahararoute geschlossen wird, und alles lief wie am Schnürchen. Seither kommen tatsächlich deutlich weniger Flüchtlinge in Europa an.«

Abwartend mustert Tarek seinen Gesprächspartner und zieht an seiner Selbstgerollten. »Aaaaaber …?«, hakt er nach, als der Ältere keine Anstalten macht fortzufahren.

»Es gibt eine Kehrseite, wie immer«, antwortet Osaro leise. »Jetzt, da der Flüchtlingsstrom derart zurückgegangen ist, haben wir keine Arbeit mehr. Die Stadt steuert auf ein finanzielles Desaster zu, von den versprochenen Hilfsgeldern, mit denen man Jobs und Lehrstellen hat schaffen wollen, ist nichts bei den Leuten hier angekommen. Es gibt keinen anderen Lebensunterhalt, das weißt du selber, wir sind in der Wüste. Menschenschmuggel wird mit langen Gefängnisstrafen bestraft, schlimmer ist nur noch, dass sie die Fahrzeuge konfiszieren, damit niemand sonst aus der Familie fahren kann. Wir werden über kurz oder lang verhungern, wenn nichts passiert.«

»Das heißt …?«

»Wir müssen auf unwegsame Strecken ausweichen, weil die gängigen Routen vom Militär kontrolliert werden. Wir können nicht mehr in Konvois fahren, weil man uns sonst sofort entdecken würde. Sondern einzeln, jeder Wagen für sich.«

»Okay, wo liegt das Problem?« Fragend wirft Tarek die Hände hoch.

»Das sind verdammt gefährliche Pfade, Tarek, durch unwegsames Gelände, nur die Waffenschieber und Drogenkartelle nutzen die. Hinzu kommt, dass du komplett auf dich allein gestellt bist, kein Schutz vor Überfällen, vor Banditen oder den Dschihadisten. Falls der Wagen zusammenbricht, bist du am Arsch, und wenn dir das Wasser ausgeht, wirst du unweigerlich verdursten, weil da weit und breit keine Quellen sind.«

»Dafür sind die Fahrten teurer geworden, wir verdienen jetzt mehr als doppelt so viel pro Passagier.«

»Was sollen wir sonst tun? Wir haben alle unsere Familien zu ernähren.« Nachdenklich mustert Osaro sein Gegenüber. »Die ersten Fahrten sind die schlimmsten. Mit der Zeit gewöhnt man sich daran.«

»Das haben sie mir gesagt«, erwidert Tarek, tritt die Zigarette in den sandigen Boden und grinst beruhigend. »Aber mach dir keine Sorgen um mich, ich komm schon klar.«

Osaro erwidert nichts.

»Wir müssen froh sein um die wenigen Transporte, die uns bleiben«, sagt er nach einer Weile. »Wenn die Migranten die

Route wechseln, bleibt uns nichts mehr. Und dann wird es richtig ungemütlich hier.«

Fragend sieht Tarek ihn an.

»Wir steuern auf eine Katastrophe zu, siehst du das nicht? All die Menschen in dieser Region ohne Einkommen, ohne Bildung, ohne Zukunft. Sie leiden unter den verheerenden Dürreperioden, den Heuschreckenplagen, den politischen Unruhen, es gibt kaum zu essen, keine medizinische Versorgung. Die Leute sind verzweifelt, hoffnungslos. Und die Terrororganisationen haben sich längst in Position gebracht. Der Islamische Staat und al-Qaida wittern fruchtbaren Boden für ihre Ideologien, sie sind ganz in der Nähe und verbreiten Gewalt und Schrecken mit ihren Anschlägen. Die islamistische Gruppierung Boko Haram massakriert ganze Dörfer, die operieren im Süden, im nigerianischen Grenzgebiet, und führen Attacken in der ganzen Region durch, im Tschad, in Kamerun, in Burkina Faso, Mali und Mauretanien. Wir leben in einem instabilen, wenig entwickelten Gebiet mit korrupten Regierungen. Ein Fingerschnippen reicht und alles bricht zusammen. Wenn es den Terroristen gelingt, die gesamte Bevölkerung in der Sahelzone in Aufruhr zu versetzen, sind mit einem Schlag nicht mehr ein paar Hunderttausend Menschen auf dem Weg nach Europa, sondern fünfhundert Millionen.«

»Dann stecken die bis zum Hals in der Scheiße.«

»Nur eine Frage der Zeit.« Osaro nickt. »Wir sollten zurück und die Wache ablösen.«

Achtzehn Tage. So lange warten sie jetzt schon, worauf, kann ihnen niemand sagen. Zweiundzwanzig Mädchen in einem winzigen Raum, sie schlafen auf dünnen Teppichen, der Boden ist steinhart und nachts, wenn die Temperaturen in der Wüste fallen, wird es empfindlich kühl. Dann drängen sich alle eng einander und versuchen, sich Wärme zu geben. Einige sind trotzdem krank geworden und liegen apathisch herum, zitternd und mit fiebrigen Blicken. Es gibt keine Medikamente und nur einmal täglich zu essen, die Toilette ist ein Loch in einer Ecke des Zimmers, es stinkt nach ungewaschenen Körpern, Urin und Exkrementen. Müll und Ungeziefer, wohin man sieht.

›Getto‹ nennen sie das Versteck. Eine Bauruine in einem Hinterhof, außerhalb der Stadt, wo die Polizei selten Kontrollen durchführt. Wo einst Fenster und Türen geplant waren, sind nur Löcher, vermutlich ist dem Besitzer auf halber Strecke das Geld ausgegangen oder er hat gemerkt, dass es für Lehmhäuser keinen Bedarf mehr gibt.

Faith rappelt sich auf, ihr Rücken schmerzt vom harten Untergrund, ihre Fesseln und Arme sind von Insektenbissen geschwollen. Ein weiterer unerträglich heißer Tag in der Wüste, wieder werden sie vergebens warten und die Stunden werden sich endlos dehnen. Faith weiß längst nicht mehr, was sie mit sich anfangen soll. In der ersten Zeit haben die Mädchen gespielt, mit Kreide Kreuze auf den Boden gemalt und Schiffe versenkt, sie haben sich Geschichten erzählt und von der Zukunft geschwärmt, die sie in Europa erwartet, sie haben Lieder gesungen. Doch mittlerweile hängen sie nur herum, antriebslos, manche stehen nicht einmal mehr auf, sondern bleiben auf dem harten Boden liegen und starren mit leerem Blick an die Decke der Lehmhütte. Sie dürfen den Hof nicht verlassen, denn da draußen ist es gefährlich, das hat ihnen der Boga eingeschärft, ihr neuer Begleiter. Tarek heißt er. Er ist jung, fast noch ein Kind. Faith mag ihn, seinen spitzbübischen Charme. Jemand, der sich wirklich mit ihnen befasst, der sie wahrnimmt und sich so gut es geht um sie kümmert.

Sie seien Mädchen und deshalb kostbare Fracht, ihre Madames bezahlten viel Geld, damit sie heil in Europa ankommen, hat er ihnen eingeschärft. Die drei Jungs sind eines Nachts verschwunden, niemand wusste, wohin, und keiner hat sich getraut zu fragen.

Tarek passt auf sie auf, er oder ein Kollege wachen nachts am Eingang und sorgen dafür, dass ihnen keine Männer zu nahe kommen. Der Fahrer des Pick-ups ist längst abgehauen, er hat sie bloß hergebracht und sein Geld eingesteckt, bevor er sich grußlos auf den Rückweg nach Benin City gemacht hat.

Schon allein an den Namen der Stadt zu denken, schmerzt Faith. Tränen schießen ihr in die Augen, während sie sich zum Ausgang der Hütte schleppt. Alles tut weh, die Blase drückt und der Hunger rumort seit Tagen wie ein wütendes Tier in ihrem Magen. Sie will nicht weinen, nicht schon wieder, aber sie vermisst ihre Mutter und ihre Geschwister so sehr, dass es sich anfühlt, als griffe eine Hand nach ihrem Herzen und presste es mit aller Kraft zusammen.

»Wer war das?«, hört sie Tareks Stimme vor dem Eingang. »Mit wem hast du telefoniert?«

»Man hat mir gesagt, es solle morgen früh in Aladab eine Razzia geben, die Polizei will einige der Gettos dort hochgehen lassen.«

»Das heißt, wir fahren bald los?«

Osaro gibt ein zustimmendes Schnalzen von sich. »Sobald die Bullen abgelenkt sind.«

Geräuschlos kauert sich Faith nieder und lehnt sich an die Wand. Die anderen Mädchen schlafen noch, Tynisha und Precious eng aneinandergeschmiegt, Abeni liegt quer auf dem schmalen Teppich, den sie sich mit Faith teilt. Ihr Mund steht offen, sie schnarcht leise.

Nach ihrem Fluchtversuch geht es ihr endlich wieder etwas besser. In den Tagen davor hat sie plötzlich begonnen, wirres Zeug zu reden, sie wollte unbedingt nach Hause, litt unter Panikattacken. Faith hat sie an den Juju-Fluch erinnert, sie müsse der Madame das Geld zurückzahlen, dürfe ihr Versprechen nicht brechen, sonst werde sie auf furchtbare Weise dafür bestraft. Doch hat Abeni nicht hören wollen. Vor zwei Nächten hat sie sich rausgeschlichen, hat versucht zu entkommen, wurde allerdings von Tarek nach kurzer Zeit wieder eingefangen und zurückgebracht. Seither verhält sie sich ruhig. Zu ruhig, hat Faith den Eindruck.

»Endlich geht was!« Tareks Stimme überschlägt sich vor Aufregung.

»Halte dich bereit, Tarek. Ich habe gesehen, dass es einigen Mädchen nicht gut geht, manche sind sogar schon krank. Sie werden jeden Tag schwächer. Wir dürfen keine weitere Zeit verlieren.«

»Wann geht es los?«

»Morgen früh, vor Sonnenaufgang.«

»Inschallah. Dann morgen früh.«

Sie stürmen die Unterkunft zu dritt. Kurz nach Mitternacht trampeln Tarek und zwei Burschen herein, rütteln die schlafenden Mädchen wach und zerren sie zum Ausgang.

»Schnell! Schnell! Wir müssen los!«, treibt Tarek sie zur Eile an.

Er reißt diejenigen am Arm hoch, die einfach liegen bleiben, sein Kollege schubst die Wehrhaften, Verstörten grob ins Freie. Sie versammeln die Mädchen im Innenhof, Tarek zählt noch einmal durch, als endlich alle da sind, dann gibt er das Zeichen zum Aufbruch. Zwei Männer voraus, einer am Ende der Kolonne. Schlaftrunken stolpern die Mädchen durch die kühle Nacht, verquollene Gesichter, ihre Habseligkeiten fest an sich gepresst.

»Am frühen Morgen, hat Osaro gestern gesagt«, zischt der Kollege Tarek zu.

»Ich weiß, ich weiß. Aber die Polizei hat überraschend schon um Mitternacht zugegriffen. Vier Gettos haben sie hochgehen lassen, gerade nehmen sie die ganzen Leute fest, die dort versteckt auf die Weiterreise gewartet haben. Mehr als hundertfünfzig sind es angeblich.«

»Die kommen jetzt alle in diese Zentren der EU, werden

registriert und nach ein paar Wochen oder Monaten in ihre Heimat zurückgeschickt.«

»Davon ist auszugehen.« Tarek leuchtet mit einer Taschenlampe den Weg zwischen den Lehmhäusern hindurch. »Zu Hause enden sie unweigerlich wieder im Elend, sagt Osaro, stehen vor dem Nichts. Mit dem kleinen Unterschied, dass sie ab sofort auch noch von allen als Versager angesehen werden, weil sie es nicht geschafft haben.«

»Scheißpolizei! Scheißregierung!«

»Und früher haben wir denen Geld in den Arsch geschoben. Viel Geld.«

»Das hat jetzt die EU übernommen.«

Vor ihnen taucht eine weitere Bauruine auf, der Pick-up steht im Innenhof. Osaro erwartet sie bereits ungeduldig. Die weißen Flächen des Toyota Hilux sind lehmverkrustet, Kartonstücke kleben über den Abblendlichtern.

»Rasch, beeilt euch!«, fährt Osaro die Mädchen an, die eilig auf die Ladefläche steigen und sich dort eingeschüchtert aneinanderdrängen.

Zweiundzwanzig, zählt Tarek, während er jedem Mädchen eine Plastikflasche mit Wasser in die Hand drückt, und hofft, dass es nach der Durchquerung der Wüste immer noch so viele sind.

Sehr unwahrscheinlich, das hat man ihm gesagt.

Er bezahlt die beiden Helfer und springt auf den Beifahrersitz, fast gleichzeitig startet Osaro den Motor. Sie kurven aus dem Innenhof, der Boden ist uneben, steinig, der Pick-up holpert durch Schlaglöcher und die Mädchen werden auf der Ladefläche unsanft durchgerüttelt. Langsam fahren sie zwischen den Häusern hindurch, bis sie den Rand der Stadt erreichen.

Die Sahara liegt direkt vor ihnen. Silbern schimmert der Sand im Mondlicht, vertrocknete Sträucher säumen wie struppige Kobolde den kaum auszumachenden Pfad, der nach Norden führt.

Osaro und Tarek tauschen einen Blick. Tarek lächelt, seine Augen blitzen vor Aufregung. Osaro faltet die Hände vor der Brust, schließt die Lider und spricht ein kurzes Gebet.

Drei Tage dauert die Fahrt bis zur libyschen Grenze.

Drei Tage, wenn alles gut geht. Inschallah.

13

»Das Thema ist tot, Andrea, mausetot!« Kopfschüttelnd kurvt Dominik Schwendener mit dem Cursor über die Statistik auf seinem Computerbildschirm. »Sieh es dir an. Das sind knallharte Fakten, keine Fantasiezahlen, wie deine Partei sie so gern präsentiert.«

Andrea Graf versetzt ihm einen Klaps auf den Hinterkopf und er grinst, doch dann beugt sie sich über seine Schulter, um die Grafiken eingehend zu studieren.

»Schon von 2016 auf 2017 ging die Anzahl der Asylgesuche um ein Drittel zurück! Und für die kommenden Jahre wird ein weiterer Rückgang erwartet. Damit kannst du höchstens die Ewigempörten mit dem Herz auf dem braunen Fleck abholen ...« Er hält inne, als er bemerkt, wie Andrea säuerlich die Mundwinkel verzieht.

Sie trägt einen engen dunkelgrünen Rollkragenpullover, kaum Make-up, das Haar ist noch feucht. Sie riecht nach Duschgel und leicht nach einem blumigen Parfüm.

»... aber von denen wollt ihr ja bloß die Wählerstimmen, richtig? Sonst achtet ihr penibel darauf, dass da stets ein halber Fingerbreit Abstand zum ganz rechten Rand bleibt.«

»Kannst du dich einmal einfach auf das Wesentliche konzentrieren?«

Dominik wirft ihr einen süffisanten Blick zu, der ihren Augen gilt, aber sogleich nach unten rutscht und erst auf ihren Brüsten haltmacht.

»Echt jetzt?«, stöhnt Andrea genervt und rückt von ihm ab.

»Mit der Flüchtlingsthematik holst du deine Wähler nicht mehr ab. Das ist ausgelutscht, überholt, langweilig. Wenn du wirklich ein grandioses Comeback hinlegen willst, musst du größeres Geschütz auffahren.«

»Ich weiß.« Andrea setzt sich Dominik gegenüber hin.

Es ist ihre Idee gewesen, die Besprechung bei ihr zu Hause

abzuhalten und nicht im Büro. Je weniger Leute zuhören, desto besser.

»Ich habe mir ein paar Dinge überlegt …«

»Hattest ja alle Zeit dazu.« Dominik lächelt schmierig und Andrea mustert ihn ein paar Sekunden lang.

Sie stellt sich ihre Faust vor, die immer wieder in seine blöde besserwisserische Fresse mit dem lächerlichen Bärtchen hinein-schlägt, sie hört das Knacken seiner bescheuerten Designerbrille, seine Nase, die nachgibt, sieht das Blut, das warm und klebrig über ihre Hand spritzt. Es fühlt sich großartig an. Doch noch braucht sie ihn, es gibt keinen besseren Politberater zurzeit. Leider. Und auch keinen teureren.

»Kann man die Zahlen manipulieren?«

»Kann man schon, fliegt aber innerhalb kürzester Zeit auf. Weil ihr das eben andauernd macht.«

»Jaja, schon gut. War nur so eine Spontanidee.«

Dominik legt den Kopf schief. »Mir machst du nichts vor, Andrea. Du bist keine Frau, die Spontanideen raushaut.«

Andrea massiert sich mit den Fingerspitzen die Stirn. »Die haben mir dieses Ressort überlassen, weil da nichts zu holen ist …«

»Falsch, komplett falsch. Dein Vater hat dich nicht ruhig-gestellt. Er will nur, dass du dich langsam wieder in den Polit-betrieb einlebst, Schritt für Schritt. Keine brisanten Themen, wo du wie früher nonstop exponiert bist, keine kontroversen Debatten, die dir alles abverlangen, kein Dauerfeuer mehr. Du sollst erst einmal wieder Fuß fassen, das Gefühl für griffige Politik zurückerlangen.«

»Ich bin keine Anfängerin!«, faucht Andrea.

»Er weiß, was er tut. Glaub mir, er ist schon lange genug in diesem Zirkus dabei.«

»Stimmt.« Andrea lacht bitter auf. »Er ist der verdammte Zirkusdirektor!«

»Seit Jahrzehnten.«

»Eben! Vielleicht ist die Zeit reif für eine Ablösung.«

»Genau dafür baut er dich auf, Andrea. Noch bist du allerdings nicht so weit. Und er ebenfalls nicht. Denn er liebt die Macht genauso sehr wie du.«

Sie wirft ihm einen vernichtenden Blick zu. »Was also kann ich tun?«

»Dich ruhig verhalten, auf eine solide Diskussion setzen.«

»Auf Nummer sicher gehen, ist es das?«

Dominik nickt. »Die Wähler sollen dich als seriöse Politikerin wahrnehmen. Nur so wird diese unglückselige Episode vergessen.«

»Musst du immer darauf herumreiten?«, fährt sie ihn an.

»Das musst du aushalten können, meine Liebe. Denn da draußen«, Dominik deutet auf die Fensterfront, an der Regentropfen wie quecksilbrige Tränen kleben, »da draußen werden sie dich als Erstes genau danach fragen. Alles andere interessiert die nicht. Nur dein Zusammenbruch vor laufender Kamera. Deine dunkelste Stunde. Daraus werden Geschichten gemacht. Und sie werden dich nicht mit Samthandschuhen anfassen.«

Andrea schließt kurz die Augen. Es ist gar nicht so lange her, ihr kommt es jedoch vor, als sei seither eine halbe Ewigkeit vergangen. Sie war auf Dauersendung, Facebook, Instagram, Snapchat, Twitter, war in allen Magazinen und Zeitungen, gab ununterbrochen Interviews, war häufiger im Fernsehen zu Gast als jeder andere Politiker. Monatelang, pausenlos. Sie war erschöpft, ausgelaugt und hätte eigentlich dringend eine Auszeit gebraucht. Etwas, das sie sich selbst nicht erlaubte. Aus Angst, den Anschluss zu verlieren und von der Konkurrenz ausgebootet zu werden.

Dann machte sie in einer hitzigen TV-Debatte diese unbedachte – und ja, zynische und geschmacklose, das sieht sie mittlerweile ein – Äußerung über ein Foto eines toten Flüchtlingskindes. Der Shitstorm war gigantisch, er überrollte sie gnadenlos, begrub sie unter sich. Aus dem »Politschätzchen« wurde über Nacht die »herzlose Hetzerin«. Ihre Karriere wackelte, wackelte ernsthaft. Ihr Vater versuchte sich als Retter in der Not und schickte sie kurz entschlossen nach Lampedusa, in ein Flüchtlingscamp, ein Reporterteam und Journalisten der größten Tageszeitungen im Schlepptau. Sie hielt Flüchtlingskinder auf dem Arm, streichelte ihnen über die Köpfchen, lächelte mit betroffener Miene in die Kameras, sagte, wie gern sie die Kleinen heimnehmen würde, retten vor einem ungewissen Schicksal, und fühlte sofort, wie falsch das klang, wie verlogen. Aber die Mikros waren an, die Fotografen knipsten sich die Finger wund. Es war ein spontaner Entschluss ihrerseits, die Liveschaltung zum Schweizer Fernsehen in einem nahe gelegenen Zelt zu machen. Mit Flüchtlingen, die gerade aus dem Mittelmeer gerettet worden waren. Authentischer, näher am Geschehen, mutiger auch, dachte sie, und alle hielten das für eine großartige Idee. Und kurz darauf stand sie in diesem behelfsmäßigen Unterstand und sah das ganze Elend und die Verzweiflung mit eigenen Augen, roch die Angst, die Trauer und den Tod. Sie, die sich immer über Flüchtlinge lustig gemacht, sie als Schmarotzer, Asyltouristen und Lügner abgetan hatte. In diesem Moment wollte sie nur noch weit weg, raus aus diesem schrecklichen Zelt, fort von diesen niederschmetternden Umständen, doch die Verbindung stand, die Sendung lief bereits und Andrea Graf bekam mit einem Mal keine Luft mehr. Wie durch dichten Nebel sah sie, wie ihr der Aufnahmeleiter das Zeichen gab, dass sie nun on air sei. Halb acht, die Tagesschau flimmerte in die Schweizer Stuben und sie klammerte sich am Säugling fest, den ihr jemand in den Arm gedrückt hatte, spürte den Kloß in ihrem Hals, spürte, wie alles zu viel wurde – und dann begann sie zu heulen. Sie sackte zusammen, den Mund zu einem stummen Schrei aufgerissen, sie fiel auf die Knie und das Kind rollte auf den Boden. Sie krümmte sich und weinte, wie sie nie zuvor geweint hatte. Die Tränen strömten ihr übers

Gesicht, ihre Haut lief erst puterrot und allmählich bläulich an und ihre Schluchzer klangen nach einem Tier, das im Begriff war zu ersticken, tief und roh und entmenschlicht. Sie hat die Aufnahmen gesehen, es war eine grässliche Szene, ihr Gesicht zur Unkenntlichkeit verzerrt, eine Fratze.

Nach ihrer Rückkehr checkte sie auf Geheiß ihres Vaters in die Klinik ein. Abtauchen, warten, bis sich die Aufregung gelegt hatte. Gras über die Sache wachsen lassen. Das Gras wuchs allerdings langsam, viel zu langsam für jemanden wie Andrea Graf.

»Auf gar keinen Fall werde ich jetzt herumsitzen und abwarten.« Andrea stützt ihre Ellenbogen auf der Tischplatte ab und verschränkt die Finger. »Was also schlägst du vor?«

Ein unwilliges Brummen entfährt Schwendener. »Es ist immer das Gleiche mit euch Politikern: Erst wollt ihr, dass wir Lösungen für eure Probleme liefern. Und am Ende wisst ihr sowieso alles besser. Oder glaubt es zumindest.«

Andrea zuckt mit den Schultern. »Bist du fertig mit Rumheulen?«

»Wenn es nach mir ginge …«

»Geht es aber nicht.«

»Wenn du tun würdest, was ich dir rate, könnten wir weit kommen.«

»Wir?« Andrea zieht eine Augenbraue hoch. »Es gibt kein ›Wir‹. Ich bin der Politstar. Du bist nur der Berater.«

Für den Bruchteil einer Sekunde verzerrt blanke Wut Dominik Schwendeners Gesichtszüge, doch er hat sich gleich wieder im Griff.

»Also?« Fordernd reckt Andrea das Kinn.

»Ich habe es dir bereits gesagt: Ball flach halten.«

»Keine akzeptable Lösung. Nicht für mich.«

Dominik wiegt den Kopf und betrachtet seine Gesprächspartnerin nachdenklich. »Es gäbe da schon Möglichkeiten …«

»Konjunktive interessieren mich nicht.«

»Deine Partei wird dir kein anderes Ressort zuteilen, nicht in der nächsten Zeit.«

»Das ist mir klar. Weiter.«

»Also musst du das Thema ›Flüchtlinge‹ brisant machen, wenn du wieder in die Schlagzeilen kommen willst.«

»Nur kommen keine Migranten mehr, zumindest nicht genug, um die Empörung am Leben zu erhalten. Die Bevölkerung kann das immer gleiche Gejammer eh nicht mehr hören.«

Dominik lächelt. »Dann sorg für einen Skandal.« Er greift nach seinem Handy, öffnet die Instagram-App und zeigt Andrea das angewählte Profil. »Es darf bloß niemand herausfinden, dass du dahintersteckst.«

Jamila antwortet innerhalb kürzester Zeit auf Andreas Nachricht, die Bloggerin gibt ihr Handy vermutlich keine Sekunde aus der Hand. Ein kurzes Telefongespräch später ist Andreas Comeback aufgegleist. Und es wird fulminant sein. Sie kann die Reaktion ihres Vaters kaum erwarten, sein knappes Nicken, die kurz, aber anerkennend vorgeschobene Unterlippe – zu mehr Lob ist er ohnehin nicht imstande. Nun wird er endlich einsehen, dass sie ihn nicht mehr braucht, dass sie auf eigenen Beinen steht, es ohne ihn schafft.

»Was war eigentlich mit diesem Affenkopf?«, will Dominik Schwendener wissen und zieht seinen Mantel über.

Andrea macht eine wegwerfende Geste. »Vermutlich eine Aktion der Linken.«

»Die waren in der Wohnung drin! Das ist nicht zu vergleichen mit Hundekacke im Briefkasten.«

»Die Putzfrau schließt nie ab, wenn sie da ist. Womöglich hat sich jemand hereingeschlichen, den Schädel platziert und ist wieder abgehauen.«

»Und was soll die Botschaft sein?«

»Keine Ahnung, was in einem Sozenhirn abgeht.«

Besorgt schüttelt Dominik den Kopf, als er seinen beigefarbenen Mantel zuknöpft. Burberry. Nichts sieht an einem Mann biederer aus. Andreas Blick bleibt an Dominiks samtig braunen Wildlederslippern mit Bommeln hängen.

Falsch, denkt sie, es gibt doch etwas.

»Pass auf, Andrea. Ich bin nach wie vor der Meinung, dass du deswegen zur Polizei gehen solltest.«

»Ja klar, und am nächsten Tag steht das in den Schlagzeilen! ›Psycho-Politikerin mit Affenschädel terrorisiert!‹ Nein danke, das kriege ich schon selber in den Griff.«

»Was meint Matthias dazu?«

Andrea zuckt mit den Schultern. »Ich habe es ihm gegenüber gar nicht erst erwähnt. Er ist ohnehin nie da und momentan reden wir nicht besonders oft miteinander.«

»Krise?«

»Funkstille.«

»Na dann.« Dominik legt die Hand auf die Türklinke und beugt sich vor, die Lippen zum Abschiedskuss geschürzt. Andrea weicht ihm geschickt aus und streckt stattdessen die Hand aus, die er irritiert ergreift.

»Bis bald«, sagt sie übertrieben jovial.

»Wir telefonieren. Und vergiss nicht: Unter keinen Umständen darf herauskommen, dass du dahintersteckst.«

14

Seit Minuten starrt Marisa auf die beiden rosafarbenen Koffer. Monoton trommelt Regen auf das Dach des kleinen Hauses, vor den Fenstern verschwimmen Bahngleise, Masten und Stromleitungen zu grauen Umrissen, als befänden sie sich hinter Milchglas.

Beide Koffer sind aus festem Stoff, der eine ist ziemlich ramponiert, der andere, größere wirkt beinahe neu.

»Wir haben nicht einmal eine Telefonnummer, unter der wir Rosie, oder wie auch immer sie heißt, erreichen können«, bemerkt Marisa und nippt an ihrem Tee. Pfefferminz-Brennnessel-Süßholz. Oder so ähnlich, ganz genau kann sie sich nicht erinnern.

»Sie hat sich ja geweigert, sie uns zu geben«, brummt Bashir, ohne den Blick von seinem Tablet zu heben.

»Und was machen wir, wenn sie heute ebenfalls nicht kommt?«

»Dann suchen wir sie.«

»Wie denn?«

»Ich habe sie fotografiert.« Er dreht das Gerät um, damit Marisa die Aufnahme betrachten kann.

Angespannt sitzt Rosie auf dem Rand des Sessels und schaut wenig freundlich in die Kamera. Sie scheint nicht zu bemerken, dass sie mit Bashirs Tablet aufgenommen wurde, seine verbalen Provokationen haben sie wohl in dem Moment zu sehr abgelenkt.

»Und nun rennen wir in der Stadt herum und fragen alle, ob sie Rosie gesehen haben?«

»Hast du eine bessere Idee?«

Marisa überlegt und deutet zögernd auf die beiden Gepäckstücke. »Ich bin der Meinung, wie sollten erst die Koffer öffnen. Rosie hat gesagt, sie kommt vorbei, um zumindest den einen abzuholen. Das wäre gestern gewesen und wir haben nichts von ihr gehört. Sie hätte ja anrufen können, wenn ihr was dazwischengekommen ist.«

»Genau dieser Punkt macht mir Sorgen«, bemerkt Bashir. »Vorgestern schien die Angelegenheit sehr zu eilen. Und dann meldet sie sich zwei Tage lang nicht mehr. Das ist seltsam.«

»Sie hat ihren Pass erwähnt, vermutlich finden wir den im Koffer. Damit wüssten wir endlich, wie sie wirklich heißt. Was die Suche wesentlich erleichtern würde.« Marisa kauert sich vor den beiden Koffern nieder und sieht fragend zu Bashir hinüber. »Was meinst du?«

Bashir antwortet mit einer vagen Kopfbewegung, bevor er aufsteht und sich neben Marisa auf den Boden kniet.

Vorsichtig öffnet Marisa den Reißverschluss des ersten, mitgenommen aussehenden Gepäckstücks und klappt den Deckel auf. Kleidungsstücke quellen heraus, genau wie Rosie angegeben hatte, sie verströmen einen gammeligen Geruch nach Schweiß und schmutziger Wäsche.

Rasch hebt Marisa den Inhalt aus dem Koffer heraus und platziert alles sorgfältig neben sich auf dem Boden. Abgetragene T-Shirts und Hosen, zwei Röcke in bunten Farben, Unterwäsche. Kleider, die Rosie in der Schweiz wohl nicht mehr gebraucht hat. In einem mit einem Reißverschluss gesicherten Fach im Deckel findet sie den Pass.

Marisa lässt die Hand sinken. »Es fühlt sich seltsam an, das Gepäck von jemand Fremdem zu durchwühlen. Es ist, als gäbe es die Person gar nicht mehr.«

»Wir werden sie finden«, sagt Bashir bestimmt, nachdem er einen Blick in den Pass geworfen hat. »Joy Adebajo. Geboren am ersten Januar 1997 in Benin City, Nigeria.«

»Zweiundzwanzig Jahre alt.«

»Das Geburtsdatum ist vermutlich nicht korrekt«, gibt Bashir zu bedenken. »In manchen westafrikanischen Staaten werden gar keine oder nur wenig verlässliche Urkunden bei der Geburt eines Kindes ausgestellt. Wenn sie bei der Ausreise oder irgendwo unterwegs auf dem Weg nach Europa einen Pass bekommen, setzt man den ersten Januar als Geburtstag ein. So gut, wie Joy Deutsch spricht, muss sie schon ein paar Jahre hier leben. Aber sie ist garantiert jünger als zweiundzwanzig, war vermutlich sogar minderjährig, als sie eingereist ist.«

»Sie hat sich als älter ausgegeben?«

»Dazu hat man sie garantiert angewiesen.«

»Wieso?«

»Minderjährige Flüchtlinge werden nach ihrer Ankunft in Europa sofort betreut, sie stehen die ganze Zeit unter Aufsicht. Erwachsene hingegen kann man relativ problemlos aus den Auffanglagern rausschmuggeln.«

»Menschenhandel in dem Fall?«

»Davon gehe ich aus. Deshalb haben sie Joys Pass zurückbehalten, als Druckmittel.«

»Auf mich hat sie einen ziemlich reifen Eindruck gemacht«, wirft Marisa ein.

»Das Leben auf der Straße ist verdammt hart und lässt dich schnell erwachsen werden«, erwidert Bashir in einem bitteren Ton, der Marisa aufhorchen lässt.

Nachdenklich mustert sie ihn und einmal mehr wird ihr bewusst, wie wenig sie über ihn weiß. »Woher stammt eigentlich deine Narbe?«

Verwundert sieht er sie an. »Themawechsel?«

»Mir ist gerade aufgefallen, dass ich fast nichts von dir weiß.«

»Du weißt genug.«

»Was ist mit der Narbe?«

»Lass mich in Ruhe.«

»Hast du eine Freundin?«

»Was soll das?«

»Ich will dich besser kennenlernen.«

»Wozu? Klappt doch bestens so.«

»Ich kann das nicht, mit jemandem zusammenarbeiten, der nichts von sich preisgibt.«

»Du wirst dich daran gewöhnen.«

»Du lebst allein, das weiß ich.«

»Also. Was soll dann die dämliche Fragerei?«

»Aber hast du eine Freundin?« Marisa grinst frech.

»Mann!« Verstimmt erhebt sich Bashir, packt den zweiten Koffer und stellt ihn mit Nachdruck vor Marisa hin. »Aufmachen!«

»Redest du mit der zukünftigen Frau Berisha auch in diesem Tonfall?«

»Es gibt keine Frau Berisha, weder eine vergangene noch eine zukünftige, okay?«

»Wieso nicht?«

»Mach schon auf.«

»Gleich, sobald du mir mehr über deine mysteriöse Narbe …« Während sie spricht, öffnet Marisa den Reißverschluss. Kaum hat sie den Deckel angehoben, verstummt sie schlagartig. »Verdammte Scheiße!«, flüstert sie, nachdem sich der erste Schreck gelegt hat, und öffnet den Koffer ganz.

Bashir schluckt hörbar. »Und die steht uns bis zum Hals.«

»Am besten bringen wir ihn sofort zurück.«

»Und wie stellst du dir das vor?«

»Du hast doch noch den Schlüssel zu der Wohnung.«

»Die ist jetzt garantiert rund um die Uhr bewacht. Wenn die bemerkt haben, dass dieser Koffer fehlt …«

»Womöglich ist das der Grund, dass sich Joy nicht mehr meldet. Die Kerle haben bei der Rückkehr in die Wohnung bemerkt, dass dieser Koffer weg ist und derjenige von Joy ebenfalls.«

Bashir fährt sich mit beiden Händen übers Gesicht und stöhnt. »Verdammt, du hast recht. Sie könnte ernsthaft in Gefahr sein.«

»Wieso musstest du auch beide Koffer mitnehmen?«

»Das habe ich dir bereits gesagt. Weil ich keine Zeit hatte zu überprüfen, welcher der richtige ist. Die beiden Typen kamen plötzlich zurück und …«

Marisa winkt ab. »Schon okay, daran können wir jetzt nichts mehr ändern. Und streiten bringt uns keinen Schritt weiter.«

»Definitiv nicht.«

»Was sollen wir tun?« Mit banger Miene sieht Marisa zu Bashir auf.

Der schüttelt langsam den Kopf. »Ich weiß es nicht. Ich weiß es echt nicht.«

Ihr Blick wandert von Bashir zum randvollen Koffer. Sie kann nicht abschätzen, wie viele Päckchen mit weißem Pulver darin liegen. Aber es ist eine ganze Menge.

15

Sie bleibt unter dem Vordach des Lokals stehen und gibt vor, Nachrichten auf dem Handy zu checken, während sie unauffällig das Treiben an der Kernstrasse gegenüber beobachtet.

Ein schmaler Durchgang bloß, rechts eine einschlägige Bar in der Ecke eines heruntergekommenen Wohnhauses, ockerfarbene Fassade und Risse im Verputz, die Haustür daneben ist nur angelehnt. Es herrscht wenig Betrieb, hin und wieder geht eine der Frauen in Begleitung hinein. Die Männer, die herauskommen, verharren jedes Mal im Türrahmen und sehen sich wachsam um, bevor sie das Haus verlassen und sich, Geschäftigkeit vortäuschend, eilig entfernen. Auf der linken Seite der Gasse ein Friseurladen und Hinterhöfe, die mit Maschendrahtzaun abgesperrt sind.

Später Nachmittag, der Regen hat nachgelassen und die Frauen – allesamt Afrikanerinnen – patrouillieren mit wiegenden Hüften auf den wenigen Metern zwischen den beiden Querstraßen, die Kleider knapp und glitzernd, hochhackige Schuhe, schwer hängt ihr süßer Parfümduft in der Luft. Nähert sich ein potenzieller Kunde, beginnen sie zu gurren und zu lächeln, Verheißung blitzt in ihren Augen auf, sie schürzen die Lippen und geben lockende Schnalzlaute von sich. Geht er weiter – und die meisten Männer gehen nach kurzem Zögern weiter –, wischt ein angeödeter Ausdruck ihre Gesichter leer, die Blicke teilnahmslos, müde, abgestumpft.

Marisa sieht sich noch einmal Joys Aufnahme auf dem Handy an, die ihr Bashir geschickt hat, dann fasst sie sich ein Herz. Das erste Unterfangen, das sie nicht im Vorfeld abgesprochen haben, aber der Koffer mit dem Koks lässt ihr keine Wahl. Marisa fühlt sich, als säße sie auf einer tickenden Bombe.

Je eher das Zeug wieder verschwindet, desto besser, denkt sie.

Bashir hat zur Vorsicht gemahnt und war strikt gegen eine überstürzte Aktion wie zum Beispiel Marisas Idee, den Koffer einfach vor der Wohnungstür zu deponieren und abzuhauen. Man müsse wohlüberlegt vorgehen, die Sache sei gefährlich.

Obschon sie gemeinsam alle möglichen Varianten durchgegangen sind, auf welche Weise man den Koffer seinem Besitzer zurückbringen könnte, ohne dabei gesehen oder gar erwischt zu werden, kamen sie auf kein befriedigendes Resultat.

Sie müssten umsichtig agieren, so Bashir, damit sie ihre Klientin nicht weiter in Gefahr brächten.

Als Marisa auf dem Heimweg am Langstrassenquartier vorbeifuhr, hat sie sich kurzerhand entschieden, die Suche nach Joy auf eigene Faust in Angriff zu nehmen.

Jetzt steuert sie auf die Frau zu, die dem Aussehen nach die älteste und erfahrenste ist. Marisa hat beobachtet, wie sie ihre Kolleginnen mit unauffälligen Handzeichen auf mögliche Kunden aufmerksam macht oder sie diskret warnt, wenn sich ein Freier seltsam verhält.

»Hallo!«, ruft sie der Frau zu, worauf sich deren Miene schlagartig verhärtet.

Ihre Kolleginnen verlangsamen ihre Schritte, wachsam schauen sie Marisa entgegen.

Wie eine Herde Antilopen, die eine Löwin auf der Pirsch entdeckt haben, denkt Marisa. Die Muskeln angespannt, alle Sinne geschärft, jederzeit bereit zur Flucht.

»Entschuldigen Sie, vielleicht können Sie mir weiterhelfen.«

Die Schwarze reckt das Kinn. »Das ist kein Auskunftsbüro«, sagt sie eisig.

»Kennen Sie diese Frau?« Marisa steht jetzt direkt vor ihr und hält ihr Joys Foto auf dem Handy unter die Nase.

Die Frau schaut kurz auf die Aufnahme und schüttelt den Kopf.

»Sehen Sie sich das Bild genauer an!«

»Geben Sie mir Befehle, Madame?«

»Nein, natürlich nicht«, beschwichtigt Marisa sofort. »Es ist nur wichtig, ich suche diese Frau.«

»Weshalb?«

»Sie hat sich nicht bei mir gemeldet und ich mache mir Sorgen um sie.« Ehe sie den Satz beendet, würde sich Marisa am liebsten die Zunge abbeißen.

»Wieso sollte sie sich bei Ihnen melden, Madame?«

»Äh … wir sind Freundinnen.«

»Freundinnen? Mmh«, macht die Frau gedehnt und bedenkt Marisa mit einem skeptischen Blick, im selben Moment treten zwei dunkelhäutige Männer aus dem Friseursalon und nähern sich mit raschen Schritten.

»Probleme, Lisha?«

»Alles unter Kontrolle«, antwortet Lisha. »Diese Frau sucht das *Metropol* und beeilt sich jetzt besser, wenn sie nicht zu spät ins Kino kommen will.«

»Wenn Sie wissen, wo Joy ist, sagen Sie es mir«, flüstert Marisa. »Geben Sie mir einen Hinweis, bitte!«

»Ich habe die Frau nie zuvor gesehen«, erwidert Lisha kühl. »Und jetzt verschwinden Sie, ehe ich meine beiden Aufpasser auf Sie hetze.« Mit einer knappen Kopfbewegung weist sie auf die Männer, die in ein paar Metern Entfernung stehen geblieben sind und Marisa finster taxieren.

»Ganz okay.« Lustlos stochert Luca mit der Gabel auf seinem Teller herum.

Fleischkäse und Spiegelei, dazu Kartoffelsalat. Normalerweise stürzt er sich auf das Essen, doch heute scheint ihn etwas zu bedrücken.

»Ist das alles, was du mir über den heutigen Schultag erzählen kannst?« Marisa beobachtet ihren Sohn mit gerunzelter Stirn.

»Wir hatten Rechnen und Deutsch. Mirko wurde schlecht, er hat ins Waschbecken gekotzt und die Lehrerin hat ihn nach Hause geschickt. Er hat Magen-Darm, sagt sie.«

»Ist dir auch komisch? Hast du deswegen keinen Appetit?«

»Nein.«

Einen Moment lang herrscht Stille, nur aus dem Radio auf der Durchreiche klingt leise Musik. Eine Dreizimmergenossenschaftswohnung in Wiedikon, die Marisa nur bekommen hat, weil sie alleinerziehend ist und unterdurchschnittlich verdient. Das beleidigt zwar ihren Stolz, aber sie hat keine Wahl, wenn sie in der Stadt wohnen bleiben will. Luca hat in der Schule endlich so etwas wie Anschluss gefunden, einen Freund sogar, mit dem er sich an seinen freien Nachmittagen zum Spielen trifft, und dieses brüchige Glück will sie auf keinen Fall aufs Spiel setzen, indem sie in die Agglomeration hinauszieht, wo die Mieten billiger wären.

»Mama, was ist Magen-Darm?«

»Das ist wie eine Grippe, du hast Fieber und es wird dir schlecht, meist kriegst du noch heftigen Durchfall …«

»Hör auf! Das ist voll eklig! Ich bin am Essen!«

»Du wolltest es wissen.«

»Nicht so genau.«

Marisa lächelt.

»Wie gefällt dir deine neue Arbeit?«, erkundigt sich Luca und schiebt sich jetzt doch ein Stück Fleischkäse in den Mund.

»Es ist … anders als vorher, ganz anders.«

Luca überlegt kauend. »Besser?«

»Ja, besser, ich bin mein eigener Chef, das ist gut. Aber …«

»Aber?«

»Es gibt so viele Dinge, die man nicht voraussehen kann. Jeder Tag ist eine Überraschung.«

»Überraschungen sind gut!«

Marisa denkt an den Koffer voller Kokain. »Nicht immer, Luca. Es gibt auch böse Überraschungen.«

»Da freut man sich dann nicht?«

»Nein.«

»Und dein Kollege?«

»Bashir?«

»Ja, genau der. Wie ist er?«

Marisa wiegt den Kopf. »Still. Er redet nicht viel.«

»Nicht so wie du.«

»Pass auf, was du sagst. Sonst stecke ich dich gleich ins Bett!«

»Traust du dich eh nicht!« Luca kichert und Marisa hebt drohend den Finger.

»Und ob, du wirst schon sehen!«

»Ist er nett?«, fragt Luca nach einer Pause.

»Ja, schon, er erzählt nur wenig von sich, ich weiß fast nichts über ihn.«

»Hast du ihm alles über uns erzählt?«

»Nein, habe ich nicht.«

»Siehst du.«

Marisa streckt den Arm aus und streicht ihrem achtjährigen Sohn durchs dunkelblonde Haar. Er hält sich gut, weint viel weniger in letzter Zeit. Seine jähen Wutanfälle sind glücklicherweise ebenfalls seltener geworden, der letzte ist einige Wochen her, die beiden Tassen, die dabei zu Bruch gegangen sind, hat sie längst ersetzt. Marisa weiß, dass Trauer bei Kindern in Schüben kommt. Zwischendrin gibt es immer wieder Phasen, in denen alles normal scheint, dann schlägt sie jedoch plötzlich wieder erbarmungslos zu, diese Trauer, und wirft Luca zu Boden, lässt ihn heulen oder wüten oder ganz still werden, was ihr fast am meisten Angst macht.

Ihr Blick streift das Familienfoto auf dem Fenstersims. Ein Ausflug in den Europapark, ein sonniger Tag, Luca war damals sieben, Marisa lächelt in die Kamera und Antonio steht hinter ihnen und hat die Arme um sie beide gelegt, als wollte er Mutter und Sohn vor allem beschützen.

Hat nicht ganz geklappt, denkt Marisa und seufzt tief.

Luca legt die Gabel mit Nachdruck hin und Marisa lenkt ihre Aufmerksamkeit augenblicklich auf ihn. Sie weiß genau, wann etwas Wichtiges kommt.

»Sie haben mich ausgelacht«, stößt ihr Sohn hervor.

»Wieso?«

»Ich habe dir ja von dem Schulball erzählt, an dem wir uns verkleiden sollen …«

»Die Eltern sind eingeladen, oder?«

»Ja, logisch.«

»Was ist damit?«

»Eben, sie haben mich ausgelacht!«

»Wer?«

»Die Jungs und ein paar Mädchen.«

»Timo auch?«

»Nein, aber … egal.«

»Nein, das ist nicht egal. Warum haben sie dich ausgelacht?«

»Weil wir erzählen sollten, als was wir uns verkleiden würden.«

»Und als was willst du dich verkleiden?«

Luca zögert und kaut auf seiner Unterlippe herum.

»Luca?«

»Als Prinzessin.«

»Du hast was?« Verärgert knetet Bashir seine Stirn, während er in die Überwachungskamera blickt, die er schräg über dem Eingang der Agentur montiert hat, direkt unter dem Vordach.

Es ist wenig wahrscheinlich, dass sie noch einmal in eine ähnliche Situation geraten wie in diejenige mit Joy, aber falls doch, verfügen sie ab sofort automatisch über Bildaufnahmen ihrer Klienten. Beim nächsten Mal gelingt es Bashir womöglich nicht, den Auftraggeber mit dem Tablet abzulichten. Außerdem ergibt so eine Kamera angesichts der plötzlich brenzligen Lage Sinn. Der Kokskoffer liegt Bashir schwer auf dem Magen und er wäre ihn lieber heute als morgen losgeworden.

Und eine Klingel fehlt uns auch nach wie vor, macht er sich eine gedankliche Notiz.

Nachdem Marisa nach Hause gegangen ist, hat er lange über eine mögliche Lösung ihres Problems nachgegrübelt. Dabei ist ihm klar geworden, dass sie das Gepäckstück unbedingt behalten müssen, so wahnwitzig es klingt. Denn das ist ihre einzige Verhandlungsgrundlage, falls die ganze Sache darauf hinauslaufen sollte, Joy freizubekommen. Und dass sie irgendwo festgehalten wird, davon ist Bashir überzeugt. Andernfalls hätte sie sich garantiert gemeldet, ihr Fluchtplan hat nicht wie ein spontaner Einfall gewirkt, sondern schien wohlüberlegt und war perfekt durchorganisiert. Er fragt sich, wie sie es hingekriegt hat, dass die Männer die Wohnung um Punkt 18:35 Uhr verlassen haben.

Bashir ist sich sicher, dass Joy lebt, denn momentan ist sie die Einzige, die darauf kommen könnte, ja kommen muss, wo sich der Koffer mit dem Kokain befindet. Und das muss ihren Kidnappern ebenfalls klar sein. Zwei verschwundene Koffer am selben Tag, beide rosafarben – man muss schon auf beiden Augen blind sein, um da keinen Zusammenhang zu sehen. Zudem gibt es keine Einbruchspuren an der Wohnungstür, was äußerst verdächtig ist.

Es ist nicht nur das intakte Schloss. Marisa hat den Typen mit ihrer unüberlegten Soloaktion zusätzliche Anhaltspunkte geliefert, dass Joy nicht allein gearbeitet hat. Und nicht mit jemandem aus der nigerianischen Community, sondern offenbar mit einer weißen Frau, die mit einer Aufnahme von Joy herumläuft. Das bringt Bashir und Marisa in eine kritische Situation und gefährdet in höchstem Maße Joy. Dass diejenigen, die Joy festhalten, an die benötigten Informationen gelangen werden, daran besteht kein Zweifel. Die Frage ist nur, wie viel Schmerz dazu nötig sein wird.

»Wieso hast du das getan?«

»Eine spontane Idee, ich dachte, ich könnte …« Marisa verstummt kleinlaut.

»Verdammt, Marisa!«

Ob es wirklich eine gute Idee gewesen ist, gemeinsam mit ihr eine Agentur zu eröffnen? Mit jemandem, den er kaum kennt? Der Gedanke schießt ihm durch den Kopf, während er zurück ins Haus geht, in der nächsten Sekunde tut er ihm bereits leid.

Er blickt auf die Einrichtung, die Marisa so geschmackvoll zusammengestellt hat, denkt an all die Arbeit mit dem Umbau, die er ohne sie nicht hätte bewältigen können. Ihr hat er es zu verdanken, dass er nicht in einer gewöhnlichen Detektei versauert, denn selbst wäre er ja nicht einmal auf die Idee gekommen, die Agentur zu gründen. Und Marisa bringt Leben in sein Dasein, sie lacht viel und verstrahlt eine Wärme, die bisher in seiner Welt gefehlt hat. Es macht Spaß, mit ihr zu arbeiten, sie ist gut und weiß, was sie tut. Meistens jedenfalls.

»Es tut mir leid«, murmelt sie.

»Schon okay«, erwidert er so sanft, dass er selbst erschrickt. »Als Erstes muss das Koks weg. Darum kümmere ich mich gleich. Und danach müssen wir so rasch wie möglich Joy finden. Jetzt ist sie ernsthaft in Gefahr, denn die Kerle werden nicht zimperlich mit ihr umgehen, um herauszufinden, woher sie dich kennt.«

»Verdammte Scheiße!«

»Kannst du laut sagen.«

Er beendet den Anruf und tigert angestrengt nachdenkend durch das Büro. In der Tür zum Schlafzimmer bleibt er stehen. Beide Koffer hat er im Kleiderschrank neben seinem Futon verstaut. Kein wirklich brillantes Versteck, das ist ihm bewusst, er muss dringend ein besseres finden.

Bashir öffnet den Schrank, holt beide Koffer hervor und öffnet erst den schäbigeren, denjenigen von Joy. Er langt in das Fach im Deckel und nimmt den Pass an sich, bevor er das Gepäckstück wieder schließt.

Danach klappt er den zweiten Koffer auf und betrachtet nachdenklich den Inhalt. Schließlich kauert er sich davor nieder und fährt mit der flachen Hand über die ordentlich gestapelten Säckchen. Immer vier davon werden von einem Klebeband zusammengehalten, auf den Seiten hat man einige einzelne hineingestopft, damit das Ganze bei einem allfälligen Transport nicht zu sehr herumrutscht. Marisa und er haben sie gezählt, hundertvierundvierzig Beutel sind es, dazu kommen sieben auf den Seiten. Hunderteinundfünfzig Päckchen mit einem Inhalt von jeweils hundert Gramm. Mehr als fünfzehn Kilo Koks. Ein geschätzter Marktwert von anderthalb Millionen Franken, je nach Reinheitsgrad. Geld, das man aller Wahrscheinlichkeit nach mit Prostituierten wie Joy verdient hat und auf diese Weise vermehrt. Menschenhandel und Drogendeals, so läuft das, beides eng miteinander verbunden.

Sie werden den Koffer zurückhaben wollen, dessen ist er sich bewusst. Und wenn Marisa und ihm nicht schnellstens eine Lösung einfällt, wird das keine schöne Rückgabe. Ganz und gar nicht.

Bashir starrt auf die Päckchen, er zögert, aber dann zieht er kurz entschlossen einen der losen Beutel an der Seitenwand des Koffers heraus und stopft ihn in die Tasche seiner Jacke, die er nach der Installation der Kamera immer noch nicht ausgezogen hat.

16

Die Sonne ein gleißender Feuerball, beinahe weiß der Himmel und endlos weit. Kein Schatten, der Fahrtwind heiß und staubig, die Wüste kennt keine Gnade. Faith schwitzt, ihr ist übel, auf der Ladefläche des Pick-ups wird sie ununterbrochen durchgerüttelt.

Osaro und Tarek haben die Mädchen ermahnt, sparsam mit dem Wasser umzugehen, deswegen nippt Faith nur hin und wieder an der Flasche, sie ist halb voll. Abeni lehnt den Kopf gegen Faiths Schulter, die Augen geschlossen, Speichelschaum im Mundwinkel. Es geht ihr nicht gut, das hat Faith bereits kurz nach der Abfahrt in Agadez bemerkt. Sie bewegt sich zu langsam und scheint Mühe mit dem Gleichgewicht zu haben, sie spricht kaum noch und wenn doch, presst sie die Wörter abgehackt und mühselig hervor. Bei den herrschenden Temperaturen ist es schwierig festzustellen, ob sie Fieber hat, aber Faith befürchtet, dass Abeni ernsthaft erkrankt ist.

»Trink!« Sie hält dem Mädchen die eigene Flasche an den Mund.

Als es nicht reagiert, träufelt sie einige Tropfen auf seine Unterlippe und versucht dabei, nichts zu verschütten. Abeni zuckt leicht zusammen, öffnet die verklebten Lider und leckt schließlich das Wasser ab, die Zunge bewegt sich wie in Zeitlupe.

Der Toyota Hilux holpert über einen schmalen Pfad, die Spur früherer Transporte, kaum auszumachen auf dem sandigen Grund des Hochplateaus, und Faith hält sich verkrampft an dem Stock fest, der an der Ladefläche befestigt ist. Glücklicherweise war es in den letzten Tagen windstill, sonst wären die Dünen weitergewandert und der Pfad unweigerlich verschwunden.

Benommen schaut Faith in die Weite. Die Luft flimmert, Sand, wohin sie blickt, ab und zu verdorrte Sträucher und Flecken von strohigem Gras. In der Ferne, jenseits der Tiefebene, erheben sich karamellfarbene Sanddünen, die Rücken vom Wind weich gerundet.

Und dann plötzlich, ein Steinwurf vom Pfad entfernt, ein weiterer Toyota Hilux, ebenfalls weiß, der vordere Teil im Boden versunken, die Ladefläche vom Sand halb zugeweht. Faith fragt sich, wo seine Fahrer und die Passagiere abgeblieben sind.

Die grausame Antwort erhält sie, ehe sie den Gedanken zu Ende führen kann. Der Wind hat die Leichen fast gänzlich mit Sand überzogen, zwanzig, fünfundzwanzig Menschen vielleicht, wenige Meter neben dem Fahrzeug, ihre Umrisse sind kaum auszumachen. Von Hitze und Durst hingestreckte Körper, Zehen und Finger ragen gespenstisch hoch, die Gesichter haben Wüstentiere weggefressen, eingefallene Brustkörbe und ausgetrocknete, rissige Haut, die sich über Knochen spannt. Die bunten Zipfel von T-Shirts und Röcken sind für Faith das Schlimmste. Sie erinnern sie deutlicher an die Menschen als die zerfallenden Leichen, an Menschen, die wie sie voller Hoffnung aufgebrochen sind, um ein besseres Leben zu finden. Und dabei auf katastrophale Weise gescheitert sind.

Tränen laufen ihr übers Gesicht und erst in diesem Moment wird ihr mit aller Schärfe bewusst, wie gefährlich diese Reise wirklich ist, auf was sie sich eingelassen hat. Sie legt den Arm um Abeni, die wieder weggedöst ist, und fährt ob der unnatürlichen Hitze zusammen, die der Körper des Mädchens ausstrahlt. Doch sie presst sie trotzdem an sich, ganz fest, um ein bisschen Trost zu finden, um zu spüren, dass sie nicht ganz allein ist.

Sie fahren die Nacht durch, Osaro und Tarek wechseln sich am Steuer ab, selten gibt es Pausen, die meisten Mädchen haben ihr Wasser bereits ausgetrunken. Sie sprechen kaum miteinander. Die beiden Männer haben einige Reserveflaschen dabei und verteilen sie, es gibt keinen Platz für weiteren Proviant auf dem Pick-up, die Mädchen besetzen jeden freien Zentimeter. Und dann sind da noch drei große Kanister mit Benzin.

Es wird eisig kalt in der Nacht, ein riesiger Mond hängt tief über dem Horizont und taucht die Wüste in schimmerndes Silberlicht. Faith erwacht, da Abeni zu husten beginnt. Sie gibt ihr zu trinken, ihre Freundin schluckt mühsam und döst gleich wieder weg. Die anderen Mädchen schlafen oder tun zumindest so, direkt hinter ihr sitzen Tynisha und Precious, eng aneinandergekuschelt, sie sind stiller geworden, je länger die Reise andauert, weniger vorlaut.

Faith schließt die Augen und spürt, wie die Müdigkeit sie übermannt, sie ist erschöpft, in den letzten Wochen haben sie alle viel zu wenig geschlafen. Erste Traumbilder blitzen auf, der Schlaf zieht sie in seine erlösende Umarmung, als ein scharfer Knall Faith aufschreckt. Der Toyota schlingert, ein flappendes Geräusch ist zu hören, der Wagen kommt vom Weg ab und holpert schwerfällig über den Grund. Osaro schafft es gerade noch, das Fahrzeug anzuhalten, ehe es über die Klippe hinausrollt.

Besorgt reckt Faith den Kopf und sieht beide Männer aus der Fahrerkabine springen. Fluchend schlägt Tarek plötzlich mit der Faust auf die Kühlerhaube, während Osaro neben dem linken Vorderrad niederkniet und den Schaden begutachtet.

»Zerfetzt, den können wir vergessen.« Er blickt über die Schulter, um die Ursache für den kaputten Reifen zu finden.

»Das Reserverad!«, wirft Tarek ein und Osaro nickt beipflichtend.

»Wir dürfen keine Zeit verlieren!«

Tarek kommt um den Toyota herumgerannt und fängt an, die Mädchen wachzurütteln. Verstört und schlaftrunken rutschen sie von der Pritsche und versammeln sich neben dem Pick-up. Die beiden Männer gehen in die Hocke und heben den Ersatzreifen aus seiner Halterung unter der Ladefläche. Schwer atmend lassen sie ihn zu Boden sinken.

Osaro erstarrt jäh. Sofort beugt er sich über den Autoreifen und drückt die Finger in das Gummi. Ein wütender Schrei entfährt ihm.

»Was ist?« Tarek schaut erst ihn alarmiert an, dann den Reifen, der wie in Zeitlupe in sich zusammensinkt und dabei ein zischendes Geräusch verursacht.

»Such das Funktelefon«, befiehlt Osaro mit tonloser Stimme.

»Aber ...«

»Verdammt, Tarek«, brüllt ihn Osaro an. »Such auf der Stelle das verfluchte Funktelefon!«

17

Das Klacken des Bestecks auf den Tellern ist das einzige Geräusch, das die eisige Stille durchbricht. Sie sitzen sich an dem langen Esstisch aus Akazienholz gegenüber, Andrea und Matthias, das gedimmte Licht der Industrial-Design-Lampe kerbt dunkle Schatten in ihre Gesichter. Das Essen vom Kurier, grünes Thaicurry mit Hähnchen und Jasminreis, Frühlingsrollen und Fishcakes.

Sie ist über sich selbst erschrocken, als sie ihn zum ersten Mal nach ihrer ›Auszeit‹ wiedergesehen hat. Sein rotblondes Haar ist jetzt länger, berührt beinahe den Hemdkragen, und er trägt einen Bart, der seinem Jungengesicht einen herben Zug verleiht. Auch scheint er neuerdings Sport zu treiben, unter dem Hemd zeichnet sich die Brustmuskulatur ab. Eigentlich sieht er besser aus als zuvor, doch Andrea muss feststellen, dass es sie überhaupt nicht interessiert. Matthias ist ihr komplett gleichgültig geworden, es kümmert sie nicht, was er macht, wie es ihm geht. Wen er vögelt.

»Wann gedenkst du, wieder zu arbeiten?«, fragt er unvermittelt und Andrea zuckt unmerklich zusammen.

Sogar seine Stimme kommt ihr fremd vor. Der Gedanke, mit ihm reden zu müssen, erfüllt sie mit Widerwillen. »Demnächst.«

»Wird wohl schwierig«, sagt er kauend.

»Was meinst du damit?«

»Das Flüchtlingsthema, das sie dir untergejubelt haben. Das kümmert kein Schwein mehr.«

»Eine Herausforderung. Genau darum bin ich Politikerin geworden.«

»Eher eine Sackgasse.«

»Unterschätz mich nicht.«

Er lächelt herablassend. »Besser wäre, wenn du dich nicht überschätzt. Nicht schon wieder.«

Andrea schweigt.

»Dein Vater ...«

»Lass meinen Vater aus dem Spiel!«

»Er ist ein Arschloch.«

»Ich richte es ihm gern aus.«

Matthias lässt seine Gabel sinken. »Ist doch wahr. Der weiß haargenau, dass du auf dem Gebiet keine Lorbeeren holen wirst, schlicht unmöglich, das Thema ist so was von tot. Nicht einmal eure rechte Postille geifert mehr darüber, dort ist längst Europa das neue Feindbild. Und ohne ein solches geht es bei euch ja nicht, weil sonst eure Wähler endlich merken würden, dass ihr keine Lösungen anbietet, sondern nur billige Polemik. Dein Daddy hat dich einfach ruhiggestellt, weil er dich unmöglich aus der Partei werfen kann.«

»Matthias, wie gesagt: Unterschätz mich nicht.«

»Da brauchst du aber eine durchschlagende Idee. Du weißt selber, wie deine Partei zu Burn-out steht. Alles überforderte Hypochonder, genauer: Linke, Frauen, Sozialschmarotzer. Schwäche existiert nicht in eurem Weltbild, Empathie: geschenkt.«

Andrea stöhnt.

»Und vom Rest wissen sie hoffentlich nichts.«

»Halt einfach deine Klappe.«

»Weshalb? Weil du nur die Dinge hören willst, die gerade in dein Konzept passen? Da bist du ganz die Tochter deines Vaters.«

»Nein, weil ich in Ruhe essen möchte.«

Seit sie zurück ist, haben sich ihre Wege bloß wenige Male in der Wohnung gekreuzt, er kam und sie ging oder umgekehrt, sie schläft jetzt im Gästezimmer.

Matthias ist dauernd unterwegs, was Andrea nur recht ist. Immer auf der Jagd nach einem lukrativen Deal, einem weiteren verödeten Fabrikgelände oder Brachland, das er aufkaufen kann, um seine unansehnlichen Wohnsilos hinzuklotzen. Überteuerte Lofts und Luxuswohnungen mit zum Gähnen langweiligem Ausbau, die längst keiner mehr will.

Das hat er nicht rechtzeitig gerafft, der gute Matthias, denkt Andrea, dass die meisten Leute in der Stadt oder wenigstens in Stadtnähe wohnen möchten, weil sie da arbeiten, deswegen ist er auf ganzen Wohnsiedlungen irgendwo im Mittelland sitzen geblieben, wo keine Sau leben will. Nicht einmal Vermieten funktioniert, die Gebäude stehen seit Jahren leer. Geisterhäuser. Andrea weiß, dass der Idiot Unsummen investiert hat, ohne etwas dafür rauszubekommen, mittlerweile muss er am Rand des Bankrotts stehen.

»Ich habe einen billigen Maybelline-Lippenstift im Badezimmerschränkchen gefunden«, bemerkt sie, nicht weil sie ihn zur Rede stellen oder den Stand ihrer Beziehung ausloten will, sondern allein aus purer Boshaftigkeit.

Er hat ihren Vater beleidigt, ihre Partei und sie. Man soll seinen Gegner nie schonen, das hat sie als Politikerin schnell gelernt. Und dass alles seinen Preis hat.

Matthias wirft ihr einen ungerührten Blick zu. »Und?«

Nicht die Reaktion, die sie erwartet hat. »Warst du als Transe unterwegs, während ich weg war?«

»Machst du jetzt auf komisch?«

Ihr Handy vermeldet eine eingehende Nachricht und Andrea greift sofort danach.

»Ist das neu?«, will Matthias wissen.

»Wieso?«

»Sieht nach einem Billigprodukt aus.«

»Prepaid.«

»Wozu?«

Andrea liest die Nachricht und hebt den Kopf. »Ich habe dir ja gesagt, du sollst mich nicht unterschätzen.«

»Hast du etwas Unlauteres vor?«

Andrea schiebt den leeren Teller von sich und steht auf. »Kümmere dich um deinen eigenen Kram.«

Sie geht in die Diele, langt nach dem Mantel und zieht ihn über, das Handy immer noch in der Hand.

»Wohin gehst du?«

»Ich muss schnell raus.«

»Bleibst du lange weg?«

»Seit wann schert dich das?«

»Wir müssen reden.«

»Ist doch längst alles gesagt.«

Matthias seufzt. »Andrea?«

Sie hält in der Tür inne und dreht sich mit hochgezogener Augenbraue zu ihm um.

»Ich will die Scheidung.«

»Leg die Papiere auf den Tisch.«

»Ich …«

»Ich unterschreibe, wenn ich zurück bin.«

Jamila wartet wie vereinbart auf der zweiten Plattform des Cassiopeiastegs, einer knapp dreihundert Meter langen Fußgängerpassage, die das Lokal *Rote Fabrik* mit dem Wollishofer Hafen verbindet. Robuste Eichenplanken, darunter plätschern die Wellen des Zürichsees. Die beiden Frauen befinden sich fast hundert Meter vom Ufer entfernt, als sie sich knapp begrüßen. Um diese spätabendliche Uhrzeit ist hier niemand mehr unterwegs, einzig ein Jogger keucht an ihnen vorbei, dann sind sie wieder allein.

»Also?« Jamila lehnt lässig am Handlauf, die langen perlmuttfarbenen Fingernägel schimmern in der Dunkelheit.

»Das darf unter keinen Umständen an die Öffentlichkeit geraten, hast du das verstanden?« Nachdrücklich blickt Andrea der jungen Frau ins Gesicht.

Selbst bei diesen Lichtverhältnissen ist zu erkennen, dass Jamila viel zu viel Make-up aufgetragen hat, auf ihren Wangen glitzert Glitter. Lange Beine, hochhackige Riemchenschuhe, ein kurzer Rock, dazu eine flauschige Jacke, die aussieht wie ein Pudel nach dem Wäschetrockner. Sie läuft herum wie eine Nutte, denkt Andrea und lächelt jovial.

»Ey, hältst du mich für blöd, oder was?«

»Natürlich nicht. Es ist nur eine sehr heikle Angelegenheit, ich muss sichergehen, dass alles nach Plan läuft.«

»Alles unter Kontrolle, Schwester. Da: mein Prepaidhandy. Hab ich extra gekauft, so wie du gesagt hast.«

»Wann lässt du die Bombe platzen?«

Aus ihrer Handtasche fingert Jamila umständlich eine Zigarette und zündet sie an. »Sobald ich Zeit habe.«

»Ach?«

»Ich bin Influencerin, verstehst du? Ich hab in den nächsten Tagen einige echt wichtige Dinge zu erledigen.«

Andrea hat eine vage Ahnung, was eine Influencerin ist, sie hat darüber einen Artikel in einem Magazin gelesen. Leute, die von Firmen dafür bezahlt werden, ihre Produkte anzupreisen. Was in ihren Ohren ziemlich oberflächlich klingt. Aber offenbar verdienen erfolgreiche Influencer eine Menge Geld damit, einfach Dinge in die Kamera zu halten. Zwingend notwendig sind dazu Tausende von Followern, was der Grund gewesen ist, weshalb sich Dominik Schwendener Jamila für diese Aktion ausgesucht hat. Andrea hat zwar eine ganze Menge von Leuten, die ihr auf den Social-Media-Kanälen folgen, doch anzahlmäßig lässt Jamila sie weit hinter sich. Gegen Konsum hat Politik nicht die geringste Chance.

»Ich erledige das asap.«

»Ich rechne fest damit, Jamila.«

»Easy, Sis, kannst dich voll auf mich verlassen.«

Ein heikles Unterfangen, dessen ist sich Andrea bewusst. Sie gibt die Zügel ungern aus der Hand, aber diesmal sieht sie keine andere Möglichkeit, als Jamila zu vertrauen. Wenn sie zurück ins Rampenlicht will, muss sie Risiken eingehen.

»Also?« Abwartend schaut Jamila sie an.

Andrea zögert, zieht schließlich den Briefumschlag aus der Manteltasche und überreicht ihn der jungen Frau.

Die blickt kurz hinein, streicht prüfend über die Banknoten und steckt den Umschlag in ihre Handtasche.

»Den Rest kriegst du danach.«

»Alles klar.«

Andrea schiebt sich mit dem Zeigefinger eine lose Haarsträhne aus der Stirn und betrachtet den See. Das Wasser ist dunkel und bewegt sich träge, es erinnert sie an zähflüssiges Pech. Am gegenüberliegenden Ufer leuchten die Lichter der Goldküste, ein spätes Schiff pflügt leise durch die Wellen. Als sie sich umdreht, fällt ihr auf, dass sich ganz in der Nähe der Maschendraht unter dem Handlauf gelöst hat, er steht ein wenig vor, was selbst im Halbdunkel deutlich zu erkennen ist.

»Schick mir eine Nachricht, bevor es losgeht.«

»Geht klar, Sis. Gib mir ein paar Tage oder so.«

18

Zögernd bleibt Bashir gegenüber der *Toro*-Bar an der Schönegg-strasse stehen, rückt das Hemd, die Jacke zurecht, fährt sich durchs Haar. Hinter großen Fensterscheiben leuchtet warm die Thekenbeleuchtung, ein Kuhschädel mit Hörnern hängt mittig an der Wand, über der Kaffeemaschine ein Flaschenregal mit orange schimmernder Rückwand.

Ein warmer Abend, einer mehr in diesem Spätsommer voller warmer Abende. Leute sitzen an den Tischen im Freien, stets eine Auswahl von Tapas in braunem Tongeschirr vor sich, es wird gelacht, sie trinken Rotwein und reden laut, die Bar selbst ist menschenleer. Bis auf sie.

Sie steht hinter dem Tresen und schneidet irgendetwas, Orangen vermutlich, im mit Rotwein gefüllten Glaskrug neben ihr schwimmen bereits einige Scheiben. Sie hebt den Kopf und sieht genau in seine Richtung, als hätte sie seine Anwesenheit gespürt, ihre Blicke kreuzen sich, sie wendet sich sofort ab.

Bashir fasst sich ein Herz, überquert die Straße und drückt die Tür auf. Leise Musik, links eine Kühlvitrine mit spanischen Esswaren, rechts Tische, auf denen Kerzen in silberfarbenen Ständern flackern, weiter hinten, im Halbdunkel, schwarze Ledersofas und Salontische aus dunklem Holz.

Er setzt sich an die Bar, doch sie rührt sich nicht von der Stelle, obschon sie ihn gehört hat, gehört haben muss, als er den Hocker verschoben und Platz genommen hat. Sie bleibt einfach stehen, das Gesicht abgekehrt. An den Bewegungen ihres schmalen Rückens kann Bashir erkennen, wie sie atmet, eine schwarze Bluse, schwarze Hose, schwarze Stiefel, sie hat die Farbe immer gemocht, sich darin versteckt, wenn es un-erträglich wurde.

»Eliza«, sagt er leise.

Zögernd dreht sie sich um, schaut zum Eingang, bevor sie ihn ansieht. Ihre Augen glänzen feucht.

»Was willst du hier?«

»Ich habe etwas für dich.«

»Bashir, *mallkim!*«

»Ich ...«

»Wie lange habe ich dich nicht mehr gesehen?«

Schuldbewusst senkt Bashir den Kopf, seine Finger streichen über den heißen Rand eines viereckigen Gläschens, in dem ein Teelicht brennt.

»Und jetzt tauchst du plötzlich aus dem Nichts auf ...«

»Eliza, bitte!«

»Valentina fragt nach dir, beinahe jeden Tag! Sie ist jetzt sechs, ein hübsches Mädchen. Was du wüsstest, wenn du sie wenigstens ab und zu besuchen würdest.«

Und ob ich das weiß! Der Satz brennt Bashir auf der Zunge, aber er spuckt ihn nicht aus. Sie braucht nicht zu wissen, dass er manchmal in der Vormittagspause am Kindergarten vorbeifährt und aussteigt, um einen verstohlenen Blick auf Valentina zu werfen. Dass sich sein Herz verkrampft vor lauter Sehnsucht und wegen all der verpassten Zeit und wie er immer viel zu schnell wieder weiterfahren muss, ehe die Aufsicht auf ihn aufmerksam wird.

»Was willst du?« Eliza hat sich die Haare schwarz gefärbt und sieht blass aus, abgekämpft.

»Ich habe gehört, Prek und du, ihr habt euch getrennt.«

»Das geht dich nichts an.«

»Kommst du über die Runden?«

Schulterzucken.

»Dealst du noch?«

»Bist du deswegen hier? Du hast früher nie etwas angerührt.«

»Ist immer noch so.«

»Was soll dann die Frage?«

Bashir versichert sich, dass niemand in der Nähe ist, und zieht den Plastikbeutel Kokain, den er aus dem Koffer entwendet hat, aus der Jackentasche. Er legt ihn auf den Tresen, behält jedoch seine Hand darauf.

»Bist du verrückt?«, zischt Eliza entsetzt und schiebt die Hand samt Beutel in Bashirs Richtung. »Steck das auf der Stelle wieder ein!«

»Für dich.«

»Spinnst du? Das sind mindestens hundert Gramm!«

»Nimm es.«

Sie schüttelt den Kopf, packt den Krug mit der Sangria und marschiert davon, um das Getränk draußen vor dem Lokal einer Gruppe junger Frauen hinzustellen.

»Ich mach das nicht mehr«, erklärt Eliza, nachdem sie zurückgekommen ist. »Ich verdiene mein Geld jetzt auf legale Weise.«

»Damit hast du für die nächste Zeit ausgesorgt.«

Eliza stöhnt auf, sie füllt ein Glas mit Limonade und knallt es Bashir hin.

»Verkauf es, für Valentina.«

Sie erwidert nichts, schaut ihn nur an.

»Das sind mindestens zehntausend Franken.«

In Elizas Gesicht arbeitet es, sie presst die Lippen zusammen, schließlich streckt sie die Hand aus. »Gib her.«

Er schiebt ihr den Beutel zu und sie lässt ihn im Hosenbund verschwinden.

»Woher hast du es?«

»Braucht dich nicht zu kümmern.«

»Guter Stoff?«

Bashir stülpt die Unterlippe vor. »Keine Ahnung, ich nehme es aber an.«

»Wäre essenziell, um den Preis zu bestimmen.«

»Du findest das sicher raus.«

»Ich habe eine Tochter, ich rühre das Zeug garantiert nicht an. Die Zeiten sind vorbei.« Eliza stößt ein bitteres Lachen aus.

»Ich kenne da jemanden …«

»Diskret?«

Bashir wiegt den Kopf und greift nach dem Handy. »Auf jeden Fall Profi.«

»Besuchst du sie oft?«, fragt Eliza, während sie warten.

»Viel zu selten.«

»Ich auch. Schwierig, oder?«

»Sie ist einsam.«

»Das war sie schon vorher. Es gibt Menschen, die werden so geboren, glaube ich, und nichts und niemand kann sie von dieser Einsamkeit erlösen.«

»Sie war allein, die ganze Zeit, selbst als sie mit ihm zusammen war.«

»Sie hatte uns.«

»Wir waren Kinder, Eliza, nur Kinder.«

Eliza sieht ihren Bruder lange an und streckt plötzlich die Hand aus, um zärtlich über die Narbe auf seinem Gesicht zu fahren. Kurz schließt er die Augen und schmiegt die Wange in ihre Hand.

»Wir sollten etwas mit ihr unternehmen, an einem Sonntag. Ein Ausflug vielleicht.«

Eliza schnalzt. »Sie wird das nicht wollen, sie geht kaum raus.«

»Dann besuchen wir sie halt zu Hause.«

»Zu Hause!« Eliza spuckt das Wort förmlich aus. »Und was dann? Spielen glückliche Familie?«

»Immerhin fühlt sie sich sicher dort.«

»Aber sie bewegt sich immer noch so zögerlich durch die Wohnung, als wäre sie bei Fremden zu Besuch.«

»Auf die Schnelle habe ich nichts Besseres gefunden.«

»Du kannst sie nicht retten, Bashir.«

»Ich kann es wenigstens versuchen.«

»Nein, denn das will sie nämlich gar nicht, sie will nicht gerettet werden. Lieber suhlt sie sich in ihrem Elend, im Mitleid, das man ihr entgegenbringt, das ist ihr Lebenselixier.«

»Du bist hart zu ihr, Eliza.«

»Wegen ihr bin ich so geworden, nur wegen ihr.«

»Falsch. Wegen ihm.«

»Wegen ihm bin ich ein verdammtes Wrack, Bashir.«

Elizas Gesichtszüge verhärten sich, sie schnappt sich ein Tablett und durchquert das Lokal erneut, um draußen frei gewordene Tische abzuräumen.

Bashir schaut ihr hinterher, beobachtet durch die Fensterfront, wie sie Gläser und volle Aschenbecher einsammelt und die Tischplatten mit einem Lappen abwischt. Danach stellt sich seine Schwester an eines der ausgemusterten Weinfässer neben dem Eingang und zündet sich eine Zigarette an. Sie raucht mit hektischen Zügen, die Augen zusammengekniffen, als versuche sie, etwas weit Entferntes zu erkennen.

Nach einer Weile wendet sich Bashir ab und nimmt einen Schluck von seiner mittlerweile lauwarmen Limonade.

Den halben Abend lang hat er versucht, eine Spur von Joy zu finden. Er wusste, dass er, ohne ihr Foto herumzuzeigen, nicht weit kommen würde, andererseits wollte er vermeiden, weitere Aufmerksamkeit auf ihre Kundin und die Agentur zu lenken. Gleichzeitig drängte die Zeit, Joy befindet sich vermutlich in großer Gefahr. Eine heikle Mission.

Erst versuchte er es in den einschlägigen Bars, in den schummrigen Kaschemmen der Seitenstraßen, wo die Gäste von muskelbepackten Türstehern mit gotischen Tätowierungen taxiert wurden. Man kennt sich, Bashir wurde jedes Mal mit einem wissenden Grinsen durchgewinkt.

Er hatte sich eine Liebesgeschichte zurechtgelegt, hancbüchen, das musste er sich selbst eingestehen, aber manchmal waren Liebesgeschichten nun mal so. Immer wieder erzählte er gelangweilten Prostituierten, alkoholisierten Stammgästen und über Theken hinweg, wie verzweifelt er sei, seit seine Joy verschwunden war. Wenn das nicht reichte, schilderte er, wie er sie auf der Straße getroffen hatte, wie er sofort hingerissen gewesen war und sich Hals über Kopf in sie verliebt hatte. Allerdings kannte niemand sie, ihr Foto wurde bloß mit ratlosem Kopfschütteln kommentiert.

»Diese Negerinnen«, rief einer seiner Gesprächspartner, ein älterer Mann, dem das viele Bier eine solide Schweizer Grundempörung und einen öligen Glanz im Gesicht verpasst hatte. »Die sehen doch alle gleich aus!«

Vermutlich hatte er damit sogar recht, überlegte Bashir kurze Zeit später, während er durch das Quartier lief. Manche Leute konnten wohl Afrikanerinnen nur schwer auseinanderhalten. Was seine Suche zusätzlich erschwerte.

Er versuchte es an der Langstrasse bei den Osteuropäerinnen, bei den Brasilianerinnen ums Eck, sogar auf dem Transenstrich an der Brauerstrasse. Er hatte sich auf diese Frauen konzentriert, weil er wusste, dass sich die verschiedenen Nationalitäten in der Regel untereinander nicht austauschten. Auf gar keinen Fall wollte er, dass die Nigerianerinnen Wind von seiner Suche bekamen, Marisa hatte dort bereits zu viel Schaden angerichtet. Doch die wenigen Frauen, die überhaupt mit ihm redeten und nicht einfach weitergingen, sobald sie merkten, dass er kein potenzieller Kunde war, konnten ihm nicht weiterhelfen.

Sie beugt sich tief über ihren langen Fingernagel, auf den sie eine großzügige Portion Kokain geladen hat, um das Pulver aufs Genaueste zu inspizieren. Dabei rutschen ihr die langen karamellfarbenen Locken von den Schultern. Ungeduldig streicht sie sie mit der freien Hand zurück und sorgt mit einem kaum wahrnehmbaren Schlenkern des Kopfes dafür, dass sie an Ort und Stelle bleiben. Sie hebt den Nagel an und schnupft das Koks weg. Zieht die Nase hoch, drückt die Nasenflügel zusammen, legt den Kopf in den Nacken, erbebt.

»Oh yes, Baby!«, stöhnt sie verzückt und schnieft geräuschvoll. »Ja, ja, ja, so mag es Mama!«

Tränen schießen ihr in die Augen, zischend zieht sie Luft

durch den Mund ein und stößt ein raues Gurgeln aus, das so gar nicht zu ihrer Erscheinung passen will, schließt die Lider. Eliza und Bashir können den Weg des Kokains förmlich mitverfolgen, wie es durch die Nase hochwandert, in die Stirnhöhlen schießt und anschließend, mit Rotz vermischt, durch den Rachen hinabrutscht.

»Aaaaaah!«, macht sie und ihr ganzer Körper erschaudert. »Ausgezeichnete Ware. Mehr davon!« Sie schlägt die Augen auf, streicht sich die Locken aus dem Gesicht und strahlt Eliza und Bashir an. »Ich will zehn Gramm.«

»Was, wenn du alles nimmst?«, schlägt Eliza vor.

»Das ist bloß für den Privatgebrauch«, erklärt Miranda bestimmt.

»Und zum Sonderpreis?«

»Ich deale nicht.«

Enttäuscht lässt Eliza die Schultern sinken. Ihre kurz aufkeimende Hoffnung, sich nicht selbst um den Verkauf der Drogen kümmern zu müssen, hat Miranda bereits im Ansatz erstickt.

Sie haben sich zu dritt in den kleinen Lagerraum gleich neben den Toiletten eingeschlossen, der als Garderobe für das Personal und gleichzeitig als Aufbewahrungsort für etliche Kartonkisten mit Servietten und Ersatzgläsern dient, damit Miranda das Kokain ungestört auf seine Qualität hin überprüfen konnte. Einst Prostituierte, dann Inhaberin eines Nudelsuppenlokals an der Bäckerstrasse, führt sie jetzt ein erotisches Establisment in der Agglomeration. Bashir kennt sie seit Jahren, aus der Zeit, als sie noch auf dem Transenstrich angeschafft hat.

»Ich habe gehört, du machst jetzt auf Privatschnüffler«, bemerkt Miranda Richtung Bashir.

»Eine Agentur, die sich um unliebsame Angelegenheiten kümmert.«

»Das hast du mir gar nicht erzählt«, mischt sich Eliza erstaunt ein.

»Wir hatten anderes zu besprechen.«

»Gemeinsam mit einer Frau, munkelt man.« Miranda hebt anzüglich die Augenbrauen. »Einer rothaarigen Italobraut.«

»Was du alles weißt.«

»Ist 'ne kleine Stadt.«

»Marisa heißt sie.«

»Deine ganz persönliche Italobraut?«

»Nein.«

»Schade eigentlich.«

Einen Moment lang schweigen alle.

»Um was geht es bei dieser Agentur für unerwünschte Angelegenheiten?«, erkundigt sich Eliza.

»Unliebsam. Unliebsame Angelegenheiten«, berichtigt Bashir.

»Wie auch immer.«

»Wir kümmern uns um Dinge, die keiner machen will.«

»Aha.«

»Wir passen auf unausstehliche Blagen auf, machen Schluss mit Liebhabern, wenn es jemand nicht selber schafft, besuchen demente Großmütter im Namen ihrer Enkel. Kurz: Wir füllen Lücken.«

»Und woran arbeitest du gerade?«

»Ich suche eine Nigerianerin namens Joy.«

»Hast du ein Foto von ihr?«, will Miranda sofort wissen und Bashir holt sein Handy hervor. »Nie gesehen«, sagt sie nach einem kurzen Blick.

Eliza schüttelt ebenfalls den Kopf.

»Mein bester Freund ist Privatdetektiv wie du«, fährt Miranda fort. »Vielleicht solltet ihr euch mal zusammensetzen.«

»Danke, kein Bedarf.«

»Wie du meinst.«

Ein leichter Regen setzt ein, als Bashir das Restaurant verlässt. Die letzten Gäste eilen ins Lokal hinein, Gläser in der Hand, Taschen und Jacketts unter den Arm geklemmt. Er schlägt den

Kragen seiner Jacke hoch und steuert auf die Bushaltestelle zu, die sich knapp hundert Meter weiter vorne befindet, direkt an der wohl belebtesten Kreuzung Zürichs. Drogendealer und Obdachlose, ein Polizeiposten ganz in der Nähe, zwei wichtige Verkehrsachsen plus das Herz der Ausgehmeile, alles auf einem Fleck versammelt. Ehe Bashir die Haltestelle erreicht, entscheidet er sich um. Er geht weiter, überquert die Straße und hält sich links. Vor ihm führen Schienenstränge über eine Brücke, der Bahnhof ist nicht weit, für Busse und Autos gibt es eine Unterführung. Auf dem Platz gleich daneben ein Restaurant, das für seine Mezze bekannt ist. Die Sitzgelegenheiten im Freien sind wegen des Regens verwaist, doch noch ist es warm genug, um draußen etwas zu trinken. Bashir sucht sich einen freien Tisch unter dem Vordach und bestellt eine Cola.

Während er darauf wartet, dass ihm die Bedienung das Getränk bringt, stellt er fest, dass ihn der Besuch bei Eliza aufgewühlt hat. Sie versteht es nicht, dass er sich so rarmacht, das ist ihm bewusst. Wenn sie den Grund dafür wüsste, wäre sie zutiefst verletzt. Denn jedes Mal, wenn er ihr gegenübersteht und die Wut und die Trauer und die Ohnmacht in ihrem Gesicht sieht, gerät er in eine Zeitmaschine und wird um Jahre zurückkatapultiert. Und Eliza ist der Schlüssel, der diese Maschine in Betrieb setzt, sie lässt die Geister der Vergangenheit frei, die ihn unweigerlich an ihre gemeinsame Kindheit erinnern, an die Jugendzeit, als die Dinge immer schlimmer wurden, an den einen Tag, den er nie vergessen wird. Dinge, an die er nicht mehr denken will, Erinnerungen, die er im finstersten Winkel seines Herzens vergraben hat, in der Hoffnung, dass sie ihn nicht mehr verfolgen. Aber sobald Eliza vor ihm steht, kehrt das alles mit geballter Wucht zurück und zerschmettert seine sorgsam aufrechterhaltene Abwehr. Bilder, die er für sich so weit abgedunkelt hat, dass die Details nicht mehr erkennbar sind, sind plötzlich grell erleuchtet. Er sieht seine Mutter, die sich auf dem fleckigen Spannteppich des karg eingerichteten

Wohnzimmers krümmt, der abgestandene Geruch der Pasul, der Bohnensuppe, die es zum Nachtessen gegeben hat, hängt immer noch in der Luft. Sie hat versucht, sich zu wehren, wie so oft, hat nach ihm getreten, geschrien, sich aufgebäumt, sie hat versucht, sich zu schützen, aber es gelang ihr nicht, weil ihre Hände mit einem Strick gefesselt sind, das andere Ende eng um den Heizkörper geschlungen. Wimmernd und willenlos liegt sie da, das Gesicht gerötet, mit Tränen und Rotz verschmiert, der Widerstand gebrochen, sie wirkt, als hätte sie mit dem Leben abgeschlossen. Blut läuft über ihre Schläfe, die Finger bläulich, die Gelenke wund gescheuert, und der Mann, den er einmal Vater genannt hat, steht über ihr, die Faust erhoben ...

»Hast du Feuer?«

Jäh aus seinen düsteren Gedanken gerissen, blinzelt sich Bashir ins Jetzt zurück. Die Frau beugt sich zu ihm herüber, das Gesicht nah an seinem, die Zigarette zwischen den Fingerspitzen. Ihre aschblonden Haare riechen frisch gewaschen, sie ist beim Sport gewesen, beim Yoga, mutmaßt er und tastet seine Hosentaschen ab. Endlich findet er das Feuerzeug und als die Flamme aufleuchtet, rückt sie näher. Sie lächelt, bevor sie den ersten Zug nimmt.

19

Stöhnend wirft sich Abeni herum, die Lippen rissig und an mehreren Stellen aufgeplatzt, silberfarbene Speichelfäden überziehen Wangen und Kinn. In Abständen lassen fiebrige Schauer den mageren Körper erzittern, sie hat in den letzten Tagen rapide an Gewicht verloren. Faith hat Abenis Kopf in ihren Schoß gebettet und spricht ihr beruhigend zu, mit einem Rockzipfel tupft sie immer wieder das schweißnasse Gesicht ihrer Freundin ab.

Behutsam hat Osaro das Mädchen am Morgen nach der Reifenpanne von der Ladefläche des Pick-ups gehoben und es in den Schatten eines Felsbrockens gelegt, wo es wenigstens vor der glühenden Sonne geschützt ist. Abeni ist kaum bei Bewusstsein, immer seltener schlägt sie die Augen auf, nur manchmal murmelt sie wirr vor sich hin, ballt die Hände zu Fäusten, ihr Körper zuckt im Fieberwahn.

Faith flößt ihr tropfenweise Wasser ein, ihre Flasche ist fast leer, die ohnehin knappen Reserven sind längst verteilt und ausgetrunken.

Ein ganzer Tag und eine Nacht sind vergangen, seit Osaro seinen Kumpel über das Funktelefon um Hilfe gebeten hat. Jetzt ist es beinahe Mittagszeit, gleißend und unbarmherzig steht die Sonne am Himmel, es ist windstill. Schatten gibt es nur hinter den wenigen Felsen, unter vertrocknetem Buschwerk und neben dem Pick-up. Die Mädchen haben sich auf den entsprechenden Flecken eng zusammengedrängt, der Sand ist glühend heiß. Die meisten sind halb ohnmächtig vor Durst, wenn sie überhaupt etwas sagen, klagen sie über Kopfschmerzen, Schwindel und trockene Gaumen. Sie haben begonnen, ihren Urin in den leeren Plastikflaschen zu sammeln, bisher hat sich jedoch niemand überwinden können, davon zu trinken.

Osaro und Tarek haben am Vortag vergeblich versucht, das Loch im Reifen zu flicken. Die nötigen Werkzeuge fehlten allerdings. Schließlich gaben sie frustriert auf und verfielen in dumpfes Brüten. Hin und wieder nahmen sie per Funk Kontakt mit Osaros Kumpel auf, um seine genaue Position in Erfahrung zu bringen. Der hat sich zwar noch in derselben Nacht mit einem Reserverad und Wasservorräten auf den Weg gemacht, aber die Fahrt hierher dauert.

Schweigend kauern sie jetzt neben dem Pick-up und starren vor sich hin, im Geäst eines Busches knistert es trocken, ansonsten herrscht Stille. Die Hitze verlangsamt alles, die Zeit scheint zu kriechen.

»Verfluchte Scheiße!«, brüllt Tarek plötzlich, er springt auf und kickt mit dem Fuß in den Sand. »Wir werden elendig verrecken!«

Alarmiert hebt Osaro den Kopf, seine Stirn glänzt feucht, das Hemd ist verschwitzt.

»Wir können nicht einfach herumsitzen und warten!« Drohend baut sich Tarek vor Osaro auf.

Ein Mädchen beginnt zu weinen, verschüchtert drängen sich die anderen aneinander, die Augen weit aufgerissen.

»Doch, wir müssen sogar«, brummt Osaro ruhig. »Herumschreien verbessert unsere Lage nicht im Geringsten.«

»Ich schreie nicht herum!«, schreit Tarek. »Aber wir müssen irgendetwas tun!«

»Setz dich wieder hin.«

»Ich will mich nicht hinsetzen, ich sitze schon die ganze Zeit!«

Osaro seufzt. »Wir können nichts tun, Tarek, selbst wenn wir wollten. Wir sind mitten in der Wüste, mit dem Pick-up kommen wir keinen Meter weit.«

»Und wenn dein Kumpel nicht auftaucht? Wenn er sich verfährt oder die Polizei ihn anhält? Wenn auch er eine Panne hat? Was dann? Dann haben wir einen ganzen Tag verschwendet. Einfach so.«

»Was sollen wir denn deiner Meinung nach tun?«

Tareks Atem geht stoßweise, sein Blick schießt von den Mädchen zum Pick-up und irrlichtert dann über die endlose Weite vor ihm. »Wasser. Wir könnten Wasser suchen!«

Osaro schüttelt den Kopf. »Wir befinden uns auf einer Hochebene, das nächste Wasserloch ist etliche Kilometer entfernt. Da kommst du niemals lebend an. Außerdem werden diese Stellen vom Militär bewacht, das weißt du doch.«

»Und wenn es irgendwo in der Nähe Wasser gibt? Wenn bisher bloß keiner die Quelle entdeckt hat?«

Osaro schüttelt erneut den Kopf.

»Du kannst nicht … So werden wir … Dir ist einfach alles scheißegal!«

Osaro erwidert nichts.

»Das haben wir dir zu verdanken!« Tareks Stimme schraubt sich schrill in die Höhe. »Du sitzt da, mit deinem verdammten Dickschädel, und lässt uns alle verdursten. Weil du nur an dich denkst, an den Verdienst und deine Familie. Die Mädchen sind für dich nur Ware, an der du dich gewissenlos bereicherst. Du bist ein Arschloch, Osaro, ein richtiges Arschloch!«

Der Fausthieb trifft Tarek so unerwartet wie heftig. Erstaunlich behände ist Osaro aufgesprungen und hat ausgeholt, Tarek taumelt ein paar Schritte und sinkt zu Boden, er hält sich mit den Händen den Kopf.

»Wir müssen es wenigstens versuchen, Osaro«, sagt Tarek schluchzend. »Wir müssen irgendetwas tun, irgendetwas.«

»Gar nichts werden wir tun«, entgegnet Osaro und klingt mit einem Mal so hart, wie ihn Tarek nie zuvor gehört hat. »Wir rühren uns nicht von der Stelle, bis der Ersatzreifen und das Wasser eintreffen. Hysterische Aktionen bringen uns nur unnötig in Gefahr.« Er beugt sich zu Tarek hinab, bis seine Lippen fast das Ohr des jungen Mannes berühren. »Und wenn du noch einmal eine derart bescheuerte Show abziehst und den Mädchen Angst einjagst, kastriere ich dich eigenhändig.«

Tarek stöhnt.

»Verstanden?«

Der Bursche nickt keuchend, das Gesicht halb im Sand.

Das Motorengeräusch ist schon aus der Ferne zu hören. Die Dämmerung hat eingesetzt und es wird endlich etwas kühler, ein kurzer angenehmer Moment, bevor die Nacht mit ihren frostigen Temperaturen hereinbricht.

Kaum hat Tarek das Brummen vernommen, springt er auf, beginnt herumzuhüpfen und wedelt mit den Armen, er jauchzt vor Erleichterung. Osaro, der, an die Seite des Pick-ups gelehnt, gedöst hat, schreckt auf, im nächsten Moment ist er auf den Beinen, packt Tarek und hält ihm mit der einen Hand den Mund zu, während er ihm mit der anderen den Arm auf den Rücken dreht.

»Bist du jetzt komplett verrückt geworden?«, zischt er.

Tarek windet sich, winselt.

»Was, wenn das Dschihadisten sind? Willst du sie mit deinem dämlichen Geschrei direkt hierherlocken?«

Tarek wimmert, sinkt auf die Knie und Osaro lässt ihn los.

»Los, los, versteckt euch hinter den Felsen!«, ruft er den Mädchen zu und deutet auf die aufragenden Gesteinsbrocken, im nächsten Moment fliegt sein besorgter Blick zum Pick-up.

Wenn jetzt tatsächlich die Dschihadisten kommen oder Wegelagerer, haben sie nicht den Hauch einer Chance, das ist ihm klar. Sie präsentieren sich auf dem Silbertablett, es gibt weit und breit kein geeignetes Versteck. Und selbst wenn ihnen genügend Zeit zur Flucht bliebe, mit den geschwächten Mädchen kämen sie nicht schnell genug voran.

Osaro schließt die Augen und murmelt ein Stoßgebet.

Eine Staubwolke kündigt das Nahen des Fahrzeugs an und Osaro steht breitbeinig vor dem Pick-up, einen Stein in der Hand, um sich so lange wie möglich zur Wehr zu setzen.

»Er ist es!«, schreit Tarek plötzlich, der vergeblich versucht hat, die verängstigten Mädchen zu beruhigen. »Es ist Hassan!«

Osaro kneift die Augen zusammen und als er Hassan hinter dem Steuer des ebenfalls weißen Toyota Hilux erkennt, fällt schlagartig alle Anspannung von ihm ab, seine Knie geben nach und Tränen schießen ihm in die Augen. Verstohlen wischt er sie ab, ehe Tarek oder gar die Mädchen bemerken, dass er weint.

Hassan hat Essen mitgebracht, Hirsebrei, Brot und gebackenen Käse, eine Spezialität der Bauern im Niger, außerdem Wasserflaschen für alle. Die Mädchen starren erst reglos auf die Nahrungsmittel, als könnten sie ihr Glück nicht fassen, als befürchteten sie, die Köstlichkeiten könnten sich in Luft auflösen, sobald sie ihnen zu nahe kämen. Erst nachdem Osaro sie aufgefordert hat zuzulangen, greifen sie zögernd danach und essen bedächtig, mit langsamen Kieferbewegungen, als müssten sie erst wieder lernen, wie man kaut.

Derweil montieren die drei Männer gemeinsam das neue Rad, bevor sie sich auf die Ladefläche des Pick-ups setzen und sich verpflegen. Danach rauchen sie Zigaretten, trinken mit großen Schlucken aus den mitgebrachten Flaschen, sie reden und lachen, während sich die Nacht wie ein dunkler Schatten über die Wüste legt.

Unvermittelt springt Osaro von der Pritsche und klatscht in die Hände. Er weist die Mädchen an einzusteigen und als alle ihre Plätze eingenommen haben, wirft er einen Blick zu Faith hinüber, die nach wie vor mit Abenis Kopf im Schoß unter dem Felsen sitzt. Eines der anderen Mädchen, Ivy, hat ihr Essen hingestellt. Faith hat es nicht angerührt, lediglich die Wasserflasche hat sie leer getrunken. Osaro hat beobachtet, wie sie versuchte, Abeni ein paar Tropfen einzuflößen, jedoch fehlt dem Mädchen mittlerweile sogar die Kraft, den Mund zu öffnen.

Osaro stapft auf die beiden zu und Tarek folgt ihm auf der Stelle.

»Was soll das?«, knurrt Osaro unwirsch.

»Ich helfe dir, zu zweit ist es einfacher, sie zum Pick-up zu tragen.«

Osaro schaut ihn unergründlich an. »Du bleibst hier.«

»Aber ich …«

»Geh und schau nach, ob wir alles eingepackt haben.«

»Ich will doch bloß …«

»Tarek!«, fährt Osaro ihn in scharfem Ton an. »Tu, was ich dir sage!«

Murrend trollt sich Tarek. Osaro geht die letzten Schritte bis zum Felsen und kauert sich dort neben Faith nieder. Tränen laufen ihr übers Gesicht, mechanisch lässt sie die Finger durch Abenis verschwitztes Haar gleiten.

»Es ist so weit«, sagt Osaro sanft und erkennt in Faiths Augen, dass sie längst begriffen hat. Er braucht ihr nichts mehr zu erklären.

Faith senkt den Kopf und streichelt Abenis Wange. »Das ist der Juju-Fluch, nicht wahr? Weil sie wegrennen wollte, weil sie ihr Geld niemals zurückbezahlt hätte.«

Osaro erwidert nichts.

»Die Rache des Ogoun.« Ein herzzerreißendes Schluchzen erschüttert das Mädchen, sein ganzer Körper zittert, es krümmt sich wie im Krampf über seine Freundin, der Mund weit offen, Speichel tropft heraus, als es geräuschlos weint.

Osaro schluckt leer und berührt Faiths Schulter. Er muss sich zusammenreißen, damit er nicht den Arm um sie legt, sie an sich zieht und tröstet. Sie ist fast noch ein Kind und kein Kind sollte solches Leid erleben, findet er. Doch das geht nicht, das weiß er aus Erfahrung, er muss die Mädchen auf Distanz halten, darf sie nicht zu nah an sich heranlassen, um ihnen die Trennung am Ende der Reise zu erleichtern, um sie wenigstens vor diesem einen Schmerz zu bewahren auf ihrem steinigen Weg nach Europa, der mit unaussprechlichem Schmerz gepflastert ist.

»Wir müssen los, Faith.«

Faith schnieft, behutsam lässt sie Abenis Kopf in den Sand

rutschen. Ihr Gesicht ist tränennass. Noch einmal beugt sie sich hinunter und küsst Abeni auf die Stirn, dann steht sie auf und geht mit schnellen staksigen Schritten voraus, auf den Pick-up zu.

»Ist mit Abeni alles okay?«, fragt Tarek, während sich Osaro auf den Beifahrersitz fallen lässt. Zigarettenrauch quillt aus dem Mundwinkel des Burschen, den fertig gerauchten Stummel schnippt er lässig aus dem Fenster.

»Fahr einfach«, brummt Osaro.

»Was?«

»Frag nicht blöd, fahr los!«

»Aber …« Tarek dreht sich um und zuckt zusammen, als er Abeni beim Felsen liegen sieht. Sekundenlang blickt er zum reglosen Körper des Mädchens hinüber, seine Brust hebt und senkt sich heftig, als wäre er gerannt.

Kaum langt er nach dem Türgriff, reißt ihn Osaro grob zurück. »Lass das!«

»Osaro, wir können sie nicht einfach …!«

»Sie wird die Nacht nicht überleben.«

»Aber …«

»Halt einfach die Klappe, okay?«

»Sie verdient es nicht, so zu sterben!«

»Verdammt, Tarek! Fahr!«

Osaros grimmige Miene lässt den Jüngeren verstummen, mit zittrigen Fingern dreht er den Zündschlüssel und Sekunden später lenkt er den Wagen auf den mondbeschienenen Pfad. Dumpf starrt er in die Dunkelheit vor ihnen, auf die endlose Wüste, sein knabenhaftes Gesicht aschfahl, als hätte er einen bösen Geist gesehen.

20

Hinter der Fensterfront im dritten Stockwerk ist alles dunkel. Das ist das Allererste, worauf Andrea achtet, sobald sich die betongraue Fassade des luxuriösen Wohnhauses in ihr Blickfeld schiebt. Matthias ist nicht zu Hause. Erleichtert steuert sie den weißen Range Rover Evoque in die gekieste Einfahrt.

Sie parkt vor der Garage, die zur Wohnung gehört, und bleibt sitzen. Fährt sich durchs Haar, übers Gesicht, atmet tief durch.

Aus dem Radio leise Musik, eine Nocturne von Chopin. Die stromsparenden LED-Leuchten entlang der Einfahrt und rund um den Vorhof verbreiten ein pudriges Licht, die »Begegnungszone«, wie die Architekten die quadratische Grünfläche vor dem Haus mit den zwei Parkbänken nennen, ist genauso verwaist wie tagsüber. Junge Birken säumen die Grenze zum nächsten Anwesen, die Blätter bereits herbstlich verfärbt. Wenn ein Windhauch sie erzittern lässt, sieht es so aus, als riesle Goldflitter durch die Äste.

Andrea hat in ihrem Leben nicht oft daran gedacht, alles hinzuschmeißen und etwas ganz anderes zu machen. Sie hat Politik mit der Muttermilch verabreicht bekommen. Es gab keinen einzigen Tag in ihrer Jugend, an dem ihr Vater beim Nachtessen nicht auf ein politisches Thema zu sprechen kam, keine Tagesschau, keinen Zeitungsartikel, keine Diskussionssendung im Fernsehen oder Radio, die er nicht lautstark aus seinem Sessel heraus kommentiert hat, wütend mit dem Zeigefinger in die Luft stechend, wenn jemand – sei es ein Moderator, ein Journalist oder ein Gast – nicht seiner Meinung war.

Und daran hat sich nichts geändert, denkt Andrea, lehnt sich zurück und dreht die Musik lauter. Sie lauscht den verspielten Klavierläufen, lässt sich von der leichten Melancholie davontragen.

Von Anfang an ist Andrea involviert gewesen. Immer mittendrin, übersprang sie aus offensichtlichen Gründen etliche Stufen auf der Karriereleiter und Ende zwanzig, nach Beendigung ihres Jurastudiums und ein paar Jahren in einer Anwaltskanzlei, war sie bereits die rechte Hand ihres Vaters. Innehalten oder Umwege waren nicht vorgesehen, Auszeiten sowieso nicht, es gab schlicht keinen Moment der Ruhe und der Distanz, um sich darüber klar zu werden, wer sie war und was sie wirklich wollte. Ihr Weg war vorbestimmt. Schicksal einer Thronfolgerin.

Doch in den letzten Wochen, in der Stille und Abgeschiedenheit der Klinik, ohne Internet, ohne Mobiltelefon auf sich selbst zurückgeworfen, während sie aus Peddigrohr Körbe flocht oder auf dem Bett lag und an die Decke starrte, kam ihr dieser Gedanke immer wieder. Wieso nicht allem den Rücken kehren, sich endlich befreien? Von den Erwartungen ihres Vaters, vom Bundeshaus, von der Partei und der damit verbundenen Verantwortung. Um dann vielleicht aufs Land zu ziehen, weg von der Stadt, und all die Hektik, den Druck und die Anfeindungen hinter sich lassen.

Ein reizvoller Gedanke, mit dem sie spielte wie mit einer Seifenblase, ihre schillernde Oberfläche bewunderte, ahnend, dass sie früher oder später platzen würde. Denn Andrea kannte sich gut genug, um zu wissen, dass sie es ohne den Politbetrieb nicht lange aushalten würde.

Denn Politik war und ist ein wichtiger Teil ihres Lebens, womöglich sogar der wichtigste, ein Feld, in dem sie sich wohlfühlt, wo sie sich einbringen kann, wo sie etwas zu sagen hat, eine Aufgabe. Sie hätte ja nicht einmal gewusst, was sie dort hätte tun sollen, auf dem Land. Wo genau das war.

Das Land, das Volk. Andrea stößt verächtlich Luft durch die Nase. Ihr Vater hat die Tendenz, komplexe Dinge zu vereinfachen, zu vereinheitlichen, was vielfältig, widersprüchlich und facettenreich ist.

Das Volk, das Land. Klischees, mit denen die Partei die Wahrnehmung der Wählerschaft zukleistert, sie im wohligen

Glauben lässt, dass sie sich für eine Schweiz einsetzt, in der sich nichts verändert und die ergo für immer so bleibt wie zu Zeiten der Großeltern. Ein Idyll wie auf einem Anker-Gemälde, friedlich, in erdigen Farben und von einer goldenen Sonne beschienen, abgekapselt von den Widrigkeiten der restlichen Welt. Ein Land ohne Ausländer, ohne Intellektuelle, ohne Störenfriede wie kritische Journalisten oder Statistiker mit ihren lästigen Fakten.

Die Wahrheit auf dem sogenannten Land sieht ganz anders aus, das weiß Andrea natürlich: Zersiedelung, Abwanderung, Armut, Geisterstädte im Mittelland, pro Jahr verschwinden rund tausend Bauernbetriebe von der Karte. Einst die Stammklientel, allesamt stramme Rechtswähler, als rechts noch keinen braunen Rand hatte. Als sich die Partei noch tatsächlich um die Anliegen ihrer Wähler gekümmert und sie ernst genommen hat. Als die Führungsriege noch nicht ausschließlich aus milliardenschweren Bonzen bestand.

Das war lange bevor diese den permanenten Wahlkampf vom Zaun gerissen hat, bevor es nur noch um Polemik und Schlagzeilen ging, um Geschichtsklitterung und das Verteufeln aller Andersdenkenden, Andersgläubigen, Anderslebenden. Bevor die Gier nach Macht die politische Agenda bestimmte und der letzte Rest Anstand die Kloschüssel hinuntergespült wurde.

Die Wahrheit kümmert längst kein Schwein mehr, auch das ist Andrea klar, in ihrer Partei sowieso nicht. Kaltblütig werden da Fakten verbogen, umgekrempelt, erfunden, bis sie den Falschaussagen entsprechen. In seinen Reden malt ihr Vater das Bild der Schweiz nach eigenem Gutdünken um, schürt Ängste vor nicht existierenden Bedrohungen und verbreitet Panik, damit das Volk nicht zur Ruhe kommt, nervös bleibt, schreckhaft und kopflos, denn so ist es einfacher zu lenken. Nur wenn es nicht selbst zum Denken kommt, glaubt es an ihn, den Heilsbringer, den Erlöser.

Vor ihrer ›Auszeit‹ hat Andrea es oftmals als schwierig – manchmal sogar als unmöglich – empfunden, die eigentliche Wahrheit und die parteiinterne auseinanderzuhalten. Permanent war sie den dogmatischen Weisungen ihres Vaters ausgesetzt, die von den Parteikollegen ungeachtet ihres Realitätsgehalts gehorsam nachgeplappert wurden. Ein Chor einfältiger Papageien, die alle vom selben Gedankengut durchdrungen waren. Das war das Prinzip, denn wer es intern zu etwas bringen will, muss sich strikt an die Parteilinie halten, eigenständiges Denken ist nicht gefragt, Eigeninitiative wird nur für die Medien als solche ausgegeben.

Seit sie zurück ist, verspürt Andrea einen stetig wachsenden Widerstand. Gegen den Schatten ihres übermächtigen Vaters, gegen seinen Einfluss, den er auf ihr Leben nimmt, gegen die Art, wie er die Partei führt.

Die Pause hat ihr gutgetan, sie ist erwachsener geworden, unabhängiger, stärker. Ihr ist bewusst geworden, dass sie zu clever ist, um nachzuplappern, dass sie eine eigene Meinung hat und durchaus selbst denken kann. Sie hat ihn geerbt, diesen Killerinstinkt, der ihren Vater damals an die Spitze der Partei gebracht hat.

Die Tochter meines Vaters, denkt Andrea und lacht bitter. Dieser Hunger nach Macht. Dafür würden sie beide jederzeit alles aufs Spiel setzen. Skrupellos, ohne Rücksicht auf Moral oder Verluste.

Und dennoch wird sie alles anders machen, das hat sich Andrea vorgenommen. Unter ihr wird die Rechte wieder ein menschliches Gesicht erhalten, sie wird sich für das Volk einsetzen, ein vielfältiges Volk, die Partei soll wieder vertrauenswürdig werden und sich der Wahrheit verpflichten. Der bedingungslosen Wahrheit, sollte so etwas überhaupt existieren.

Wenn Andrea erst einmal an der Macht ist, wird sie als Erstes ihren Vater – mit allem nötigen Respekt natürlich – in den Ruhestand verfrachten. Da er nicht von allein merkt, dass er den Zenit längst überschritten hat, und sich im parteiinternen Umfeld ohnehin niemand traut, es ihm zu sagen, bleibt es wohl an ihr hängen, ihm die Nachricht zu übermitteln. Etwas, das Andrea schon jetzt mit einer diebischen Schadenfreude erfüllt.

Anschließend wird der Laden gründlich ausgemistet, die Partei von Altlasten befreit. Sie will die Nachplapperer, Jasager und Stummnicker ein für alle Mal loswerden und dafür unverbrauchte Leute mit innovativen Ideen reinholen, angestaubte Dogmen kippen. Die greisen Wähler sterben der Partei ohnehin weg. Andreas Ziel ist es, eine jüngere dynamische Generation anzusprechen, eine ganz neue Ära einzuläuten. Und sie wird es schaffen, das weiß sie, sie hat das Zeug dazu. Und den passenden Plan.

Denn diesmal hat sie alles unter Kontrolle, diesmal bestimmt sie, wie es läuft. Ihr Comeback wird alle überrumpeln, die Partei, die Presse, die Wählerschaft, den Vater, kalt erwischen wird es sie, damit rechnet niemand. Mit ihr rechnet keiner, nicht mehr. Sie wird ihrer Partei beweisen, dass Frauen nicht nur am Herd eine gute Figur abgeben, sondern bestehende Strukturen aufbrechen und führen können. Ihre Art, den rückwärtsgerichteten Chauvinisten, den tattrigen Silberrücken und Sesselklebern den Mittelfinger zu zeigen.

Sie kann förmlich spüren, wie allein der Gedanke sie beflügelt, wie das Blut durch ihre Adern pulsiert, wie sie auflebt. Das ist es, was sie will, was sie besser kann als so viele: Strippen ziehen, Dinge bewegen.

Sie weiß intuitiv, wann der richtige Moment gekommen ist, um etwas Großes anzureißen. Und dieser Moment ist heute. Jamila ist instruiert. Alles ist aufgegleist, nichts kann jetzt noch schiefgehen.

Dass es einer Lüge bedarf, um der Wahrheit an die Macht zu verhelfen – geschenkt. Andrea grinst und registriert im selben Moment aus dem Augenwinkel, wie jemand das Haus verlässt. Ehe sie den Kopf wenden kann, ist die Person an ihrem Wagen vorbeigehuscht und eilt, die Jackenkapuze hochgeschlagen, die Einfahrt hinunter.

Andrea schaltet das Radio aus und langt nach ihrer Handtasche. Beschwingt, so fühlt sie sich, voller Zuversicht, wie schon lange nicht mehr. Sie öffnet die Wagentür und steigt aus. Die Nacht ist lau, ein leiser Wind geht.

21

Durch die Jalousien dringt milchiges Straßenlaternenlicht, es wird nie ganz dunkel in der Stadt. Ihre Silhouette neben ihm, das aschblonde Haar breitet sich wie ein Kranz um ihren Kopf aus. Sie seufzt leise und dreht sich zur Seite.

Bashir bleibt reglos liegen und atmet flach, erst als er sicher ist, dass sie wieder tief schläft, steht er geräuschlos auf, tastet im Halbdunkel des Schlafzimmers nackt nach seinen Kleidern. Das Hemd hat sie auf den Sessel neben der Tür geworfen, nachdem sie es ihm förmlich vom Leib gerissen hat, Scherben ihres Weinglases neben dem Bücherregal, die Hose ein zusammengesunkener Stoffhaufen. Die Unterwäsche findet er am unteren Ende des Bettes, ein gebrauchtes Kondom und die eine Socke daneben, die andere hängt noch schlaff an seinem Fuß.

Behutsam drückt er die Türklinke nieder und schiebt sich, das Kleiderbündel unter dem Arm, durch den schmalen Spalt ins Wohnzimmer. Seine Schuhe liegen unter dem Salontisch vor dem Sofa, eine kaum erkennbare Spur von weißem Pulver auf der Tischplatte aus Rauchglas.

Schweigend hat ihr Bashir zugesehen, wie sie einen Hunderter zusammengerollt und sich über die Line gebeugt hat. Rasch zieht er sich an, die Gürtelschnalle klickt metallisch, als er sie schließt. Er geht ins Badezimmer und spritzt sich Wasser ins Gesicht. Drei Uhr morgens.

Er kommt aus dem Bad und hört sie verschlafen nach ihm rufen. Auf Zehenspitzen eilt er in die Diele, zieht sich hastig die Jacke über, die er dort hingeworfen hat, verlässt die Wohnung und macht die Tür geräuschlos hinter sich zu. Ein Blick auf das Klingelschild, Franziska Capaul, jetzt erinnert er sich wieder an ihren Namen.

Unruhig wirft sich Bashir von einer Seite auf die andere. 5:32 Uhr, zeigt sein Mobiltelefon an. Nachdem er sich ein Taxi nach Hause genommen hat, hat er sich gleich wieder hingelegt und versucht, noch ein wenig zu schlafen, doch er findet die nötige Ruhe nicht. Irgendetwas treibt ihn um, ein nervöses Pulsieren tief in ihm drin, wie ein leiser, aber konstant vor sich hin ratternder Motor, ohne dass er sagen könnte, was genau es ist, woher es kommt.

Schließlich schlägt Bashir die Decke zurück, steht auf und holt seine *tatami,* die Aikido-Matte, aus dem Schrank. Er legt sie vors spaltbreit geöffnete Fenster und lässt sich im *seiza* nieder, dem Kniesitz. Er verbeugt sich, indem er mit der Stirn die Matte berührt, richtet sich auf und atmet tief ein und aus, immer wieder. Bis er spürt, wie sich die Anspannung löst, wie der ratternde Motor in seinem Inneren leiser wird und nach einer Weile ganz verstummt. Dieser Moment ist sein liebster: Wenn mit einem Mal alles still steht, wenn es kein Gestern und kein Morgen mehr gibt, sondern nur ein Jetzt und er sich eins fühlt mit der Welt, mit allem, was ist.

Nach der Meditation erhebt er sich und macht ein paar Dehnübungen, bis die Wärme seinen Körper durchdringt und sich die Muskeln lockern, danach trainiert er einige Ausweichtechniken, Schrittabfolgen fließend verbunden mit entsprechenden Körperhaltungen, *irimi-ashi, tenkan-ashi, tai-sabaki.* Er fühlt, wie ruhig er wird, wie eine ursprüngliche Kraft ihn durchfließt.

Als er unter die Dusche tritt, steigt ihm Franziskas Geruch in die Nase, er haftet noch an seinem Körper. Bilder der Nacht blitzen auf, ihre überraschend vollen Brüste, ihr Gewicht auf seinem Unterleib, während sie sich auf ihm bewegte, ihre spitzen, abgehackten Schreie. Ihre Hand an seiner Schläfe, später, die langen Finger, die durch sein Brusthaar fuhren, feuchte Haut, ganz warm von der Liebe. Ihr Atem im Gleichtakt, dieser kurze Moment absoluter Harmonie.

Bashir brüht sich einen Pfefferminz-Ringelblumen-Tee auf, setzt sich auf eines der Sofas und greift sich sein Tablet. Er tippt auf den E-Mail-Ordner. Viel Werbung, die monatliche Abrechnung des Mobilfunkanbieters. Keine neuen Anfragen.

Bashir nimmt einen vorsichtigen Schluck vom dampfenden Tee. Sein Blick bleibt an der Festplatte hängen, die zu den Überwachungskameras gehört. Sie sieht wie ein flacher DVD-Spieler aus und verfügt über genügend Speicherkapazität, um acht Tage aufzeichnen zu können.

Ächzend steht Bashir auf und kniet, die Teetasse in der Hand, vor dem Sideboard nieder, wo das Gerät vorläufig platziert ist, bis sich ein passender Platz findet. Bashir öffnet die App, die er gleich nach der Installation der Kameras auf das Tablet geladen hat und von der aus er auch von unterwegs auf die Aufnahmen zugreifen kann.

Der Bildschirm teilt sich in vier Quadrate, eines für jede Kamera. Rasch sichtet Bashir das Material. Da er das Überwachungssystem erst am vorangegangenen Nachmittag installiert hat, sind es nur wenige Stunden. Das Bild ist zu seiner Überraschung weder verschwommen noch körnig. Ab sofort werden sie tatsächlich über gestochen scharfe Fotos von ihren Klienten verfügen, falls es nötig sein sollte.

Bashir geht die Aufnahme im Schnellvorlauf durch. Lange tut sich gar nichts, einzig ein Mitarbeiter der benachbarten Eisenwarenfirma tritt in Abständen aus der Lagerhalle und raucht, er trägt einen grauen Overall. Irgendwann fährt ein Lastwagen vor, derselbe Mann öffnet das Tor und das Fahrzeug gleitet langsam hinein, eine knappe Stunde später ist das Beladen beendet und das Fahrzeug verlässt die Halle sichtlich schwerer.

Die Schatten vor der Lagerhalle werden länger und die Dämmerung setzt ein. Drei Männer kommen aus dem blau gestrichenen Eingangstor, alle um die fünfzig, in schlecht sitzenden Jeans und Jacken in gedeckten Farben, patente Kurzhaarfrisuren, zwei mit Schnauzbart, der dritte trägt eine grellbunte Brille. Sie unterhalten sich kurz und trennen sich, zwei gehen zu den Parkplätzen auf der Längsseite des Gebäudes, die außerhalb des

Sichtfelds der Kameras liegt, der mit der Brille geradeaus, zum nahe gelegenen Bahnhof vermutlich.

Bashir schaut auf die Zeitanzeige am oberen Rand des Bildschirms. 17:12 Uhr. Als sein Blick zur Aufnahme zurückkehrt, sieht er zwei Männer um die Ecke der Lagerhalle biegen.

Bashir zuckt zusammen, seine Muskeln spannen sich instinktiv an. Die beiden Typen bleiben stehen, unschlüssig, wie es scheint, sie wechseln ein paar Worte, dann weist einer mit dem Zeigefinger auf Marisas und Bashirs Büro, während der andere nickt.

Mit angehaltenem Atem verfolgt Bashir das Geschehen. Nachdem sie sich der Kamera über der Eingangstür genähert haben, sind ihre Gesichter deutlich zu erkennen. Doch er hat auch ohne Nahaufnahmen sofort gewusst, dass es sich bei den Kerlen um die beiden Nigerianer handelt, die ihn vor wenigen Tagen beinahe beim Kofferklau erwischt hätten. Einer muskulös und groß gewachsen, der andere korpulent, beide kahl geschorene Schädel.

Das ist schneller gegangen, als ich vermutet habe, denkt Bashir besorgt, Marisa hat die Typen mit ihrer leichtsinnigen Suchaktion direkt hierhergelockt.

Vermutlich hat ihnen Joy Marisas Namen verraten oder ihr ist jemand nach Hause gefolgt. Marisas Interesse an der verschwundenen Prostituierten war in höchstem Maße verdächtig und musste die Nigerianer in Alarmbereitschaft versetzt haben. Sobald sie ihren Namen herausgefunden hatten, war es über Google fast unmöglich, nicht auf die Agentur zu stoßen. Eine gute Stunde nach Marisas Fragerei waren sie auf jeden Fall bereits da.

Auf der Aufnahme beugt sich jetzt der Dicke vor, um das Schild zu entziffern, der Muskelmann rüttelt am Türgriff. In diesem Moment tritt der Mitarbeiter im grauen Overall vor das Tor der Lagerhalle. Er will sich eine Zigarette anzünden, sobald er aber die beiden Nigerianer entdeckt, lässt er Feuerzeug und Glimmstängel sinken und ruft den beiden etwas zu. Die Männer fahren erschrocken herum, fassen sich jedoch schnell. Sie wechseln ein paar Worte mit dem Lageristen, steigen die kurze Treppe hinunter, gehen an ihm vorbei und verschwinden um die Ecke.

Sie werden wiederkommen, das weiß Bashir, schließlich vermissen sie nach wie vor einen Koffer voll Koks. Beim nächsten Mal wird es nach Feierabend sein, damit sie nicht erneut erwischt werden, und sie werden beim Reinkommen kaum lange fackeln.

Er stellt sich ans Fenster und trinkt seinen Tee aus. Sein Köper fühlt sich auf eine gute Art gespannt an, federnd und voller Energie, sein Geist ist hellwach.

Es gibt zwei Möglichkeiten, überlegt Bashir. Entweder er lauert den beiden Typen in der Agentur auf. Damit macht er sich allerdings abhängig von ihrer Zeitplanung. Zwar ist Aikido die Kampfkunst der Abwehr, bei der man die Wucht des Angriffs nutzt, um den Feind zu besiegen, aber Warten kann zermürben. Außerdem wäre es schade um Marisas geschmackvolle Einrichtung.

Oder er nimmt die Dinge selbst in die Hand. Bashir blickt auf die Zeitanzeige des Tablets. Kurz vor sieben. Die optimale Zeit für einen Überraschungsbesuch.

22

Der Schlüssel gleitet geräuschlos ins Schloss, Bashir dreht ihn vorsichtig um, die Tür schwingt auf. Fahles Morgenlicht in der Diele, es riecht muffig, nach Gras und abgestandener Luft. Er zieht Joys Wohnungsschlüssel ab und steckt ihn wieder in die Hosentasche, bevor er sich umsieht. Die Nigerianer werden Joy kaum hier festhalten, das wäre zu riskant. Sie wissen, dass der Dieb des Kokainkoffers in das Apartment hineingekommen ist, ohne Einspruchspuren zu hinterlassen. Dennoch schaut er in Küche und Bad, doch da ist niemand.

Kurz darauf horcht Bashir an der einzigen verschlossenen Tür. Erst als er sicher ist, dass sich nichts dahinter regt, öffnet er sie behutsam.

Zwei Betten an gegenüberliegenden Wänden, mittendrin ein niedriger Tisch, der vor Müll überquillt. Aufgerissene Chipspackungen, schmutzige Gläser und umgefallene Anderthalbliterflaschen mit Süßgetränken, Zigarettenschachteln, ein voller Aschenbecher. Die beiden Kerle schlafen noch, der Muskelmann murmelt halblaut vor sich hin und dreht sich zur Seite, der Dicke liegt da wie erschossen, Kopf nach hinten gekippt, Arme ausgebreitet, der Mund offen. Die Decke ist bis unter die Brust gerutscht und gibt den Blick frei auf eine flächendeckende Tätowierung.

Bashir ist klar, dass er erst den einen unschädlich machen muss, bevor er den anderen über Joys Verbleib ausfragen kann. Eine kniffflige Ausgangslage.

Vorsichtig macht er einen Schritt in den Raum hinein. Plötzlich öffnet der Dicke die Lider und blinzelt verschlafen. Ihre Blicke kreuzen sich, erschrocken reißt der Typ die Augen auf, seine Hand verschwindet unter der Bettdecke. Mit einem Satz ist Bashir bei ihm, seine Faust schnellt vor und mit einem Seufzer sackt der Mann zusammen. Sofort schlägt Bashir die Decke zurück und windet dem Typen die Pistole aus der Hand. Eine

Browning 9 Millimeter. Hinter ihm ein leises Geräusch. Bashir fährt herum und richtet die Waffe auf den Muskelmann, der eine Hand unter das Kissen gesteckt hat.

»Keine Bewegung oder ich drücke ab!« Er entsichert die Waffe, durchquert den Raum und hält dem Burschen den Lauf an die Schläfe, während er mit der freien Hand die zweite Waffe unter dem Kissen hervorzieht und in den Hosenbund schiebt. »Hinsetzen!«

Der Kerl gehorcht, rappelt sich auf und hockt sich auf den Bettrand, er trägt Boxershorts und ein fleckiges Unterhemd.

»Hände auf die Knie!« Bashir setzt sich dicht neben den Muskelmann und rammt ihm die Mündung der Browning zwischen die Rippen. »Wo ist Joy?«

Der Mann zuckt mit den Schultern.

»Was habt ihr mit ihr gemacht?«

Keine Reaktion.

Bashir langt mit der linken Hand nach vorne und bohrt zwei Finger in die Stelle direkt hinter der Kniescheibe. Ein qualvolles Jaulen entfährt dem Typen.

»Versuchen wir's noch mal: Wo ist Joy?«

Der Mann beißt die Zähne zusammen und Bashir verstärkt ungerührt den Druck. Mit schmerzverzogenem Gesicht stöhnt der Kerl auf, Schweißtropfen glitzern auf seiner Stirn.

»Wir nicht wissen, wo Joy ist!«, stößt er endlich hervor und bricht keuchend zusammen, nachdem Bashir losgelassen hat.

»Natürlich.«

»Sie verschwunden«, sagt der Kerl schnell, als Bashir den Arm zu seinem Knie hin ausstreckt. »Wirklich.«

»Und der Dicke? Weiß der etwas?« Bashir weist mit dem Kinn auf den bewusstlosen Kumpel.

Der Nigerianer schüttelt den Kopf.

»Wann habt ihr sie zum letzten Mal gesehen?«

»An diesem Tag …« Der Mann räuspert sich und Bashir fällt auf, wie jung er ist. Zwanzig, einundzwanzig. Sein imposanter

Körperbau und der kahle Schädel haben ihn von Weitem älter erscheinen lassen.

»Am Tag, an dem dieser Kunde …« Der Bursche verstummt.

»Was?« Bashir verstärkt den Druck der Waffe.

»Alter Mann, Kunde von Joy. Er plötzlich ganz schwach.«

»Was war der Grund?«

»Ich weiß nicht, Mann. Sein Herz, sagt Madame.«

»Madame?«

»Die Chefin von alles.«

»Mehr hat diese Madame nicht gesagt?«

Der Junge zuckt mit den Schultern. »Sie redet nicht viel mit uns.«

»Ihr seid mehr die Handlanger.«

Ein verständnisloser Blick.

»Vergiss es.«

»Madame uns anruft, sofort herkommen mit Notfallkoffer. Wir fahren dort, aber keine gute Medizin in Koffer. Mann wird schwächer und schwächer. Madame ruft Ambulanz und Mann sagt, bitte diskret sein. Er wichtig für Schweiz. Niemand darf wissen, er geht ins Puff.« Der Bursche spricht in einem leichten Singsang, dem Rhythmus seiner Muttersprache.

»Weißt du, wer der Mann ist?«

»Nie gesehen.« Der Bursche grinst schwach. »Ich nicht arbeiten in Puff.«

»Und dann?«

»Mann plötzlich ohne Bewusstsein, ganz weiß, wie tot. Großes Chaos, alle rennen und schreien, Ambulanz kommt und sie nehmen Mann mit. Madame schickt Amaru …« Er weist mit der Hand auf seinen bewusstlosen Kumpel und deutet anschließend auf sich. »Er Amaru, ich Ekon. Madame uns schickt zurück. Etwas ist komisch, ich merke sofort. Jemand war in Wohnung. Ich alles kontrolliere und, Mann, Koffer von Joy fehlt!« Seine rechte Hand ballt sich zur Faust.

»Ihr habt ihren Koffer hier gelagert?«, gibt Bashir den Ahnungslosen, wohl wissend, dass der Junge einen wichtigen Teil seiner Entdeckung verschweigt.

»Ja, Mann, Madame will so. Damit niemand weggeht. Kein Passport, keine Reise.«

»Was ist dann passiert?«

»Ich sofort anrufe Madame und erzähle, Koffer weg. Sie rufen nach Joy. Doch Joy verschwunden. Wir zurück in Puff und Madame schreit: Sucht sie! Überall! Sie ist nicht in Zimmer, nicht in Haus. Madame ruft sie an, keine Antwort. Madame wird sehr, sehr wütend, sie brüllt, o Gott, sie ist wie Teufel. Aber Joy ist weg.«

»Und jetzt sucht ihr sie.«

»Madame sagt, Joy muss zurückkommen. Sie muss Geld bezahlen. Und …« Der Bursche richtet sich langsam auf. »Wieso fragst du wegen Joy?«

»Sie schuldet mir ebenfalls Geld«, flunkert Bashir und erkennt gleichzeitig an Ekons misstrauischem Gesichtsausdruck, dass seine Antwort den Kerl nicht überzeugt.

Sein Plan war, einen Deal vorzuschlagen und Joy gegen den Koffer mit Koks auszutauschen. Da offenbar niemand weiß, wo Joy ist, fällt dieser Teil weg. Eigentlich gibt es hier für ihn nichts mehr zu tun. Je schneller er sich aus dem Staub macht, desto besser.

»Warum schuldet sie dir Geld?«

»Nicht so wichtig.«

»Hast du Koffer von Joy?« Ekon mustert Bashir lauernd.

»Nein.« Bashir hält seinem Blick stand.

»Auch nicht gesehen?«

»Nein.«

»Madame will ihn zurück.«

»Wenn ich etwas höre, melde ich mich.« Bashir steht auf.

Die Augen des Jungen verziehen sich zu schmalen Schlitzen. »Hey«, macht er gedehnt.

Bashir, bereits auf dem Weg in die Diele, bleibt stehen. »Was?«

»Wie bist du gekommen in diese Wohnung?«

Bashir richtet die Waffe auf den Burschen, während er rückwärts aus dem Zimmer geht. Im Flur wirbelt er um die eigene Achse, reißt die Apartmenttür auf, schiebt Joys Schlüssel von außen ins Schloss, dreht ihn zweimal um und lässt ihn stecken.

Ekons Gebrüll dringt bis ins Treppenhaus, wütend rüttelt er an der Klinke und trommelt mit den Fäusten gegen das Holz.

Fluchend rennt Bashir durchs Quartier und konzentriert sich auf Nebenstraßen. Zwar glaubt er nicht, dass ihn die beiden Nigerianer verfolgen. Es wird vermutlich dauern, bis sie sich aus der Wohnung befreien können. Aber ganz sicher ist er sich nicht. Garantiert werden sie erneut in der Agentur auftauchen, das hingegen ist nur eine Frage der Zeit. Bis dahin muss er sich eine Strategie einfallen lassen, wie er sie Marisa und sich vom Leib halten kann.

Mit seinem Besuch bei den beiden Burschen hat er die Dinge, statt sie zu lösen, nur weiter verschlimmert. Wenn es bislang womöglich nur ein Verdacht gewesen ist, haben die Nigerianer jetzt Gewissheit, dass Marisa und er etwas mit Joy und dem verschwundenen Koffer zu tun haben. Von seiner Fragerei mal abgesehen, ist schon der Schlüssel zur Wohnung Beweis genug. Außerdem brennt Marisa und ihm jetzt nicht nur das Koks unter dem Arsch, sondern sie sind auch noch stolze Besitzer von zwei Schusswaffen mit weggefeilten Seriennummern. Wobei Letztere das einfacher zu behebende Problem darstellen. Bashir bleibt vor einer Mülltonne stehen, als er jedoch zur Browning in seinem Hosenbund greift – die zweite hat er sich in die Jackentasche geschoben –, überlegt er es sich anders. Womöglich können die Waffen von Nutzen sein. Die beiden Burschen sehen nicht danach aus, als würden sie sich von Worten allein umstimmen lassen.

Bashir macht einen weiten Bogen um die Kernstrasse, selbst wenn um diese Tageszeit noch keine Prostituierten herumstehen. Doch dann hat er einen Geistesblitz, er macht kehrt und betritt die Bar *Locarno 2000,* ein Name, der weder geografisch noch numerisch Sinn macht, und setzt sich an den Tresen, der mit seiner geschwungenen Form beinahe den ganzen Raum einnimmt.

Eines dieser Lokale, in denen es unabhängig von der Tageszeit immer schummrig ist. Die Einrichtung ist in die Jahre gekommen und sieht so aus, als stamme sie aus den Achtzigern. Ein Bild des alten thailändischen Königs über der Spülmaschine, unter einem improvisierten DJ-Pult steht aus unerfindlichen Gründen eine mit lodernden Flammen bemalte Harley, rechts vom Eingang, durch Glaswände abgetrennt, der Raucherbereich. Ein Überbleibsel des alten Langstrassenviertels, bevor die Gentrifizierung das Quartier schrittweise verändert hat.

Es ist nicht viel los, wenig verwunderlich angesichts der Uhrzeit. Am einen Ende des Tresens stieren zwei Männer um die sechzig schweigend auf ihre halb leeren Biergläser, Stammgäste vermutlich, ein Obdachloser, der abgetragenen Kleidung und den fettigen Haaren nach, sortiert seine Habseligkeiten. Hinter den Zapfhähnen trocknet eine nicht mehr ganz junge Thailänderin Gläser ab. Einer der beiden Stammgäste hat sie vorhin Sunny genannt, nachdem er eine launige Bemerkung zur Champions League gemacht hat.

Als Bashir hereingekommen ist, hat ihm Sunny lächelnd zugenickt, jetzt wischt sie sich die Hände am Geschirrtuch ab und tritt auf Bashir zu.

»Ja?« Die Frau mustert ihn neugierig. Dezenter Schmuck, dezentes Make-up, Leopardentop und ein Rock aus schwarzem Leder.

Bashir bestellt einen Espresso.

»Wenn du essen willst, bist du hier falsch. Nur eine Vorwarnung.«

»Ich bin nicht hungrig.«

»Besser so.«

»Sie kann nur Bratwurst«, warnt einer der Stammgäste.

»Und Reis. Kein Massaman, kein Pad Thai, kein Kaeng Phanaeng. Sorry, gell.« Die Thailänderin kichert und macht sich an der imposanten italienischen Kaffeemaschine zu schaffen. »Schlechte Ehefrau, trotzdem seit achtunddreißig Jahren verheiratet, ganz anständig.«

»Das ist ein Bordell da drüben, nicht?«, fragt Bashir, während Sunny die dampfende Tasse vor ihn hinstellt, und deutet auf das ockerfarben gestrichene Gebäude direkt gegenüber.

»Natürlich, Schätzchen. Schon seit Jahren, fest in nigerianischer Hand.«

»Geht das gut?«

»Jaja.« Sie zögert. »Man hat sich aneinander gewöhnt. Viel haben wir ohnehin nicht miteinander zu tun.«

Einen kurzen Moment lang schauen beide schweigend aus dem Fenster, gegenüber regt sich nichts.

»Jetzt läuft halt nichts, erst gegen drei Uhr geht's langsam los. Feierabendverkehr ab fünf.« Ein trockenes Lachen über den eigenen Witz, den sie schon tausendmal gebracht hat.

»Wer geht dahin?«

»Männer.« Sie zwinkert Bashir zu. »An den Wochenenden die Jungs, die es endlich wissen wollen. Laufen nervös die Straße rauf und runter, bis sie sich endlich trauen.«

»Und Prominenz?« Ekon hat erwähnt, dass Joys Kunde wichtig ist für die Schweiz, dass niemand erfahren dürfe, dass er im Puff verkehre.

»Keine Ahnung, vermutlich schon. Doch was heißt Prominenz in der Schweiz?« Wieder ein trockenes Lachen. »Da ist ja einer schon prominent, wenn er die Gitarre richtig herum halten kann.«

Die zwei Stammgäste feixen, Bashir grinst.

»Nur letztens«, ruft einer der beiden Alten herüber. »Letztens war die Ambulanz da.«

»Richtig. Da musste die Ambulanz anrücken. Da hat es an-

geblich einer mit den kleinen Muntermachern übertrieben. Blutdrucksenker und Viagra, da muss man schon vorsichtig sein.«

»Weiß man, wer das war?«

»Keine Ahnung, irgendein alter Knacker halt …«

»Pass auf, was du sagst, Sunny!« Dröhnendes Gelächter aus
der Altherrenecke.

»Ihr seid nicht alt, nur senil!«

Noch mehr Gelächter.

»Ohne uns könntest du den Laden dichtmachen!«

»Dann könnte ich endlich in den Ruhestand gehen.«

Die Alten haben jetzt Lachtränen in den Augen.

»Der ist fast abgekratzt«, ergänzt Sunny.

»Wann war das?«

»Vor ein paar Tagen, gegen Abend.« Sie greift wieder nach
dem Geschirrtuch und trocknet die restlichen Gläser ab. »Die
haben das sehr diskret gehandhabt. Die nigerianischen Aufpasser haben gleich die ganze Gasse abgeriegelt, da kam keiner
durch, die Gaffer haben sie eingeschüchtert und verjagt. Ambulanzen sind schädlich fürs Geschäft.« Sunny legt den Kopf
schief. »Ambulanzen und Polizei.«

Bashir leert den Kaffee und greift nach seinem Portemonnaie. »Da erlebt man sicher viel, wenn man eine Bar in dieser
Gegend besitzt.«

»Seit vierundzwanzig Jahren! Und ja, ich könnte dir Geschichten erzählen …«

Bashir legt einen Fünfliber neben die Tasse und steht auf.
»Ein andermal.«

23

Mit glasigem Blick starrt Faith in die endlose Weite, der Himmel zartblau und die Sonne unbarmherzig wie immer, fünfundvierzig Grad und kein Schatten in Sicht. Wenn die anderen Mädchen sie ansprechen, reagiert sie nicht, sie fühlt sich, als drücke ein tonnenschweres Gewicht sie nieder, es raubt ihr alle Kraft. Jede Bewegung kostet sie ungemeine Anstrengung, sie schafft es kaum, den Mund zu öffnen, die Worte sind ihr längst ausgegangen.

Ich darf nicht an Abeni denken, sagt sich Faith unablässig, sosehr sie sich jedoch bemüht, ihre Gedanken kehren unweigerlich zu ihrer Freundin zurück. Das Bild ihres schwachen, reglosen Körpers, den sie dort beim Felsen haben liegen lassen, hat sich für immer in ihre Erinnerung eingebrannt. Einsamkeit ist Faith bis dahin kein Begriff gewesen, sie war in ihrem Leben stets von Familie und Freunden umgeben, aber seit jener Nacht weiß sie, was es heißt, allein gelassen zu werden, wie kalt und unbarmherzig sich das anfühlt.

Abeni ist längst tot, das weiß Faith, doch der Gedanke ist unwirklich, nicht fassbar für sie.

Sie ist tot und ich habe nichts getan, um sie zu retten. Faith schluckt leer. Dieser Kloß im Hals, der sich einfach nicht auflösen will. Das Gefühl der Schuld, das ihr so schwer auf den Schultern lastet, dass sie manchmal fürchtet zu ersticken.

Der Toyota ist in den letzten vierundzwanzig Stunden zweimal im Sand stecken geblieben, nur mit vereinten Kräften haben sie es geschafft, ihn zu befreien. Gerade haben sie Madama im Norden Nigers passiert, wo die Franzosen einen Militärstützpunkt unterhalten, in erster Linie, um Waffenschieberei und Drogentransporte im Grenzgebiet zu unterbinden. Hin und wieder stoppen sie ein Fahrzeug mit Flüchtlingen, die Patrouillen sind allerdings schon von Weitem zu sehen und nach so vielen Jahren im Geschäft kennt Osaro die Ausweichmöglichkeiten.

Er drosselt den Motor und lenkt den Pick-up ein Stück vom Pfad weg, Radspuren im Sand, die von anderen Transporten zeugen.

Hinter ihnen erhebt sich felsig das Plateau von Djado, vor ihnen liegt eine gigantische Wüstenebene ohne jegliche Vegetation, die von Bergzügen gesäumt wird. Rund hundert Kilometer sind es bis zur libyschen Grenze.

»Wir warten, bis es dunkel wird«, erklärt er.

Tarek nickt bloß. Seit der Nacht, in der sie Abeni zurückgelassen haben, spricht er kaum noch, er ist in sich gekehrt und sondert sich ab. Er steigt aus, rollt sich mit düsterer Miene eine Zigarette und zündet sie an.

»Bleib in der Nähe des Wagens«, ermahnt ihn Osaro und Tarek wirft ihm einen unergründlichen Blick zu. »Das ist eine verdammt gefährliche Gegend.«

»Was soll schon passieren?«, knurrt Tarek. »Weit und breit kein Mensch.«

Er stapft durch den Sand, bleibt in einiger Entfernung stehen, breitet die Arme aus und dreht sich im Kreis. »Siehst du? Nichts!«

»Bist du verrückt geworden?« Wie von der Tarantel gestochen, springt Osaro aus dem Fahrzeug, rennt um die Kühlerhaube herum und auf Tarek zu.

»Nichts!« Der Bursche hüpft auf und ab. »Es kümmert niemanden, ob wir hier sind oder nicht!«

Osaro packt ihn an den Schultern und schleppt ihn zurück zum Toyota, wo er ihn hart gegen die Karosserie drückt. »Willst du uns alle töten?«, zischt er. »Die schießen ohne Vorwarnung.«

Tarek sieht seinen Kumpel trotzig an. »Na und?«

»Werd erwachsen, Tarek, verdammt, das ist kein Kinderspiel! Wir haben uns verpflichtet, die Mädchen sicher zur Grenze zu bringen. Das ist unsere Verantwortung. Sie zählen auf uns, denn außer uns haben sie niemanden.«

Tarek glotzt Osaro sekundenlang an, dann beginnen seine

Lider zu flattern, er sinkt zu Boden und hält sich die Hände vors Gesicht. »Und trotzdem haben wir sie im Stich gelassen«, schluchzt er.

»Es gab keine andere Möglichkeit«, sagt Osaro, seine Stimme ist mit einem Mal wieder sanft. »Sie hätte die Nacht nicht überlebt.«

Tarek schüttelt den Kopf und Osaro kauert sich neben ihn.

»Da oben sitzen irgendwo die Wachen«, meint er nach einer Weile und deutet auf die Bergkämme. »Die libysche Grenze wird hier von verschiedenen Stämmen kontrolliert, angeblich werden sie dafür von den Italienern gut bezahlt. Tuareg, Tubu und Awlad Suleiman sind die wichtigsten, doch es gibt über sechzig davon, die im Süden des Landes walten, alle untereinander verfeindet. Fürs europäische Geld haben sie sich zusammengerauft. Ihre Aufgabe ist es, Flüchtlinge an der Weiterreise zu hindern. Dazu ist ihnen jedes Mittel recht.«

Tarek hebt den Kopf und blickt zu den felsigen Erhöhungen hoch.

»Darum fahren wir erst heute Nacht weiter. Kurz vor der Grenze übergeben wir die Mädchen den Libyern, die werden sie ans Meer bringen.«

Der ausgemachte Treffpunkt liegt zwölf Kilometer abseits der Route, die GPS-Daten und die genaue Zeit hat Osaro bei Anbruch der Dämmerung per SMS erhalten. Schwankend sucht sich der Pick-up einen Weg durch den feinen Sand. Die Scheinwerfer sind ausgeschaltet, nur der Mond leuchtet ihnen. Osaro konzentriert sich auf das Terrain, damit er nicht mit einem aufragenden Steinbrocken kollidiert oder in einer Bodensenke stecken bleibt.

»Da!« Tarek deutet in die Nacht. »Da sind Lichter!«

Osaro kneift die Augen zusammen und jetzt erkennt er sie ebenfalls: Scheinwerfer, die in einiger Entfernung die Dunkelheit durchschneiden. Zwei Wagen.

»Das sind nicht unsere Männer, dazu sind sie viel zu schnell unterwegs«, sagt er und schaltet den Motor aus, während er die Lichter im Auge behält.

Die beiden Fahrzeuge bewegen sich quer zu ihnen, plötzlich schwenken sie jedoch nach rechts und steuern direkt auf sie zu, eine Sandwolke wirbelt hinter ihnen hoch.

»Verdammter Mist!«

»Was sollen wir tun?«, wispert Tarek.

»Nicht rühren«, antwortet Osaro und ist froh, dass er die weißen Flächen des Pick-ups vor der Abfahrt erneut beschmiert hat, so gut das mit Sand halt ging.

Er streckt den Kopf aus dem Fenster und weist die Mädchen halblaut an, still zu sein und sich auf gar keinen Fall zu rühren. Was nicht nötig gewesen wäre, denn nach der tagelangen Reise sind sie dermaßen erschöpft, dass sie meist nur apathisch ins Leere blicken und kaum noch miteinander reden.

Die beiden Wagen jagen weiter auf sie zu, ihre Scheinwerfer hüpfen in der Schwärze auf und ab, das Gelände ist heimtückisch und uneben.

»Scheiße, Scheiße, Scheiße!«, flucht Osaro und startet den Motor, während Tarek leichenblass geworden ist, seine Fäuste sind verkrampft.

Osaro hat gerade den Rückwärtsgang eingelegt, da taucht rechts von ihnen unvermittelt ein weiterer Wagen auf, ein weißer Toyota Hilux wie ihrer, kaum einen halben Kilometer entfernt. In einem Höllentempo prescht er über die Ebene, ein vom Mond hell beschienener Fleck, auf der Ladefläche sind die Passagiere zu erkennen, dunkle, dicht aneinandergedrängte Umrisse. Auf der Stelle ändern die Grenzwächter ihren Kurs und jagen dem Wagen hinterher.

»Jetzt nichts wie weg«, sagt Osaro, schaltet in den ersten Gang und fährt los.

Aus der Ferne sind Schüsse zu hören, trockene Knalllaute, und keiner der beiden Männer wagt es zurückzuschauen.

Sie treffen mit leichter Verspätung am vereinbarten Treffpunkt ein. Die Libyer stehen in der Dunkelheit bereit, zwei ernst wirkende Männer um die vierzig, sie tragen Jeans und Polohemden, das Militärfahrzeug hinter ihnen ist nur unwesentlich größer als der Pick-up.

Die Männer begrüßen sich mit Handschlag, wechseln ein paar Worte. Einer der Libyer umrundet unverzüglich den Pick-up und jagt die Mädchen von der Ladefläche. Als sie vor dem Kastenwagen zögern und sich verunsichert nach Osaro umsehen, treibt er sie mit Stockschlägen zur Eile an. Wütend richtet sich Tarek auf, doch Osaro legt ihm bestimmt die Hand auf die Schulter und hält ihn zurück. Ihre Aufgabe ist hier zu Ende.

Geldbündel wechseln den Besitzer, dann sitzen Osaro und Tarek wieder in ihrem Toyota, wenden und fahren mit immer noch ausgeschalteten Scheinwerfern durch die Nacht zurück. Nach zwanzig Minuten sehen sie den im Mondschein hell schimmernden Pick-up auf der Ebene stehen. Die Türen der Fahrerkabine stehen offen, ringsherum sind schwarze Schatten auf dem Boden auszumachen. Nichts rührt sich mehr.

Die Luft im Container wird schon nach wenigen Minuten stickig. Wenigstens strahlen die Körper der Mädchen genügend Wärme ab, dass es trotz der eisigen Temperaturen draußen angenehm bleibt.

Faith lehnt den Kopf gegen die klappernde Seitenwand und schließt die Augen. Ihre Mutter kommt ihr in den Sinn, ihre Geschwister. Sie weiß nicht mehr genau, wie lange sie schon unterwegs sind, sie hat jedes Zeitgefühl verloren, ein Tag ist wie der nächste. Es müssen zwei Monate sein. Zwei Monate, in denen sie sich nicht zu Hause melden konnte, um zu sagen, dass es ihr gut geht, dass sie am Leben ist.

Sie müssen verrückt sein vor Sorge, denkt Faith, und plötzlich strömen ihr ohne Vorwarnung Tränen übers Gesicht, sie kann nichts dagegen tun.

Jemand legt den Arm um sie, zieht sie sanft an sich, es ist Kezia, die aus Ugbowo stammt, einem der ärmeren Stadtteile von Benin City.

Sobald die Sonne aufgeht, wird es unerträglich heiß im Container, der Sauerstoff ist knapp. Immerhin haben die Mädchen frische Wasserflaschen erhalten. Trotzdem werden einige ohnmächtig, der bestialische Gestank ihrer eigenen ungewaschenen Körper nebelt sie wie eine ölige Wolke ein.

Sie erreichen Sabha am frühen Abend, durchgerüttelt, ausgehungert und zu Tode erschöpft nach der sechshundert Kilometer langen Fahrt durch die sengend heiße Wüste.

Der Kastenwagen hält mit einem Ruck an, Autotüren werden zugeschlagen, knirschende Schritte im Sand. Faith schreckt aus unruhigem Dämmerschlaf hoch, Männerstimmen sind zu hören, sie sprechen eine Sprache, die sie nicht versteht. Abgehackte, raue Laute, es klingt, als würden sich die Männer gegenseitig beschimpfen. Doch dann lachen sie, gleich darauf wird der Container entriegelt und die Türen schwingen auf. Ein kollektives Aufatmen geht durch die Reihen der Mädchen, als frische Luft in den Verschlag strömt. Faith kneift die Augen zusammen. Obschon die Dämmerung eingesetzt hat, blendet sie das Licht nach den endlosen Stunden in der Dunkelheit.

Einer der Männer zerrt die Mädchen, die zuvorderst sitzen, aus dem Container, sie stolpern unbeholfen ins Freie, ein paar sinken sofort entkräftet zu Boden, werden von weiteren Männern rücksichtslos an den Armen hochgerissen und zu einem heruntergekommenen Gebäude geschleppt.

Kräftige Hände packen jetzt Faiths Arme, sie wird grob aus dem Container gezogen und im abendlichen Dunst kann Faith die Stadt erkennen, sie befinden sich weit davon entfernt, auf einer Art Rastplatz.

Willenlos lässt sie sich ebenfalls zu dem Gebäude führen, das wohl einst ein Motel gewesen ist. Jede Gegenwehr ist zwecklos und würde augenblicklich mit Stockschlägen gebrochen, das ist ihr klar geworden, als sie einige der Mädchen hat aufkreischen hören, jeder einzelne Schrei begleitet vom Sirren eines durch die Luft sausenden Schlagstocks.

Durch ein Tor gelangen sie in einen weiten Innenhof, Müll liegt herum und magere Hunde weichen winselnd vor ihnen zurück, während Faith und ihr Begleiter die Außentreppe hochsteigen. Das Blau der Fassade ist abgeblättert, das Treppengeländer rostig. Faith wird über eine Galerie zu einem Zimmer getrieben, in das man bereits die anderen Mädchen eingepfercht hat. Es ist eng und stickig, jegliche Möblierung fehlt, der Raum ist komplett leer, der Boden roher Beton. Immerhin gibt es ein Bad, denkt Faith, nachdem der Mann sie in das Zimmer hineingestoßen hat. In dem Klo, Badewanne und Waschbecken herausgerissen wurden, fügt sie nach einem Blick an. Einzig ein von Kot und Blut verschmiertes Loch klafft in einer Ecke, ihre Toilette.

Sie werden eingeschlossen, einmal mehr. Einmal mehr ein winziger Raum, in dem sie dicht aneinandergedrängt am Boden sitzen, einmal mehr haben sie Hunger und Durst. Aber wenigstens rüttelt es nicht mehr die ganze Zeit und die Temperaturen sind erträglich. Es gibt kein Licht, einzig durch das vergitterte Fenster neben der Tür dringen etwas frische Luft und der Schein einer flackernden Neonröhre.

Es ist bereits dunkel, als Faith Schritte auf der Galerie hört, gleich darauf wird die Tür aufgeschlossen und zwei Männer tragen große Aluminiumschalen herein, auf denen Berge von Couscous aufgehäuft sind und würzig duftendes Gemüse. Nachdem sie die Mädchen zurückgedrängt haben, stellen sie die Schalen behutsam auf den Boden. Einer der Typen verschwindet und kehrt kurz darauf mit einem Stapel Fladenbrote zurück, der andere holt Wasserflaschen und einen Topf, vor den er sich kniet, um mit einer Kelle heißen Tee in Plastikbecher zu schöpfen.

Nach all den Entbehrungen und Strapazen kommt diese Mahlzeit Faith vor wie der reinste Luxus, sie schließt die Augen und spricht Dankesgebete an Ogoun und an die heilige Maria, sie denkt an ihre Mutter und die Geschwister und hofft, dass es ihnen gut geht. Dann setzt sie sich zu den anderen Mädchen und langt zu.

Und später, als sie sich schlafen legt, dicht an die beiden Körper neben ihr gekuschelt, durchströmt sie neue Hoffnung. Die Männer behandeln sie zwar wie Vieh, nicht so wie Osaro und Tarek, sie gehen grob mit ihnen um, sind abweisend und mürrisch. Aber sie geben ihnen genügend zu essen und zu trinken. Und selbst wenn es stickig und eng ist in diesem Raum, sie haben ein Dach über dem Kopf. Vielleicht wird jetzt doch noch alles gut, sagt sich Faith, bevor ihr die Augen zufallen, und bei dem Gedanken wird ihr Herz etwas leichter.

Sie schlafen tief und fest, als sie kommen. Die Tür wird aufgerissen, jemand brüllt. Drei Typen stürmen ins Zimmer, jeder schnappt sich eines der Mädchen, die zuvorderst liegen, sie reißen sie hoch und zerren sie aus dem Raum. Alles geschieht innerhalb von Sekunden. Sie schleppen sie über die Galerie zum Zimmer nebenan und eine Tür fällt ins Schloss. Einer der Kerle stößt ein meckerndes Lachen aus, ein Stuhl fällt um. Gleich darauf hört man Mädchenstimmen flehen und weinen, dann wird es ganz still, sekundenlang. Eine Matratze knarrt. Plötzlich kreischt eines der Mädchen auf, ein unmenschlicher Laut ist das, der von unsäglicher Qual und Schmerz zeugt, und die Bettfeder beginnt rhythmisch zu quietschen, während die Schreie des Mädchens durch den leeren Innenhof hallen.

24

Mit einem Aufschrei schreckt Marisa aus dem Schlaf hoch, ihr Herz hämmert, das lange T-Shirt, das sie im Bett trägt, ist komplett durchgeschwitzt. Keuchend bleibt sie liegen und starrt an die Decke, bis sich ihr Puls beruhigt hat und sich die vertrauten Umrisse der Möbel aus der Dunkelheit schälen.

Schon wieder hat sie von den beiden Typen geträumt, wie fast jede Nacht seit dem Überfall. Wieder und wieder muss sie durchleben, wie sie plötzlich gepackt, von der Straße gezerrt und durch den dunklen Hinterhof geschleppt wird, wie der eine Typ sie auf die Kühlerhaube des Volvos wirft, ihre Arme festhält, ihr Gesicht ableckt, ihre Bluse aufreißt, ihre Brüste betatscht, ihre Beine auseinanderzwingt. Das hämische Lachen des anderen. Dieses Gefühl der Ohnmacht, komplett ausgeliefert zu sein. Dieser Ekel. Und der Hass, der wie glühende Lava tief in ihrer Brust brodelt.

Das milchige Licht, das nach und nach durch die Jalousien dringt, kündigt den Morgen an, eigentlich ist es zu früh, um aufzustehen. Marisa tut es trotzdem, geht ins Badezimmer, wirft das durchschwitzte T-Shirt in den Wäschekorb und setzt sich aufs Klo. Wünscht sich, sie hätte jemanden, dem sie sich anvertrauen kann. Einen Moment lang wallt der Schmerz auf, so heftig, dass es ihr den Atem verschlägt. Mit Antonio hätte sie jetzt reden können, er hätte sie in den Arm genommen und getröstet. Hätte ihr versichert, dass alles gut werden würde, selbst wenn es gelogen war. Wie so vieles andere auch.

Sie duscht heiß und lange, trocknet sich ab und zieht sich an, Jeans und eine helle Bluse, wechselt in die Küche und setzt ihren geliebten Bialetti-Espressokocher auf. Während das Wasser aufkocht, rührt sie Eier, Milch und Mehl in einer Schüssel zusammen, mit Pancakes kann sie bei Luca immer punkten. Sie lässt den fertigen Teig ruhen, lehnt sich gegen die Küchenanrichte und nippt an ihrem dampfenden Espresso.

Am Ende haben wir es gar nicht so schlecht getroffen, denkt sie und lässt den Blick über die schlichte, aber gemütliche Wohnungseinrichtung schweifen. Wir haben eine bezahlbare Wohnung und ich habe einen neuen Job, Luca hat endlich einen Freund gefunden und alles andere ergibt sich mit der Zeit. Wenn die Wunden allmählich vernarben und die Erinnerungen verblassen.

Selbst wenn Antonio nicht verunfallt wäre, hätte sich trotzdem alles verändert, ihr ganzes Leben, das hat Marisa viel zu spät gemerkt. Da waren Zeichen gewesen, die sie übersehen hatte, nicht hatte sehen wollen vielleicht. Oft ist man erst hinterher klüger, weil man gewisse unangenehme Dinge nicht wahrhaben will, sie einfach ausblendet, obschon sie einem die ganze Zeit über ins Gesicht gelacht haben.

Ihr Handy vermeldet einen Anruf, sie greift danach und drückt auf den grün leuchtenden Punkt auf dem Bildschirm.

»Bist du auf?«

»Einen wunderschönen guten Morgen auch dir, Bashir«, frotzelt Marisa, verstummt aber sofort, als sie merkt, wie ernst er klingt.

»Wir müssen reden.«

»Komm vorbei.«

»Jetzt?«

»Es gibt Pancakes.«

»Ahornsirup?«

»Heidelbeeren.«

»Sahne?«

»Sowieso.«

Eine Viertelstunde später steht er vor der Tür. Er sieht übernächtigt aus, das fällt Marisa sofort auf. Übernächtigt und besorgt.

»Luca ist gerade unter der Dusche, also leg los. Ich will nicht, dass er etwas davon mitbekommt«, sagt sie halblaut, sobald sie ihn in die Küche geführt und ihm einen Espresso kredenzt hat.

So knapp wie möglich fasst Bashir die Geschehnisse des Morgens zusammen.

»Dieses verdammte Koks«, flüstert Marisa. »Jetzt haben die Typen den Beweis, dass wir wirklich etwas mit dem Verschwinden des Koffers zu tun haben.«

»Nicht mein smartester Zug, tut mir leid.«

»Schon okay, schließlich ging es um Joy.«

»Ich hätte das Koks gegen sie eingetauscht.«

Marisa reibt sich die Nase und ist mit einem Mal kleinlaut. »Sie werden wiederkommen, nicht?«

»Garantiert. Allerdings erst nach Feierabend. Beim gestrigen Versuch wurden die beiden Typen von einem Lagermitarbeiter erwischt. Das werden sie nicht erneut riskieren wollen.«

»Wo hast du das Zeug versteckt?«

»An einem sicheren Ort.«

»Nicht …?«

»Nein, nicht in der Agentur.«

»Das wissen die natürlich nicht.« Marisa streicht sich eine Haarsträhne hinters Ohr.

»Wir haben bis zum späteren Nachmittag Zeit, uns zu überlegen, wie wir sie aufhalten können.«

»Und danach kommen sie.«

Bashir nickt. »Ich gehe davon aus. Und das wird alles andere als gemütlich, denn jetzt sind die beiden Typen richtig sauer.«

Marisa wirft einen Blick auf die Küchenuhr, es ist kurz vor halb neun. »Wir haben acht Stunden.«

»Maximal.«

»Uns fällt etwas ein.«

»Wir haben keine Wahl. Andernfalls müssen wir morgen die Agentur neu einrichten.«

Marisa gibt einen unwilligen Laut von sich, während sie Bashir und sich Espresso nachschenkt. »Und was ist mit Joy?«

»Verschwunden. Der Kerl, mit dem ich geredet habe, hat keine Ahnung, wo sie ist. Angeblich hat einer ihrer Kunden bei einem Termin mit ihr einen Herzanfall erlitten, seither fehlt jede Spur von ihr.«

»Dann hat sie ihn mit irgendwas ausgeschaltet. Sonst hätte sie den Zeitpunkt, an dem du den Koffer holen solltest, nicht so genau voraussagen können.«

»Viagra und Blutdrucksenker, angeblich.«

Marisa schüttelt den Kopf. »Eine gefährliche Kombination, aber es wäre für Joy schwierig gewesen, die Dosis so zu verabreichen, dass ihr Kunde zu einer ganz bestimmten Zeit kollabiert. Sie muss etwas anderes verwendet haben.«

»Auf jeden Fall ist Joy erst verschwunden, nachdem die Typen das Fehlen der beiden Koffer gemeldet haben.«

»Wahrscheinlich hat sie nicht damit gerechnet, dass das Verschwinden des Gepäckstücks so schnell auffliegt. Was es normalerweise wohl nicht wäre. Aber wenn man Kokain im Wert von anderthalb Millionen Franken im Haus herumliegen hat, guckt man halt schon mal nach, ob das Zeug noch da ist.« Marisa lächelt schief.

»Als klar wurde, dass nicht nur das Koks, sondern auch Joys Koffer fehlt, ist sie auf der Stelle geflohen. Die Madame muss außer sich gewesen sein vor Wut.«

»Madame?«

»Die Chefin des ganzen Unternehmens, ich habe mich schlaugemacht. Meist eine ehemalige Prostituierte, die ihrerseits von einer Madame nach Europa geholt wurde. Wohl mit dem Versprechen, sie könne als Friseurin arbeiten oder als Babysitterin. So werden alle afrikanischen Prostituierten rekrutiert.«

»Und kaum angekommen, müssen sie auf den Strich.«

»Um die Schulden abzuarbeiten. Die Madames zahlen ihren Schützlingen die Reise aus einem afrikanischen Land und schlagen großzügig Provision drauf. Hier werden sie dann mit der Realität konfrontiert.«

»Das muss ein riesiger Schock für die Mädchen sein. Ihre

ganzen Träume von einem besseren Leben, ihre Hoffnungen, alles zerplatzt.«

»Hinzu kommt der Juju-Fluch. Die Mädchen leisten einem Priester gegenüber den Schwur, dass sie das Geld zurückzahlen und nicht weglaufen. Wenn sie ihn brechen, ereilt sie dieser Fluch. Das schüchtert die Frauen massiv ein.«

»Und wenn diese Schuld abbezahlt ist?«

Bashir zuckt mit den Schultern. »Einige bleiben und schaffen weiter an, ein paar gehen Beziehungen ein und steigen aus, andere reisen nach Hause und zeigen mit einem luxuriösen Lifestyle, wie viel Geld sie in Europa verdient haben. Manche werden selber Madames und holen neue Mädchen hierher.«

»Ein Kreislauf der Ausbeutung und des Elends.«

»Da steckt viel Geld drin. Darum auch Kokainhandel, damit vermehren sie das erarbeitete Vermögen, mit Friseursalons und Ähnlichem werden die Summen gewaschen.«

Marisa sieht auf. »Das reicht niemals! Wie willst du Millionenbeträge mit einem Friseurladen waschen? Erzählst du dem Steuerbeamten, du hättest jeden Tag zweihundert Kunden bedient? Das glaubt dir doch keiner.«

»Ich habe, ehrlich gesagt, keine Ahnung. Aber das Geld wird irgendwo gewaschen, die Madames können es sich nicht leisten, dass die Steuerbehörden oder gar die Polizei auf sie aufmerksam werden. Sonst könnte es leicht sein, dass ihnen der ganze Laden um die Ohren fliegt.«

»Bum!« Grinsend steht Luca im Türrahmen, die Haare feucht.

»Deine Haare sind ja noch ganz nass!«, ruft Marisa sofort.

Luca ignoriert sie und steuert mit ausgestreckter Hand auf den Besucher zu. Er trägt eine grüne Manchesterhose und ein leuchtend orangefarbenes Sweatshirt dazu. »Bist du der Bashir?«

»Bin ich.« Bashir schüttelt die Hand, während ihn der Junge aufmerksam mustert.

»Coole Narbe. Voll Gangster.«

Bashir grinst verlegen, Marisa schüttelt entschuldigend den Kopf.

»Was hast du gemacht?«

Ein kaum merkliches Zögern, Marisa registriert es dennoch.

»Erzähle ich dir ein andermal, okay?«

»Okay.« Luca mustert Bashir erneut, diesmal unverhohlen neugierig. »Wir gehen nachher Kostüme kaufen, Mama hat es mir versprochen«, sagt der Junge nach einer kurzen Pause. »Kommst du mit?«

Marisa und Bashir wechseln einen raschen Blick.

»Möchtest du das denn, Luca?«, fragt Marisa, die aufgestanden ist, um Butter in einer Bratpfanne zu schmelzen.

»Ja klar, Bashir muss mir beim Aussuchen helfen! Und nachher gehen wir zu McDonald's!«

»Ich weiß nicht, ob Bashir überhaupt Zeit hat.«

»Das geht klar«, erwidert Bashir. »Eine tolle Idee, den Tag gemeinsam zu verbringen.«

In dem Moment realisiert sie, dass Bashir nur aus einem einzigen Grund mitkommt: Sie befinden sich in Gefahr. Denn anzunehmen, die Nigerianer würden es einfach so hinnehmen, dass man ihnen einen Koffer voller Kokain stiehlt, wäre naiv. Mit ihrer Suchaktion hat sie ohnehin den ganzen Clan auf sich aufmerksam gemacht. Das war bevor Bashir vor dem einen Typen mehr oder weniger offen zugegeben hat, dass er etwas mit dem Verschwinden der Koffer zu tun hat.

Tolle Detektive sind wir!, fährt es Marisa durch den Kopf.

Bashir, der bemerkt, wie bestürzt sie ist, macht eine beschwichtigende Miene, unauffällig, damit Luca nichts merkt, und als sie einen Schöpflöffel Teig in die mittlerweile zischende Butter gießt, beruhigt sie sich ein wenig.

»Wie wäre es mit dem?« Marisa zieht ein in Plastik verpacktes Spiderman-Kostüm aus dem Regal und wedelt damit herum.

Luca wirft nur einen abschätzigen Blick darauf und wendet

sich wieder der Prinzessinnenabteilung zu, wo er wie magisch angezogen hingelaufen ist, sobald sie den Spielzeugladen am Bahnhofplatz betreten haben. »Die Frage ist, rosa oder weiß«, überlegt er laut. »Hellblau wäre schön gewesen, gibt es hier allerdings nicht.« Er dreht sich zu Bashir um, der zwischen den Kleiderständern stehen geblieben ist und sich umsieht. »Was meinst du?«

»Halt mal die beiden Varianten vor dich hin. Dann sehen wir gleich, welche dir besser steht.«

Luca hebt erst das rosafarbene und danach das weiße Kleid hoch. »Und?«

»Weiß.«

»Hm.« Zweifelnd betrachtet Luca die beiden Kostüme. »Das muss ich mir erst gründlich überlegen.«

»Ich habe echt gehofft, das würde sich legen«, flüstert Marisa, die sich in der Zwischenzeit zu den beiden gesellt hat. »Aber er beharrt darauf.«

»Lass ihn, wenn er das unbedingt will.«

»Er ist ein Junge.«

Bashir runzelt die Augenbrauen. »Er ist doch nicht weniger Junge, nur weil er ein lächerliches Kostüm anzieht.«

»Nicht so eins!«, zischt Marisa. »Sie werden ihn auslachen.«

Luca dreht sich zu ihnen um. »Was flüstert ihr da?«

»Nichts, mein Schatz«, erwidert Marisa.

»Ich höre euch.«

»Etwas Geschäftliches.«

»Ach so.« Luca widmet sich wieder den Kostümen.

»Ich möchte ihm nur den Schmerz ersparen.«

Bashir sagt nichts und sieht Luca zu, der sich vor einen der mannshohen Spiegel gestellt hat und sich genau studiert, während er abwechselnd die beiden Kleider vor den Körper hält.

»Mir persönlich ist es egal, wenn er als Prinzessin zu diesem Ball geht«, fährt Marisa fort. »Ich habe nur Angst, dass er damit zum Gespött der ganzen Schule wird.«

Bahri wiegt den Kopf. »Der Junge ist verdammt mutig, er weiß ja, was auf dem Spiel steht. Du hast erzählt, sie hätten ihn schon bei der Ankündigung seines Kostüms ausgelacht. Und trotzdem ist er nicht eingeknickt, sondern besteht darauf. Das verdient Respekt.«

»Aber …«

»Er wird lernen müssen, dass alles seinen Preis hat. Doch er weiß, was er will, und ist bereit, dafür einiges zu riskieren. Das braucht Rückgrat.«

Marisa presst die Lippen zusammen und beobachtet besorgt ihren Sohn.

»Ich weiß nicht«, mault der gerade. »Irgendwie sind beide okay. Aber eben nur okay. Nicht wow.«

»Vielleicht musst du sie erst anprobieren«, schlägt Bashir vor.

»Kann man das?«

»Ja klar.« Bashir deutet auf die Umkleidekabinen hinter der Kasse.

»Ich helfe dir«, bietet sich Marisa an.

Doch Luca winkt ab. »Ich komm schon klar.« Und hüpft, eine Melodie summend, auf die Kabinen zu.

Die Kassiererin schaut ihm verblüfft hinterher, dreht sich grinsend zu Marisa und Bashir um und hält anerkennend den Daumen in die Höhe.

»Ich geh trotzdem nachsehen. Falls er mit dem Kleid nicht zurechtkommt«, erklärt Marisa und folgt ihrem Sohn.

Im selben Moment entdeckt Bashir sie. Sie muss die Abteilung gerade erst betreten und die Szene mitverfolgt haben. Ihre Blicke kreuzen sich, wie erstarrt ist sie stehen geblieben, jetzt setzt sie sich in Bewegung.

Franziska Capaul. Diesmal erinnert sich Bashir sofort an ihren Namen.

Sie läuft direkt auf ihn zu, sie ist offensichtlich aufgebracht. Bashirs untere Gesichtshälfte verrutscht zu einem nervösen Lächeln, während sich Franziska einen Weg durch die Reihe runder Kleiderständer bahnt. Sie baut sich direkt vor ihm auf, wütend, gereizt, enttäuscht.

»Eine süße kleine Familie hast du da!«, faucht sie, ihre Stimme bebt, steht unter Strom. »Deswegen bist du heute Nacht einfach abgehauen. Zurück zu Mutti ins warme Bettchen! Hätte ich mir ja denken können!«

Bashir ist aschfahl geworden, verkrampft presst er die Lippen zusammen.

»Hör zu, es ist mir egal, scheißegal, ob du verheiratet bist und Blagen hast, ich will nicht so behandelt werden, kapierst du das? Hallo? Kapierst du? Ich bin kein Flittchen, das man kurz mal besteigt und dann mir nichts, dir nichts wegschmeißt!«

Bashirs Hände ballen sich zu Fäusten, so fest, bis die Knöchel hell durch die Haut schimmern.

»Du hast mich bloß benutzt, Bashir!«

»Gegenseitig!«, stößt Bashir hervor. »Wir haben uns gegenseitig benutzt.«

Franziska lacht höhnisch auf. »Ach, er kann sprechen! Aber mitten in der Nacht abhauen, ohne auch nur eine Nummer zu hinterlassen!«

Bashir atmet schwer.

Sie fixiert ihn immer noch vorwurfsvoll. »Und jetzt einfach weiterschweigen? Ist das deine Taktik?«

Steif zuckt er mit den Schultern.

»War ja klar.« Sie spuckt die Worte aus wie bittere Fruchtkerne. »Du ekelst mich an, Bashir!«

Wortlos sieht er zur Seite, er weiß, dass sie den Kopf schüttelt und die Hände hochwirft, nicht weiß, wohin mit ihrer Wut.

»Das ist einfach nur erbärmlich. Du bist so ein Arschloch!« Mit gesenktem Kopf stürmt sie davon.

Kaum ist sie außer Sichtweite, entfährt ihm ein gepresstes Stöhnen. Er packt mit beiden Händen einen Kleiderständer mit Kinderkostümen, rüttelt wie von Sinnen daran und schleudert ihn von sich. Scheppernd kippt der Ständer um, Bügel schrappen über den Boden, Räder drehen in der Luft und Bashir hält keuchend inne. Sein Gesicht ist puterrot angelaufen, der Blick flackert, die Hände sind wieder geballt.

»Entschuldigung!«, ruft Marisa, die sofort angerannt kommt, der Verkäuferin zu. »Wir kommen zurecht, danke!«, setzt sie hinzu und die Verkäuferin, die bereits ihren Platz hinter der Kasse verlassen hat, bleibt unschlüssig stehen. »Alles unter Kontrolle!« Marisa richtet den Kleiderständer wieder auf und macht der Verkäuferin beruhigende Handzeichen, unterdessen lässt sie Bashir nicht aus den Augen. »Die zukünftige Frau Berisha?«, fragt sie.

Bashir knurrt grimmig.

»Sah problematisch aus.«

»Ich will nicht darüber reden.«

»Du hast um ein Haar die Einrichtung demoliert.«

Bashir senkt den Kopf, fährt sich übers Gesicht.

Marisa stellt sich dicht vor ihn hin. »Ich habe Zeit.«

»Verdammt«, sagt er leise. »Wenn jemand derart aggressiv auf mich losgeht, mich verbal angreift und beschimpft, verstehst du? Es ist dann, als würde etwas in mir aufbrechen. Und wenn der andere immer weitermacht und einfach nicht mehr aufhört, wie sie gerade, steigt manchmal eine Wut in mir auf, so rasend und unberechenbar, dass ich Angst bekomme, mich nicht mehr beherrschen zu können.« Er sieht wieder zu Boden, seine Brust hebt und senkt sich. »Angst vor mir selber.«

»Es gab schon früher solche Situationen?«

Bashir nickt.

»Als Türsteher?«

»Ich habe einem Kerl den Arm gebrochen, einem anderen die Nase. Ist schon ein paar Jahre her.«

Marisa hängt die durcheinandergeratenen Kinderkostüme am Kleiderständer wieder gerade hin, ohne Bashir anzusehen.

»Ich habe gedacht, ich hätte sie unter Kontrolle, diese Wut. Darum mache ich Aikido, das hilft mir dabei.«

»Offensichtlich«, macht Marisa lakonisch.

»Das kam so unerwartet. Vor dem Klub bin ich vorbereitet, da habe ich mich fest im Griff.«

»Du hättest dich entschuldigen müssen, es ist so leicht«, sagt sie nach einer Weile. »Aber ihr Männer schnallt das einfach nicht.«

»Ich …«

»Und es kostet rein gar nichts«, fährt Marisa unbeirrt fort. »Zumindest nicht in dem Moment. Nachher schon, Schmuck und Blumen und Essen in teuren Restaurants, bevor ihr wieder randürft.« Sie grinst spitzbübisch.

»Ich kann das nicht.«

»Blödsinn, sich entschuldigen kann jeder. Sogar Männer. Ruf sie an, erklär die Situation, sag, dass es dir leidtut.«

»Ich habe ihre Nummer nicht.«

»Bashir, bitte.« Marisa verdreht die Augen. »Du bist Privatdetektiv.«

»Und?« Luca kommt aus der Umkleidekabine, das weiße Prinzessinnenkleid trägt er über der Jeans und dem T-Shirt und schaut sich nach Marisa und Bashir um.

Marisa geht zu ihm hinüber und betrachtet ihn zweifelnd. »Gefällt es dir?«

Luca sieht an sich hinunter, betrachtet sich im Spiegel neben der Kabine und sagt zögernd: »Ich weiß nicht.«

»Es gibt noch andere Geschäfte«, wirft Bashir ein, der Marisa gefolgt ist.

»Vielleicht gibt es dort sogar hellblaue Kostüme?«, fragt Luca und seine zweifelnde Miene erhellt sich.

»Vielen Dank auch«, murmelt Marisa halblaut.

»Was machen wir denn jetzt mit unserem Problem?«, will Marisa wissen, als sie über die Bahnhofstrasse zum nächsten Laden schlendern, der Kostüme anbietet. »Wir haben bisher keine Lösung gefunden und die Uhr tickt.«

»Ich grüble schon die ganze Zeit darüber nach.«

»Die Polizei einschalten?«

»Mit welcher Begründung? Wir haben nichts Konkretes gegen die Nigerianer in der Hand, nur Annahmen und Vermutungen. Noch haben sie uns ja nicht bedroht. Außerdem haben wir das Koks. Es sähe schlecht für uns aus, wenn die das den Bullen stecken.«

»Das sollten wir ohnehin zurückgeben, je eher, desto besser.«

»Da bin ich ganz deiner Meinung. Dummerweise haben wir uns in eine Situation hineinmanövriert, in der eine simple Rückgabe kaum mehr möglich ist.«

»Und wenn wir den beiden Typen das Zeug einfach hinstellen? Als Tauschmittel brauchen wir es ja nicht mehr, seit Joy verschwunden ist.«

»Das Problem ist nur, dass die wirklich sauer auf uns ...«

Bashir schaut sich nach Luca um, der vorausgelaufen ist. Doch nun ist er nirgendwo mehr zu entdecken. »Hast du Luca gesehen?«

»Nein, gerade war er ...«

Bashir beschleunigt die Schritte, sein Blick rastert jeden Winkel, registriert jedes Detail.

Später Samstagvormittag, auf Zürichs Einkaufsmeile wimmelt es bereits von Menschen. Teenies, die in Scharen unterwegs sind, asiatische Touristengruppen, Familien mit Kinderwagen. In dieser Menge einen Jungen von acht Jahren auszumachen, ist mehr als schwierig.

»Luca!«, hört er Marisa hinter sich rufen, ihre Tonlage steigt mit jeder Silbe an. »Luca!«

Bashir rennt jetzt beinahe. Die Bahnhofstrasse ist großzügig angelegt, in der Mitte die Tramgleise, links und rechts davon viel Platz zum Flanieren, alle paar Meter steht eine bei der jüngsten Sanierung gepflanzte Birke, Sitzbänke laden zum Verweilen ein. Geschäfte säumen die Straße, ein Applestore mit riesiger Schaufensterfront, ein Warenhaus weiter vorne, Kleiderläden gegenüber, Uhren- und Schmuckboutiquen natürlich.

Von Luca fehlt jede Spur.

»Luca!«, schreit Marisa, Bashir kann die steigende Panik in ihrer Stimme hören, auch er beginnt, laut nach dem Jungen zu rufen.

Er tritt auf die Straße hinaus, um sich einen besseren Überblick zu verschaffen, und weicht einen Schritt zurück, da sich eine blau-weiße Straßenbahn nähert. Ausdruckslos starren die Passagiere Bashir an. Kaum ist das Tram vorbeigefahren, eilt er mitten auf der Fahrbahn weiter, überquert die Uraniastrasse und sucht gleichzeitig die Menschenmenge nach einem leuchtend orangefarbenen Sweatshirt ab.

Unvermittelt entdeckt er ihn, wegen seiner Größe fast verdeckt von einer Passantin in einem blassgelben Kleid. Luca wartet rund hundert Meter entfernt vor dem nächsten Zebrastreifen, der über die Sihlstrasse führt.

»Luca!«, brüllt Bashir aus Leibeskräften und der Junge dreht sich mit einem seltsamen Gesichtsausdruck nach ihm um.

»Ich hab ihn!«, ruft Bashir und Marisa kommt angehetzt, Tränen der Erleichterung schießen ihr in die Augen, als sie ihren Sohn entdeckt. »Luca!«

Sofort eilen sie auf den Jungen zu, dann springt jedoch die Ampel auf Grün und Luca läuft einfach los, er verschwindet in der Menschenmenge, ein orangefarbener Ärmel taucht kurz auf, wird aber sofort von der Frau im blassgelben Kleid verdeckt. Der Junge scheint zu stolpern, während er den Fußgängerstreifen überquert.

»Luca?«, schreit Bashir und in dem Moment dreht sich die Frau ihrem Begleiter zu und gibt für den Bruchteil einer Sekunde die Sicht auf Luca frei.

Jemand hält den Jungen an der Hand und zerrt ihn hinter sich her. Bashir spurtet los, kann allerdings nicht erkennen, wer neben Luca hergeht. Erst als er einen Bogen schlägt, erhascht er einen Blick auf Lucas Begleiter: Ekon.

25

Andrea schließt die Wohnungstür auf, durchquert, ohne Licht zu machen, die Diele, das Wohnzimmer und verharrt an der Fensterfront. Die goldfarbenen Blätter der Birken zittern im Wind. Eine Katze huscht quer über den gepflegten Rasen, sie schaut hoch und sieht Andrea direkt an, als hätte sie genau gewusst, dass sie dort oben steht, und läuft dann seelenruhig weiter.

Andrea wendet sich ab und ihr Blick bleibt an der Klarsichthülle auf dem Esstisch hängen, sie schimmert hell in der dunklen Wohnung. Sie beinhaltet ein einziges Dokument, das in der oberen linken Ecke zusammengeheftet ist. Sie macht Licht, geht die wenigen Blätter durch und setzt ihre Unterschrift und das Datum auf die letzte Seite. Kein Bedauern, keine Trauer. Höchstens ein Anflug von Melancholie und Erleichterung.

Sie schiebt die unterschriebenen Scheidungsunterlagen an Matthias' Platz, wechselt in die Küche und schenkt sich ein Glas Rotwein ein.

Seltsam, wie man jemanden, den man zu lieben geglaubt hat, plötzlich nicht mehr ausstehen kann, denkt Andrea. Matthias' bloße Anwesenheit ist ihr zuwider, die seltenen Berührungen lassen sie erschaudern, jedes an ihn gerichtete Wort muss sie sich abringen.

Andrea streift die Schuhe ab und nippt an ihrem Glas. Sie hätte gern gewusst, wann genau es angefangen hat. Das Ende. Ob es ein bestimmtes Ereignis gewesen ist, etwas, das er gesagt hat, ob ihre Liebe allmählich ausgefranst ist oder ob sie eines Morgens einfach erwacht ist und nichts mehr für ihn empfunden hat. Sie kann sich nicht daran erinnern, zu lange lief ihre Beziehung auf Autopilot, sie waren immer so beschäftigt, so um eine perfekte Fassade bemüht, dass sie die Leere dahinter viel zu spät bemerkt haben.

Andrea stellt das Weinglas auf die Anrichte. Da ist nichts mehr übrig außer ihrer Abscheu und seiner Gleichgültigkeit.

Sie geht durch den Flur, öffnet die Badezimmertür und tastet nach dem Schalter. Das Flackern der Neonröhre wirft Lichtblitze auf einen dunklen, länglichen Gegenstand, der im Waschbecken liegt und dort eindeutig nicht hingehört. Andrea macht einen Schritt ins Bad hinein, im selben Moment stabilisiert sich die Beleuchtung und ihr entfährt ein greller Schrei.

Als Matthias die Tür aufschließt und die Wohnung betritt, kauert Andrea nach wie vor auf dem Boden im Flur, die Hände vor dem Gesicht zu Fäusten geballt, sie hat geweint. In der letzten Viertelstunde ist ihr klar geworden, dass sie bei Weitem noch nicht so widerstandsfähig ist, wie sie gedacht hat. Auch wenn sie es sich nicht hat eingestehen wollen: Der Druck, der wegen ihrer stillgelegten Karriere auf ihr lastet, zermalmt sie beinahe und selbst wenn die anstehende Scheidung sie erleichtert, fühlt sie sich momentan zerbrechlich, ungeschützt, verletzlich.

»Was soll das?«, fährt Matthias Andrea an, als er sie im Korridor vor dem Badezimmer entdeckt, aber sie reagiert nicht. »Hast du wieder eines deiner Aufmerksamkeitsmankos? Hat dich dein Daddy heute noch nicht angerufen? Poste es doch auf Twitter, deine Follower trösten dich dann schon.«

Als hätte er ihr einen Stromschlag verpasst, fährt Andrea auf, ihre Augen funkeln, rote Flecken auf den Wangen, vor lauter Wut bringt sie erst kein Wort heraus.

»Du verdammtes Arschloch!«, brüllt sie Matthias schließlich an. »Wirf mal einen Blick ins Badezimmer!«

»Und dann?«

»Schau rein!«

Er stößt die angelehnte Tür ganz auf und geht hinein, ein würgender Laut ist zu hören, in der nächsten Sekunde taumelt Matthias rückwärts aus dem Bad. Keuchend stützt er sich an der Wand ab, er ist leichenblass.

»Eine Affenpfote, Matthias, eine verfluchte Affenpfote! Das hat weder mit meinem Vater noch mit meinem angeblichen

173

Aufmerksamkeitsdefizit zu tun! Das sind diese beschissenen Linken! Die haben schon diesen Schädel im Schlafzi…«

»Was?« Mit einem entsetzten Keuchen sinkt Matthias neben Andrea auf die Knie. »Was hast du gesagt?«

»Da war ein Affenschädel im Schlafzimmer, vor ein paar Tagen, ich habe ihn weggeworfen.«

Ihr Noch-Ehemann starrt sie hohläugig an, in Gedanken komplett abwesend, Schweißtropfen glänzen auf seiner Stirn.

»Was ist?«

»Das sind nicht die Linken«, flüstert er, dann springt er auf und rennt in die Diele. »Ich muss los. Verschließ die Tür und lass niemanden rein!«

»Wieso?«

»Frag nicht! Ich bringe das wieder in Ordnung«, keucht er und wirft sich die Jacke über.

Gleich darauf stürzt er hinaus und die Tür fällt schwer hinter ihm ins Schloss.

26

Bashir setzt zu einem Spurt an. Ehe er den Fußgängerstreifen erreicht, springt die Ampel auf Rot. Luca geht nach wie vor direkt vor der Frau im blassgelben Kleid, hin und wieder leuchtet der Ärmel seines orangefarbenen Sweatshirts in der wogenden Menge auf.

Bashir rennt auf die Straße hinaus, genau in dem Moment fahren die wartenden Autos an und er kann sich gerade noch an einer auf ihn zuschießenden Kühlerhaube abstoßen, ein gewagter Sprung rettet ihn. Bremsen kreischen, die Frau hinter der Windschutzscheibe schreit auf, ihr Begleiter am Steuer ballt die Hand zur Faust und brüllt etwas. Ein Hupkonzert verfolgt Bashir, während er weiterhetzt, zwischen den Tramgleisen, wo es kaum Flaneure hat.

Der plötzliche Lärm lässt Luca erneut zurückblicken, sofort wird er weitergezerrt, eine Sekunde später beugt sich sein Entführer vor und Bashir sieht direkt in Ekons Gesicht.

Die beiden sind jetzt auf der Höhe der Patisserie Sprüngli, aber als Bashir auf sie zuhält, packt Ekon Luca unvermittelt unter den Armen, hebt ihn hoch und legt ihn sich über die Schulter. Der Junge ist zu verdutzt, um zu reagieren, und Ekon rennt los. Er rempelt sich durch die empört herumfahrenden Passanten, nutzt jede Lücke, bewegt sich im Zickzack wie ein Hase auf der Flucht. Erst als er im Eingangsbereich des *St. Anna-hofs* verschwindet, beginnt Luca zu schreien.

St. Annahof. Ein denkmalgeschütztes Warenhaus, das zwischen 1912 und 1914 errichtet wurde, barockisierter Jugendstil, sechs Stockwerke hoch, achttausend Quadratmeter Verkaufsfläche.

Bashir sprintet auf den Eingang zu. Wenn er die beiden jetzt aus den Augen verliert, wird es schwierig, sie in dem riesigen Einkaufstempel wiederzufinden. Er wirft einen raschen Blick über die Schulter, Marisa hat ihn beinahe eingeholt. Er bedeutet ihr mit einem Handzeichen, sich am Seitengang des Gebäudes zu positionieren, falls Ekon diesen Fluchtweg wählt. Sie versteht sofort und biegt in die Seitengasse ein, die der Längsseite des Warenhauses entlangläuft, ihr verängstigtes Gesicht bricht ihm fast das Herz.

Bashir tritt durch den Eingang. Direkt ihm gegenüber befinden sich die Rolltreppen in die oberen Stockwerke. Unschwer ist zu erkennen, dass Ekon dort hinaufgestürmt sein muss. Die Menschen stehen kreuz und quer auf den Stufen, schütteln Köpfe und tauschen sich aufgebracht aus. Wie Wellen, die noch nicht wieder zur Ruhe gekommen sind, nachdem ein Schnellboot den See durchkreuzt hat.

Er drängt sich an den Leuten vorbei in den ersten Stock und erntet dafür weiteres Kopfschütteln und halblaut gemurmelte Vorwürfe.

Auf der ersten Etage verschafft sich Bashir einen Überblick. Damenmode, weiter hinten Angebote für Herren. Die Decke ist niedrig, das gedämpfte Kaufhauslicht macht ihn auf der Stelle müde. Von Ekon und Luca fehlt jede Spur. Mit schnellen Schritten durchquert er die Abteilung mit Blusen und Röcken und sucht dabei gleichzeitig jeden Winkel der weitläufigen Verkaufsfläche ab. Nichts. Weiter vorne, bei den Jacken, verschwindet gerade ein Mann mit dunkler Hautfarbe in einer Umkleidekabine. Bashir spurtet sofort dorthin, als er den Vorhang aufreißt, starrt ihn ein erschrockener Inder an, der seiner Frau gerade in einen Kunstfellmantel mit Raubkatzenoptik helfen will. Bashir entschuldigt sich hastig, geht weiter und hält bei der Unterwäsche inne. Sein Blick bleibt an den Rolltreppen hängen. Falls sich Ekon hier irgendwo versteckt, wäre es ein fataler Fehler, jetzt in den oberen Stockwerken weiterzusuchen.

Zögernd läuft er weiter, betritt die Herrenabteilung, die nahtlos an die Damensektion anschließt, und steuert auf die Verkäuferin zu, die ihn schon die ganze Zeit über misstrauisch beobachtet. Kaum hat er zu seiner Frage angesetzt, wird ruckartig der Vorhang der Umkleidekabine neben den Indern zur Seite gezogen und Ekon schießt heraus.

Luca hängt schlaff über seiner linken Schulter. Bashir vermutet, dass der Nigerianer den schreienden Jungen mit Chloroform sediert hat, denn ein tobender Achtjähriger kann beachtliche Kräfte entwickeln und ist nicht so einfach zu bändigen. Ganz abgesehen von der Aufmerksamkeit, die sein Gebrüll auf sich gezogen hätte.

Sie haben die Entführung geplant, fährt es Bashir durch den Kopf. Sie sind uns gefolgt und haben einen günstigen Moment abgewartet, um Luca zu kidnappen. Nur wo ist Ekons dicker Kumpel, dieser Amaru?

Bashir lässt die Verkäuferin stehen und rennt auf Ekon zu. Der Nigerianer bemerkt ihn und prescht zur nächstliegenden Rolltreppe. Bashir beschleunigt das Tempo, stößt dabei aber mit einer Frau und ihrem Kinderwagen zusammen. Sie packt ihn mit erstaunlicher Kraft am Jackenärmel und zerrt ihn zurück, doch er kann sich losreißen und sie keift ihm hinterher, ihr Mann unternimmt einen halbherzigen Versuch, ihn einzuholen, und gibt auf halber Strecke auf, während Bashir bereits die Treppe hinaufstürzt. Aus dem Augenwinkel sieht er die Verkäuferinnen aufgeregt zusammenlaufen, eine von ihnen presst ein Telefon ans Ohr.

Ekon hat die Bügeleisen und Staubsauger längst hinter sich gelassen, als Bashir die Etage für Haushaltswaren erreicht. Ungeduldig schnalzend zwängt sich der Typ an den Ausstellungstischen mit Pfannen und Küchenmaschinen vorbei, durch die Kundschaft, die dazwischen herumsteht und die Auslagen begutachtet. Luca hängt nach wie vor schlaff über seiner Schulter. Bashir schlängelt sich durch die Menge, es ist voll und die Leute scheinen sich allesamt in Zeitlupe zu bewegen, so kommt es ihm zumindest vor. Energisch schiebt er ein älteres Paar zur Seite, es bleibt ihm keine Wahl, wenn er Ekon nicht entkommen lassen will, er hört sie schimpfen, aber da ist er bereits weiter. Er drängt sich an einer Gruppe junger Frauen vorbei, die sich im Halbkreis um die Besteckauslage scharen, und steht unvermittelt vor einer fünfköpfigen Familie, die sich an den Händen festhaltend eine Sperre bilden. Sein Abstand zu Ekon wird immer größer. Bashir wählt die schwächste Stelle, bei den beiden kleinsten Kindern, die sofort erschrocken ihre Händchen loslassen, spürt die strafenden Blicke der Eltern, eilt unbeirrt weiter.

Jemand hat seine Finger in Ekons Jacke gekrallt und beschimpft ihn. Der Bursche macht sich los, stößt den aufgebrachten Mann mit der freien Hand grob von sich, sodass der beinahe rückwärts über ein Regal mit Kaffeetassen fällt, seine Begleiterin zetert. Geduckt eilt Ekon durch die Abteilung mit den Gläsern, in der sich nur wenige Leute aufhalten. Er rennt jetzt, ein hämisches Grinsen auf dem Gesicht, als er kurz zurückschaut.

Bashir sprintet an den Gläsern vorbei und holt auf. Er kann den Nigerianer keuchen hören, der Junge wiegt vermutlich immer schwerer auf seiner Schulter, eine Last, die ihn in seinen Bewegungen einschränkt.

Ekon wendet den Kopf und zuckt zusammen, da er realisiert, wie nah Bashir ihm gekommen ist. Unvermittelt packt jemand Bashirs Arm. Vom Schwung mitgerissen, vollführt er eine halbe Pirouette und kommt taumelnd zum Stillstand. Ein untersetzter Verkäufer mit lächerlichem Schnauzbart in schwarzer Anzugshose und weißem Hemd starrt ihn triumphierend an.

»Sind Sie verrückt geworden?«, quäkt er und Bashir versetzt ihm einen harten Stoß vor die Brust, sodass der Verkäufer gegen den Kassentresen prallt, und hastet weiter.

Ekon hat dieses Zwischenspiel genutzt und an Vorsprung gewonnen, Bashir sieht ihn scharf abbiegen.

Als Bashir um die Ecke schießt, erkennt er, dass sich am Ende der Verkaufsfläche das Treppenhaus befindet. Dem pompösen Stil nach wurde es zwar renoviert, aber im Originalzustand belassen. Er hetzt auf die Aufzüge zu, die Lifttüren schließen sich bereits. Das Letzte, was er durch den schmaler werdenden Spalt erhascht, ist Ekons spöttisches Grinsen. Der Bursche ringt nach Atem, Schweiß rinnt ihm übers Gesicht. Bashir stürzt zum hell leuchtenden Knopf und haut mit der Faust darauf, vergebens, die Türen bleiben geschlossen. Keuchend stützt sich Bashir auf den Knien ab, er langt nach dem Telefon und ruft Marisa an. Der Lift bewegt sich nach unten, ins Erdgeschoss.

Marisa steckt nach dem kurzen Gespräch mit Bashir das Telefon weg und bezieht in der Nähe des Seitenausgangs Stellung. Sie ist bereit. Nach einem gehetzten Rundgang durch das hauptsächlich aus Kosmetikartikeln und Accessoires bestehende Angebot hat sie sich einen Regenschirm geschnappt, der einzige Gegenstand, der ihr als Waffe sinnvoll erschien. Nun muss sie bloß achtgeben, dass sie nicht in die Nähe der Detektoren der elektronischen Warensicherung gerät. Ein Alarm würde nicht nur die Aufmerksamkeit aller Angestellten und der möglicherweise anwesenden Ladendetektive auf sie ziehen, sondern auch den Kidnapper warnen.

Marisa duckt sich hinter einem Regal mit Haarspülungen und beobachtet durch die Plastikflaschen, wie Ekon im Durchgang erscheint, der das Treppenhaus mit der Verkaufsfläche verbindet. Der Nigerianer schaut sich wachsam um, Luca hängt reglos über seiner Schulter. Dann zieht er sein Handy aus der Hosentasche, drückt eine Taste und sagt ein einziges Wort, bevor er den Anruf beendet und auf den Seitenausgang zuläuft.

Marisa umklammert den Schirmgriff fester. Bashir ist längst unterwegs, vermutlich durch das Treppenhaus, aber sie kann sich nicht darauf verlassen, dass er rechtzeitig unten eintrifft. Sie muss den Nigerianer eigenhändig außer Gefecht setzen, wenn sie Luca retten will.

Das Erdgeschoss hat sich in den letzten Minuten wieder gefüllt, nachdem es zwischenzeitlich etwas ruhiger geworden war. Zwischen den Regalen wuseln überall Menschen herum, in den Gängen kommt man nur langsam vorwärts.

Eine Seniorengruppe betritt lachend und schwatzend den *St. Annahof* durch den Seiteneingang, den Stöcken und geröteten Wangen nach zu urteilen, kommen die Rentner geradewegs von einer morgendlichen Wanderung. Direkt vor der Drehtür bleiben sie stehen, nur eine Armlänge von Marisa entfernt, und schälen sich umständlich aus ihren leuchtend bunten Jacken. Pullover werden ausgeschüttelt und um die Hüften gebunden, Rucksäcke geöffnet und Thermosflaschen verstaut.

Ekon hat Marisas Position mittlerweile fast erreicht, sie umklammert den Schirm, duckt sich etwas tiefer und verflucht innerlich die lärmende Seniorengruppe, die den Ausgang blockiert. Wegen ihnen wird sie gezwungen sein, mit dem sedierten Luca in den Armen ins Warenhaus hineinzufliehen anstatt hinaus. Erst muss sie jedoch den Kidnapper ausschalten.

Er hält direkt auf sie zu, sie kann ihn zwischen den Shampooflaschen hindurch sehen, seine Jeans, die Jacke, nur zwei Regalreihen trennen ihn jetzt von ihr. Vorsichtig richtet sich Marisa auf, achtet aber darauf, dass sie vom Gestell verborgen bleibt. Langsam holt sie mit dem Schirm aus. Noch ein Regal.

Hinter sich hört sie, wie sich die Seniorengruppe bewegt. Ihre Jacken rascheln, die Gespräche sind verstummt.

Gut so, denkt Marisa, vielleicht geben sie doch noch den Weg frei.

Sie spannt die Oberschenkelmuskeln an. Sie muss schnell sein und hart zuschlagen, den Nigerianer wenigstens so sehr irritieren, dass es ihr gelingt, Luca zu schnappen und mit ihm zu fliehen.

Noch ein halber Meter fehlt, bevor Ekon sie hinter dem Regal entdecken wird. Von den Senioren hinter ihr ist nun gar nichts mehr zu hören, das fällt Marisa ein Sekundenbruchteil, bevor sie aufspringen will, auf. Im nächsten Moment spürt sie eine Hand auf ihrer Schulter und eine der Seniorinnen beugt sich zu ihr hinunter und fragt: »Ist alles in Ordnung mit Ihnen, Liebes?«

Marisa reißt den Kopf hoch. Ekon steht direkt vor ihr, seine Augen weiten sich, und sie holt mit dem Schirm aus, trifft dabei aber die Seniorin am Arm, die hinter ihr steht. Die Frau stößt einen Schmerzensschrei aus. Ekon reagiert blitzschnell und prescht mit Luca auf der Schulter durch die Gruppe auf den Ausgang zu, ein älterer Mann fällt dabei hin und alle beginnen zu schreien, werfen die Hände hoch, ein einziger Aufruhr. Angestellte eilen sofort herbei und während sich Marisa durch die Senioren quetscht, spürt sie plötzlich Bashir an ihrer Seite. Er hält sie am Arm fest und zerrt sie hinter sich her. Nachdem sie sich endlich zur Drehtür durchgekämpft haben, müssen sie mit ansehen, wie ein blauer Ford Mustang aus der St. Annagasse schießt und direkt auf dem Fußgängerstreifen anhält, nur einen Steinwurf vom *St. Annahof* entfernt. Die rechte hintere Tür schwingt auf und Ekon übergibt Luca jemandem, der sich auf dem Rücksitz befindet, er selbst wirft sich auf den Beifahrersitz, die Türen schlagen zu und der Ford biegt mit aufheulendem Motor in die Sihlstrasse ein. Das Ganze hat sich innerhalb von Sekunden abgespielt und als Marisa und Bashir den Fußgängerstreifen erreichen, verschwindet der Wagen bereits hinter der nächsten Straßenbiegung.

Bashirs Telefon klingelt zwei Minuten später, eine unterdrückte Rufnummer.

»Sie haben etwas, das mir gehört. Und ich habe etwas, das Sie vermutlich zurückwollen«, sagt eine raue Frauenstimme. »Vielleicht sollten wir uns zusammensetzen und in Ruhe verhandeln.«

»Wer sind Sie?«, keucht Bashir.

»Nennen Sie mich Madame Esther.«

27

»Dieser Teilnehmer ist vorübergehend nicht ...« Genervt bricht Andrea die automatische Ansage ab und schleudert das Handy aufs Sofa. »Verdammter Mistkerl.«

Samstagmorgen und sie hat seit dem Vorabend, nachdem er ohne eine Erklärung aus der Wohnung gestürmt ist, nichts mehr von Matthias gehört. Das Mobiltelefon ist offensichtlich ausgeschaltet, in seinem Büro in Zürichs trendigem Kreis 4 ist er genauso wenig zu erreichen.

Nicht dass sie ihn vermisst hätte, sie fühlt sich wohler, wenn er nicht anwesend ist.

Diese Dinge müssen wir auch klären, realisiert sie jäh, während sie sich einen Cappuccino aus der Maschine laufen lässt. Wer was nach der Scheidung behält, wie wir die Vermögenswerte aufteilen. Falls überhaupt noch Kohle da ist. Ein bitteres Schnaufen entfährt ihr. Matthias und seine Investitionen, die ganzen leer stehenden Wohnsiedlungen im Mittelland. Sie weiß, dass er sich verrannt hat, die Frage ist nur, wie gravierend der Schaden tatsächlich ist. Zu ihrem Leidwesen kann sie nur das gemeinsame Haushaltskonto einsehen, auf Matthias' Geschäftsfinanzen hat sie keinen Zugriff.

Sie nippt am Milchschaum, der sich luftig auf dem Kaffee türmt, und denkt an den gestrigen Abend zurück. Diese verdammte Affenpfote im Waschbecken! Grauslich! Das abgeschabte Fell, unter dem eingetrocknetes Fleisch und dürre Sehnen zu erkennen waren, die langen, knochigen Finger!

Der Fund hat sie entsetzt und sogar kurzfristig aus der Bahn geworfen, doch sie hat sich relativ schnell gefasst. Matthias hingegen hat der Anblick dieser Pfote zutiefst erschüttert, das hat Andrea trotz ihres eigenen verstörten Zustands bemerkt. Das war nicht bloß Ekel, das ging tiefer. In seinem Gesichtsausdruck hat sich pures Entsetzen gespiegelt, als sie ihn endlich über den Affenschädel im Schlafzimmer informiert hat. Das hat ihm Angst eingejagt, denkt Andrea, eiskalte, panische Angst. Weil diese Dinger Zeichen sind. Warnungen, eindeutig an ihn gerichtet und nicht an sie, wie sie die ganze Zeit über gedacht hat. Und offenbar hat er die Botschaft verstanden.

Was aber, wenn er die Sache nicht in den Griff kriegt? Liegt dann einmal pro Woche irgendein vergammeltes Kadaverteil in meiner Wohnung herum? Andrea überlegt. Die Polizei wegen eines Affenschädels und einer Pfote einzuschalten, wäre unverhältnismäßig. Und wenn die Presse Wind davon bekäme, wäre eh der Teufel los. Nein, die Polizei kommt nicht infrage, da muss eine diskretere Lösung her.

Sie begibt sich in ihr Büro, das sich im hinteren Teil der Wohnung befindet. Ein kleines, aber gemütlich eingerichtetes Zimmer mit Blick auf die Wiese hinter der Neubausiedlung, in der Ferne ist das Dorf zu sehen, ein Kirchturm ragt in die Höhe.

Sie schaltet den Computer ein und während er hochfährt, überprüft sie Jamilas Twitteraccount. Mehrere Tweets pro Tag, der alles entscheidende ist nicht darunter.

Die lässt sich ganz schön viel Zeit, denkt Andrea verdrossen. Die Warterei zermürbt sie, Geduld ist nie ihre Stärke gewesen. Sie will endlich loslegen, ihr Comeback vorantreiben, allen zeigen, dass sie es noch draufhat. Doch dazu muss sie Jamilas Tweet abwarten, denn ohne den läuft gar nichts.

Andrea startet den Internetbrowser und tippt einen Begriff in die Maske der Suchmaschine. Die Ergebnisse, die sofort den Bildschirm füllen, sind vielfältig und von unterschiedlicher Qualität. Sie scrollt durch das Angebot und bleibt an einem ungewöhnlichen Firmennamen hängen. Etwas außerhalb, vor den Toren der Stadt, offenbar ein kleiner diskreter Betrieb. Genau richtig für ihre Zwecke.

Andrea parkt ihren Range Rover Evoque auf der Längsseite der Lagerhalle mit der petrolblauen Wellblechfassade, setzt die

Sonnenbrille auf, geht um das Gebäude herum und steuert auf das kleine Haus zu, das wie angeklebt davorsteht.

Agentur für unliebsame Angelegenheiten, steht auf dem Schild, darunter die Übersetzung in drei Sprachen.

Ziemlich optimistisch, denkt Andrea, als sie unter dem schäbigen Vordach vergebens nach einer Klingel sucht. Gereizt klopft sie schließlich an die Tür, es dauert jedoch geraume Zeit, bis diese endlich geöffnet wird.

»Was ist?«, fragt die Frau, die einen Kopf kleiner ist als sie.

Sie sieht furchtbar aus, verquollene Augen, als hätte sie geheult, die rostroten Locken stehen wirr vom Kopf ab, das Make-up ist verschmiert.

»Störe ich?«

Die Frau zuckt mit den Schultern und öffnet die Tür ganz.

Wohl nie von Customer Service gehört, denkt Andrea pikiert und betritt das Häuschen.

Und von Höflichkeit auch nicht, stellt sie zunehmend verärgert fest, als ihr der Typ, der stocksteif am Fenster lehnt, flüchtig zunickt, bevor er wieder wie gebannt sein Handy fixiert.

Einer aus dem Balkan, das erkennt Andrea sofort, im Osten konnten die Freundlichkeit noch nie. Die Narbe, die über seine linke Gesichtshälfte verläuft, verleiht ihm etwas Verruchtes und die gletscherblauen Augen erinnern sie an einen Husky.

Nicht übel, denkt Andrea. Für einen Jugo.

Die Frau hat sich mittlerweile auf eines der Sofas gesetzt und fordert Andrea mit einer lahmen Handbewegung auf, es ihr gleichzutun.

Die Luft ist zum Schneiden dick in dem Raum, die Atmosphäre angespannt, als hätten sich die beiden gerade heftig gestritten.

Verärgert hält Andrea auf eines der Sofas zu und bereut es schon jetzt, den langen Weg auf sich genommen zu haben. Wenn die beiden mit allen Kunden so umspringen, ist es ein Wunder, dass der Laden noch existiert.

Und überhaupt!, schimpft sie in Gedanken weiter und hält inne. Was sollen diese dämlichen Sofas überall? Wie in den Lounges, die jetzt jedes hippe Lokal in der Innenstadt glaubt, anbieten zu müssen. Wir sind nicht in einer Wohlfühloase, das ist eine Agentur! Und wo ist der Schreibtisch, der Computer? Neben dem Typ steht außerdem ein rosafarbener Koffer, als wolle er gleich verreisen. Professionalität sieht definitiv anders aus.

»Womit können wir Ihnen helfen?«, will die Frau wissen, ihre Stimme klingt raspelnd. »Frau …?«

»Graf. Ich weiß jetzt gar nicht …« , setzt Andrea an und überlegt ernsthaft, sich umzudrehen und rauszulaufen.

»Setzen Sie sich erst einmal«, sagt der Typ mit den Husky-augen und wendet sich sofort wieder seinem Handy zu.

Widerwillig lässt sich Andrea auf der Armlehne eines samt-grünen Sofas nieder und die Frau stellt sich endlich vor.

»Marisa Greco, das ist mein Partner Bashir Berisha.«

»Lassen wir den Small Talk.«

Ruckartig schaut der Jugo auf und hebt eine Augenbraue. Wenigstens habe ich jetzt seine ungeteilte Aufmerksamkeit, denkt Andrea mit Genugtuung. »Können Sie äußerste Diskre-tion garantieren?«

Die Greco nickt, leicht ungeduldig, wie es Andrea vor-kommt.

»Gut. Ihr überwacht mein Haus. Rund um die Uhr, ab so-fort. Aber diskret, wie gesagt, denn ich muss wissen, wer …«

Der Jugo schüttelt sofort den Kopf.

»Was?«

»Ist nicht drin.«

Mit offenem Mund starrt Andrea den Jugo an, sie ist nicht gewohnt, dass man so ruppig mit ihr umspringt. Der Kerl mag vielleicht ganz gut aussehen, Anstand hat er keinen.

»Ich verstehe nicht …«

»Wir können Ihren Auftrag nicht annehmen.«

»Wieso nicht?«

»Wie Sie sehen, sind wir nur zu zweit. Für eine Überwachung rund um die Uhr reicht das bei Weitem nicht.«

»Mein Gott, dann stellen Sie einfach mehr Leute an!«

»Können wir uns erstens nicht leisten, zweitens sind wir gerade sehr gut ausgebucht.«

»Sieht nicht danach aus.« Andrea lässt ihren Blick herablassend durch den Raum schweifen. Da keiner der beiden auf ihre Bemerkung reagiert, setzt sie hinzu: »Jemand platziert Teile eines Affenkadavers in meiner Wohnung!«

Bedauernd wiegt Bashir Berisha den Kopf. »Wir können Ihnen gern einen Sicherheitsdienst empfehlen ...«

»Nicht nötig, vielen Dank«, schnappt Andrea kühl und steht auf. Sie marschiert geradewegs auf die Tür zu und verlässt die Agentur grußlos.

28

Das Mädchen blutet. In den frühen Morgenstunden haben die Männer die Zimmertür aufgerissen und es hineingestoßen. Wie ein Embryo hat es sich auf dem harten Boden zusammengerollt, schluchzend, mit aufgeplatzten Lippen, aus der Nase lief Blut, das Gesicht übersät mit Blutergüssen. Erst am Morgen, als die anderen Mädchen nach und nach erwacht sind, haben sie erkannt, dass Isokens Kleid durchnässt zwischen ihren Beinen klebt, der Stoff rot verfärbt, es roch durchdringend nach Metall, auf dem Boden bräunliche, bereits halb eingetrocknete Flecken.

Isoken ist erschreckend blass. Faith legt ihr die Hand an den Hals und spürt den Puls nur schwach, er rast.

Das Mädchen blickt auf, sein Mund öffnet sich, doch kein Laut dringt heraus.

»Hilfe!«, schreit Tynisha, da sie den Ernst der Lage begreift. Gemeinsam mit ihrer Freundin Precious hämmert sie gegen die verschlossene Tür, rüttelt verzweifelt an der Klinke. »Wir brauchen hier drin Hilfe! Sofort!«

Von draußen ist nichts zu hören, das ehemalige Motel wirkt verlassen.

»Hilfe!« Tynishas Stimme bricht. »Sie stirbt! Warum kommt denn niemand?«

Sie setzt sich auf den Boden, die Hände vors Gesicht geschlagen, Precious legt den Arm um sie, während die anderen Mädchen abwechselnd nach Hilfe rufen, es nützt alles nichts, kein Mensch hört ihre Schreie.

Sie decken Isoken mit einigen Kleidungsstücken zu, betten ihren Kopf auf eine zusammengerollte Windjacke, einige Mädchen fangen leise zu beten an.

Dumpf schaut Faith durch die Gitterstäbe hinaus, eine nie gekannte Müdigkeit lässt ihre Lider schwer werden, alles in ihr ist abgestumpft. Sie kann sich nicht vorstellen, jemals wieder etwas anderes als Erschöpfung zu empfinden, nicht einmal beim

Anblick von Isoken regt sich mehr Mitgefühl in ihr. Es ist, als hätte sich die Wüste in ihr drin breitgemacht.

Der Wind treibt eine weiße Plastiktüte über den Innenhof. Faith sieht ihr zu, wie sie sich überschlägt, an einem Steinbrocken hängen bleibt und gleich darauf weitergezerrt wird. Müll entlang der Seitenwände, sandiger Staub weht bei jedem Lüftchen hoch. Ein Ort der Hoffnungslosigkeit.

Niemand kommt hier heil raus, das ist Faith längst klar geworden. Sie kommen des Nachts, sobald es dunkel geworden ist, und suchen sich zwei oder drei Opfer aus. Faith hat gelernt, sich weich zu machen, jeden Widerstand aufzugeben, wenn sie nach ihrem Handgelenk greifen und sie aus dem Zimmer zerren, hat gelernt, etwas anderes zu denken, sich an einen anderen Ort zu träumen, außerhalb ihres Köpers zu sein, wenn sich einer der Männer auf sie legt, ihre Beine auseinanderschiebt und brutal in sie eindringt. Der Schmerz, der Gestank, es ist, als würde jedes Mal ein Teil von ihr qualvoll verrecken.

Isoken stirbt in den frühen Nachmittagsstunden. Ein leiser Seufzer entfährt ihr und der Kopf sinkt langsam zur Seite. Die Hitze hat ihren Höhepunkt erreicht, alles scheint still zu stehen, die Luft in dem Zimmer ist zum Schneiden dick, es stinkt abscheulich, nach Schweiß, Blut, Urin und Kot, einige Mädchen weinen leise, die anderen starren mit weit aufgerissenen Augen ins Leere.

Am frühen Abend sind von draußen endlich Motorengeräusche zu hören, der Horizont schillert lilafarben, ein halbes Dutzend Pick-ups fährt vor dem Motel vor, gleich darauf wehen Staubwolken durch das Portal.

Ein paar Mädchen beginnen erneut zu rufen, sie haben Isoken ins Bad getragen und mit Kleidungsstücken zugedeckt, dann deutet jemand hinaus und sofort eilen alle zum Fenster, drängen sich davor, weil jedes nach draußen sehen will.

Eine neue Gruppe Mädchen wird im Gänsemarsch durch

den Innenhof getrieben, diejenigen, die versuchen auszuscheren, werden mit Stockschlägen auf Kurs gebracht. Sie werden die Treppe zur Galerie hochgejagt und in einem Zimmer auf der gegenüberliegenden Seite des Hofs eingepfercht.

»O mein Gott«, flüstert Precious. »Das hört nie auf.«

Nach und nach setzen sich die Mädchen wieder, niemand spricht, eine bedrückende Stille herrscht im Raum.

Plötzlich sind Schritte auf der Galerie zu vernehmen, der Schlüssel wird ins Schloss geschoben und die Tür schwingt auf. Die beiden Männer stutzen, rümpfen die Nase und lassen ihren Blick suchend durch das Halbdunkel schweifen. Sie sind um die dreißig, hellhäutig mit arabischem Einschlag. Oberlippenbärte und gescheitelte Frisuren, die pomadisiert glänzen, sie tragen Polohemden und Jeans, neue Sneaker.

Die Mädchen, die sich am nächsten zur Tür befinden, deuten stumm zum Badezimmer und einer der beiden läuft sofort dorthin, während sein Kollege in der Tür verharrt. Erschrocken weicht der Mann zurück, als er den Leichnam zu Gesicht bekommt, dann betritt er beherzt das Bad und kehrt kurz darauf mit Isoken auf den Armen zurück. Er legt sie draußen auf die Galerie und bringt anschließend das Essen herein, dampfende Töpfe und Teller, Krüge mit Tee.

Später kann sich Faith nicht mehr erinnern, was sie dazu getrieben hat, sich auf einen der Männer zu stürzen.

Es ist, als würde ein Schalter in ihr umgelegt, plötzlich beginnt alles zu flackern und die Welt um sie herum wird gleißend rot. Ein unmenschlich anmutendes Heulen entfährt ihrer Kehle und ehe jemand reagieren kann, springt sie den Typen an, schlägt mit den Fäusten auf ihn ein und verbeißt sich in seinen Oberarm. Verzweifelt versucht er, sich das Mädchen vom Leib zu halten. Aber er schafft es nicht, es kratzt und boxt, kreischt wie von Sinnen. Faith lässt erst von dem Mann ab, als der Schlagstock sie trifft. Der andere Kerl prügelt damit hart auf sie ein, trifft sie am Rücken, am Nacken, am Kopf, bis sie von ihm abfällt, selbst nachdem sie sich wimmernd auf dem Boden zusammengerollt hat, hört er nicht auf, immer wieder lässt er den Stock auf das Mädchen niedersausen, bis das Blut aus den Platzwunden spritzt.

Am Abend taumelt Faith ins Badezimmer und erbricht sich in das Loch im Boden, Kezia hält ihr Haar und streicht ihr tröstend über den geschundenen Rücken, alles dreht sich, sie sieht verschwommen, ihre Lider sind geschwollen, Gesicht und Körper von Blutergüssen übersät. Doch das Schlimmste ist die Übelkeit, das Schwindelgefühl, das sich nicht legen will.

Sie schläft fast den ganzen nächsten Tag und als sie sich am späten Nachmittag zum ersten Mal wieder aufsetzt, fühlt sie sich etwas besser. Es ist ihr zwar immer noch übel, sie muss sich allerdings nicht mehr erbrechen, der Schwindel hat nachgelassen. Dafür hat sie stechende Kopfschmerzen.

»Trink«, fordert Kezia sie auf und hält ihr ein Glas Tee hin.

Faith trinkt mit kleinen Schlucken, ihre Lippen sind rissig, sie spürt jedoch, wie jeder Tropfen ihren Körper belebt, wie sie sich sofort besser fühlt, sie hat in den letzten vierundzwanzig Stunden viel Flüssigkeit verloren.

Kaum hat die Dämmerung eingesetzt, nähern sich rasche Schritte über die Galerie. Die Tür wird aufgeschlossen, einer der beiden Typen positioniert sich sofort im Eingang, der andere geht durch den Raum und leuchtet den Mädchen mit einer Taschenlampe ins Gesicht.

»Kezia?«

Zögernd hebt Kezia die Hand und er ergreift das Mädchen, hilft ihr auf und übergibt es seinem Kollegen.

»Ivy? Zanthe?« Auch die beiden anderen Mädchen werden zum Ausgang geführt, der Typ schaut noch einmal in die Runde und tritt hinaus.

»Was habt ihr mit ihnen vor?«, ruft Faith ihm hinterher.

Dies ist nicht einer der allabendlichen Überfälle, das ist ihr sofort klar geworden, die Typen sind für ihre Verhältnisse beinahe höflich mit den Mädchen umgegangen, außerdem ist es dazu viel zu früh.

»*Ma?*«, erwidert der Typ auf Arabisch und fixiert Faith mit einem finsteren Blick. Ihren Ausraster vom Vortag hat er keineswegs vergessen.

»Er versteht dich nicht«, flüstert Tynisha Faith zu.

»Where you go?«, setzt sie neu an.

»None of your business.«

»Please, mister!«, fleht Faith.

Der Kerl zögert, sieht seinem Kumpel hinterher, der die Mädchen über die Galerie wegführt.

»Please tell us.«

»The Madame, no money.«

»What?«

»No money. Journey finished now.«

»What does that mean?«

Faith erhält keine Antwort, der Mann verlässt das Zimmer und schließt hinter sich ab.

»Kein Geld mehr?«, wundert sich Precious.

»Ich habe das so verstanden, dass der Madame das Geld ausgegangen ist und sie nicht mehr für die Reise dieser drei Mädchen aufkommen kann«, erklärt Faith.

»Was heißt das jetzt?« Tynisha sieht Faith besorgt an.

Die Antwort erhalten sie nach dem Essen. Es ist bereits dunkel, als die Beleuchtung im Innenhof aufflammt. Seit dem späten Nachmittag ist eine nervöse Geschäftigkeit auszumachen, die Männer laufen die ganze Zeit herum und beratschlagen sich lautstark, nicht mehr funktionierende Neonröhren wurden ersetzt, der Innenhof gewischt. Gegen zehn Uhr ist Motorengeräusch zu hören, ein erster Wagen fährt vor, kurz darauf ein zweiter, sie parken auf dem Platz vor dem Motel. Bärtige Männer in langen Übergewändern bevölkern schon bald den Innenhof, sie schwatzen und lachen, man kennt sich offenbar, Tee wird gereicht, süßlich duftender Shisharauch wabert über den Köpfen. Faith rückt keinen Zentimeter von ihrem Aussichtspunkt am Fenster weg.

Plötzlich geht eine Bewegung durch die Menge. Nach und nach drehen sich alle zu einem Mann im hellen Djellaba hin, der in einer Ecke des Hofs steht. Faith erkennt ihn auf der Stelle wieder, einer der Typen, die nachts in ihr Zimmer eindringen. Das Neonlicht über ihm wirft gespenstische Schatten auf sein Gesicht.

Gleichzeitig postieren sich die anderen Männer, die zur Truppe gehören, am Durchgang zur Straße, sie patrouillieren wachsam auf der Galerie und Faith fällt auf, dass sie bewaffnet sind.

Neben dem Typen im Djellaba stehen zwei Mädchen, Faith erblickt sie erst jetzt, sie werden von den Köpfen der Männer fast verdeckt. Sie wirken verschüchtert und ahnungslos.

Der Mann kündigt etwas auf Arabisch an, die Zuschauer recken die Hälse, ein Murmeln läuft durch die Reihen. Grob packt er den Arm des ersten Mädchens und reißt ihn hoch. Auf der Stelle schnellen etliche Hände in die Höhe. Der Mann schreit ein paar abgehackte Worte in die Runde, die Zuschauer reagieren blitzschnell und antworten mit zustimmenden Gesten, das Ganze wiederholt sich einige Male, bis der Mann schließlich auf einen älteren Kerl in einem dunkelblauen Kaftan deutet und anerkennend nickt. Der gibt seinem Lakaien neben ihm ein Bündel Noten, das der Junge sofort dem Präsentator überbringt, und kehrt dafür mit dem Mädchen zurück.

Beim zweiten Mädchen spielt sich alles genau gleich ab, danach werden neue Mädchen hergebracht und im Minutentakt verkauft.

Mit Tränen in den Augen sieht Faith zu, wie Kezia herausgeführt wird, ihr Blick fliegt panisch über die versammelte Menge. Der Mann im Djellaba preist sie an, Hände schießen hoch und kurz darauf erhält ein fetter Typen mit schmierigem Lächeln den Zuschlag, der Kezia sofort vom Innenhof wegzerrt. Faith hört einen rostigen Motor anspringen, ein Wagen kurvt am Eingangstor des Motels vorbei und wirbelt Sandstaub auf, das Geräusch verliert sich rasch in der endlosen Weite der Wüste.

29

Mit stoischen Mienen starren Ekon und Amaru ins Leere, sie haben sich zu beiden Seiten der Durchgangstür aufgestellt, die Korridor und *Macuto's* Bar verbindet, breitbeinig und mit verschränkten Armen. Wie Soldaten. Sie vermeiden jeden Blickkontakt mit Marisa und Bashir, die sich geweigert haben, sich zu setzen, und nun unschlüssig vor dem Tresen im menschenleeren Lokal stehen. Durch die getönten Fenster dringt gedämpftes Licht herein. Irgendwo in einem der oberen Stockwerke läuft Musik.

»Wo bleibt diese Madame?«, fragt Marisa gereizt, doch die Sorge um Luca schwingt unüberhörbar in ihrer Stimme mit.

Keiner der beiden Typen zuckt auch nur mit der Wimper.

»Sie lässt uns absichtlich warten«, brummt Bashir. »Eine Machtdemonstration.«

»Ich bin jetzt beeindruckt genug, sie kann kommen.« Marisa lässt die Tür nicht aus den Augen, während sie von einem Bein aufs andere tritt.

Sie hat sich gefasst, sich frisch gemacht und neues Make-up aufgelegt, nachdem sie in der Agentur einen Zusammenbruch erlitten hat.

Diese Andrea Graf hat den denkbar ungünstigsten Zeitpunkt erwischt, um uns aufzusuchen, fährt es Marisa plötzlich durch den Kopf. Jetzt wünscht sie sich, sie wäre ihr gegenüber zuvorkommender und höflicher gewesen, aber in jenem Moment hat sie nicht die Energie dazu aufgebracht, Lucas Entführung hat sie total aus der Bahn geworfen. Allerdings hätten sie den Auftrag unter günstigeren Umständen ebenfalls abgelehnt, zu aufwendig und für sie zu zweit schlicht nicht zu bewerkstelligen. Und da ist noch etwas gewesen, fällt Marisa plötzlich ein, etwas wirklich Seltsames. Andrea Graf hat einen Affenkadaver erwähnt, bevor sie wütend rausmarschiert ist. Bizarr.

Draußen fährt ein Auto vorbei, ein sanftes Rauschen, jemand betritt das Haus, läuft durch den Flur und die Treppe hinauf, vermutlich eine der Frauen, die auf Kundschaft lauernd durch die schmale Gasse patrouillieren. Dann herrscht wieder Stille, selbst die Musik ist verstummt.

Unvermittelt geht eine Tür, Schritte sind zu hören, begleitet von einem Rascheln, und gleich darauf steht Madame Esther mit zwei Begleiterinnen im Raum. Sie ist kleiner, als Marisa sie sich anhand ihrer rauen Stimme vorgestellt hat, untersetzt.

Sie muss über sechzig sein, fährt es Marisa durch den Kopf, sie sieht aus wie eine herzensgute Oma.

Aber sie weiß nur zu gut, dass dieser Schein trügt.

Madame Esther trägt ein wallendes afrikanisches Kleid in leuchtendem Türkis mit orangefarbenen Stickereien, das schwarz gefärbte Haar hat sie streng zurückgebunden. Sie wirkt nicht annähernd so bedrohlich wie vorhin am Telefon, als sie Marisa knapp angewiesen hat, Punkt 15:00 Uhr in der Bar an der Kernstrasse zu erscheinen, um »Ihre beschränkten Möglichkeiten zu besprechen«.

Da ist ein Blitzen in ihren Augen, das Marisa erst jetzt auffällt und das sie nicht auf Anhieb einordnen kann. Sie hält es für Boshaftigkeit, stellt jedoch fest, dass es Spaß ist. Die Angelegenheit bereitet Madame Esther ein teuflisches Vergnügen, sie ergötzt sich an der Macht, die sie über andere ausübt. Marisa verspürt jäh ein flaues Gefühl in der Magengegend.

»Wo ist Luca?«, fährt Marisa Madame Esther an, doch die setzt sich seelenruhig an einen Tisch, als hätte sie die Frage nicht gehört, während sich ihre beiden Begleiterinnen dahinter aufstellen.

»Was haben Sie mit ihm gemacht?«

Jetzt hebt Madame Esther langsam den Blick und Marisa zuckt angesichts der Kälte darin zusammen.

»Ich muss wissen, ob es ihm gut geht! Ich bin seine Mutter!«

Ungerührt ordnet Madame Esther die Falten ihres Kleids, nur eine Augenbraue rutscht kaum wahrnehmbar nach oben.

Sie hat eindeutig die besseren Karten, wird sich Marisa bewusst, streng genommen steht für sie nicht viel auf dem Spiel, zumindest nicht so viel wie für mich. Ein Koffer Koks, dessen Verlust sie verschmerzen könnte, denn wo der herkommt, gibt es vermutlich noch mehr davon. Ein Koffer voller Drogen gegen einen achtjährigen Jungen. Ganz klar, wer hier auf die Knie gehen wird.

»Nun«, eröffnet Madame Esther offiziell das Gespräch. »Schön, dass Sie es so kurzfristig einrichten konnten.«

Wütend fixiert Marisa die Frau, Bashir zeigt keine Reaktion.

»Wir haben ein kleines Problem ...« , fährt Madame Esther fort.

Marisa schnauft.

»Natürlich könnten wir die beiden Dinge einfach austauschen.«

»Wieso tun wir es nicht, anstatt lange rumzulabern?«, faucht Marisa.

Bashir legt ihr sofort die Hand auf den Arm.

»Ich befürchte, so simpel ist es nicht.«

»Was, zum Teufel, soll daran nicht simpel sein?«

Madame Esther lässt ihren Blick eine Weile auf Marisa ruhen, bevor sich ihre dunkelrot geschminkten Lippen zu einem Lächeln verziehen. »Weil es ein weiteres Problem zu klären gibt. Wie Ihnen bekannt sein dürfte, ist eine meiner langjährigen Mitarbeiterinnen spurlos verschwunden.«

Marisa erstarrt.

»Sie schuldet mir Geld.« Madame Esther verschränkt die Finger und wartet ab.

»Angeblich sind Sie nicht nur im Besitz meines wertvollen Koffers, sondern haben auch den Pass meiner Mitarbeiterin. Ohne Dokumente kann sie das Land nicht verlassen, das liegt auf der Hand. Also wird sie sich aller Wahrscheinlichkeit nach demnächst bei Ihnen melden.« Wieder eine Pause. »Falls Sie nicht sowieso wissen, wo sie sich aufhält.« Ein drohender Unterton schwingt in ihrer Stimme mit.

»Was wollen Sie von uns?«, fragt Bashir.

Madame Esther lässt ihren Blick zu ihren beiden Bodyguards schweifen, die sich nicht von der Stelle gerührt haben, und fixiert wieder Marisa und Bashir. »Besorgen Sie mir beides. Den Koffer und die Schlampe. Bis morgen Punkt fünfzehn Uhr.«

»Das sind bloß vierundzwanzig Stunden!«, entfährt es Marisa. »Wir haben keine Ahnung, wo Ihre Mitarbeiterin steckt!«

»Ihr Problem«, sagt Madame Esther leichthin und erhebt sich.

»Ich muss wissen, ob mit Luca alles in Ordnung ist!«, fordert Marisa erneut, doch die Madame verlässt das Lokal, ohne sich noch einmal umzudrehen, ihre beiden Begleiterinnen folgen ihr stumm.

Marisa rennt der Madame hinterher, schafft es aber nur bis zum Durchgang, wo sie von den beiden Typen zurückgehalten wird.

»Das können Sie nicht tun!«, schreit Marisa, worauf Madame Esther ihre Schritte verlangsamt und über die Schulter zurückblickt.

»Doch, das kann ich.«

»Sie sind ein Unmensch!«

»Man hat mich dazu gemacht.«

Verdattert starrt Marisa die Frau an.

»An Ihrer Stelle würde ich keine weitere Zeit verschwenden. Sie haben vierundzwanzig Stunden. Die Uhr tickt.«

Mit einem gehässigen Surren vermeldet das Handy den Eingang einer neuen Nachricht. Andrea schaut kurz auf den aufleuchtenden Bildschirm und schreibt den Satz fertig, bevor sie den Blick endgültig vom Laptop löst und nach dem Telefon greift, das neben der halb vollen Kaffeetasse liegt. Ein heller Balken, ganz links ein blassblaues Quadrat, darin die Umrisse eines symbolischen Vogels. Eine Twittermeldung von Jamila.

Schon wieder, denkt Andrea genervt, die Frau ist virtuell hyperaktiv.

Doch als sie auf den Balken tippt und die Nachricht auf der Anzeige erscheint, beschleunigt sich ihr Puls.

Nein ist nein!, schreibt Jamila. *Merkt euch das, ihr abgefuckten Scheißkerle! Die Würde der Frau ist unantastbar! Wie behindert muss man sein, dass man das nicht kapiert!*

Unter dem kurzen Text eine Aneinanderreihung von Hashtags: *#fuckoff #handsoff #girlsrule #assholes #metoo #bahnhofwinterthur #selfdefence #unterschock #neveragain #jamilasblog.*

Andrea starrt auf die Meldung, liest sie erneut und gleich noch einmal, nur um sicherzugehen, dass sie sich nicht irrt. Aber es gibt keinen Zweifel: Das alles entscheidende Wort fehlt.

»Die dämliche Fotze hat es vergessen!«, flüstert Andrea, während unter Jamilas Nachricht in rascher Abfolge die ersten Kommentare und Mitleidsbezeugungen ihrer Follower aufpoppen.

Andrea spürt ihren Blutdruck ansteigen, die Finger klammern sich um das Gerät und als sie mit der freien Hand die Kaffeetasse packt und mit Wucht gegen die Wand schleudert, entfährt ihr ein wütender Aufschrei.

Mit wackeligen Schritten geht Marisa voraus, den Korridor entlang und drückt an dessen Ende die Tür auf. Sie steigt die Stufen hinunter und biegt sofort nach links ab, den Kopf gesenkt. Am Ende der Gasse verharrt sie benommen und Bashir ist gerade rechtzeitig bei ihr, um sie festzuhalten, bevor sie zusammenbricht. Verzweifelt klammert sie sich an ihn, presst den Kopf gegen seine Brust und schluchzt auf.

»Sie werden Luca nichts tun, Madame Esthers Interesse gilt einzig Joy«, versucht er, sie zu beruhigen.

»Davon bin ich ganz und gar nicht überzeugt«, schnieft Marisa und löst sich von Bashir.

Die Madame hat auf Marisa wie eine knallharte Chefunterhändlerin gewirkt, die das Leben jeglicher Empathie beraubt hat. Sie hat keine Ahnung, was Madame Esther mit Luca vorhat, falls sie Joy nicht ausfindig machen. Aber sie befürchtet das Schlimmste.

»Wir müssen auf der Stelle diese Joy finden!«

»Der einzige Anhaltspunkt, den wir haben, ist der Name des Kunden«, erwidert Bashir. »Der Kerl, der mit der Ambulanz abgeholt werden musste, nachdem Joy ihn außer Gefecht gesetzt hat.«

Das ist die letzte Frage gewesen, die Marisa Madame Esther hinterhergebrüllt hat. Nach sekundenlangem Abwägen ist die Madame schließlich mit dem Namen herausgerückt.

»Graf. Rudolf Graf«, murmelt Marisa grübelnd. »Da war doch was.«

»Ich glaube, das heute Nachmittag war seine Tochter. Andrea Graf.«

»Der rechte Politiker!« Marisa reißt die Augen auf. »Der heimlich hierherkommt, um Nigerianerinnen zu ficken!«

»Ein wandelndes Klischee.«

»Sind das nicht die meisten Konservativen?«

Bashir zuckt mit den Schultern. »Ich kümmere mich nicht um die und sie sich nicht um mich.«

»Den müssen wir als Erstes ausfindig machen. Vermutlich liegt er immer noch in irgendeiner Privatklinik mit Sicht auf See und Berge. Da wir gerade von Klischees sprechen.« Marisa legt den Kopf schräg. »Und was dann?«

»Womöglich hat ihm Joy etwas anvertraut, ihn vielleicht um Geld gebeten, was weiß ich? Er war einer ihrer Stammkunden, irgendetwas wird er wohl wissen.« Unauffällig deutet Bashir mit dem Kinn auf die Prostituierten, die hinter ihnen in der schmalen Gasse auf und ab gehen. »Da beißt du auf Granit, das hast du ja selber gemerkt.«

Marisa hat bereits ihr Telefon in der Hand und googelt Grafs Adresse. »Goldküste ...«

»Natürlich.«

Leise schimpfend tippt sie weiter auf dem Bildschirm herum, hält plötzlich inne und schaut mit spöttischer Miene auf. »Knapp fünf Fahrminuten von seiner Tochter entfernt. Sie wohnt in einer Neubausiedlung, die ihm gehört.«

»Daddy's girl.«

»Wen wundert's!«

»Und diese Siedlung wollte sie von uns überwachen lassen.« Ungläubig schüttelt Bashir den Kopf. »Wie gehen wir vor?«

Marisa schiebt die Unterlippe vor. »Ich brauche erst einen Kaffee, um einen klaren Kopf zu bekommen.«

»Ganz deiner Meinung.« Bashir setzt sich in Bewegung und Marisa folgt ihm.

»Aufs Alter hin werden wir noch harmonisch.«

»Darauf würde ich nicht wetten.«

Marisa lächelt schwach, aber ihre Miene verdüstert sich gleich wieder. Die Zeit läuft, bis morgen Nachmittag um drei müssen sie Joy gefunden haben, sonst ...

Jemand zupft sie am Jackenärmel und Marisa schreckt aus ihren Gedanken hoch.

»Madame, Madame!«, flüstert das blutjunge Mädchen, das halb gehend, halb hüpfend neben Marisa hergeht. Sie sind bereits ein gutes Stück von der Kernstrasse entfernt.

Es sieht aus wie fünfzehn, denkt Marisa, doch da ist etwas Verschlagenes und Abgebrühtes in seinem Gesicht, das es älter wirken lässt. Und dennoch – in einem besseren Leben wäre es mit seinem Aussehen, der perfekten Figur und der glatten dunklen Haut womöglich ein Model geworden.

»Sie suchen Joy?«

Ruckartig bleiben Marisa und Bashir stehen.

»Ja. Woher …?«, will Marisa wissen.

»Alle reden von Joy, seit sie verschwunden ist. Dass sie die Madame betrogen hat und ihr Geld schuldet.«

»Weißt du, wo sie ist?«

Das Mädchen zögert.

»Wie heißt du?«

»Ayelet.«

»Ayelet, wo ist Joy?«

Das Mädchen wiegt mit einem vielsagenden Lächeln den Kopf.

Bashir begreift schnell, er holt sein Portemonnaie hervor und streckt Ayelet einen Zwanziger hin. Mit verächtlichem Blick mustert das Mädchen die Banknote und wendet sich wieder Marisa zu.

»Erst müssen wir wissen, welche Informationen du hast und ob sie für uns nützlich sind«, erklärt die streng.

Das Mädchen zögert. »Ich weiß, was Joy Verbotenes getan hat.«

»Aber weißt du auch, wo sie jetzt ist?«

»Vielleicht.«

Bashir holt einen Fünfziger hervor, nach dem Ayelet gierig greift, im letzten Moment zieht er die Note jedoch zurück.

»Gib uns erst etwas, damit wir wissen, dass du nicht bluffst.«

»*Oponu!*« Wütend funkelt Ayelet ihn an. »Wir waren befreundet, Joy und ich. Sie sagt immer, ich erinnere sie an ihre kleine Schwester Faith.«

»Okay.«

»Sie müssen sie warnen, bitte!« Mit einem Mal verzweifelt, rudert sie mit der Hand in der Luft. »Sie darf unter keinen Umständen zurückkommen. Madame Esther wird sie umbringen!«

»Wir ...« , setzt Bashir an.

»Sie ist meine Freundin! Ohne sie würde ich das alles nicht ertragen.«

»Wir warnen sie, versprochen«, sagt Marisa mit fester Stimme und ignoriert Bashirs alarmierten Seitenblick. »Jetzt erzähl.«

»Ich musste ihr helfen, als der Alte kam.«

»Wie helfen?«

»Er nahm immer eine Dusche, bevor ...« Sie bricht ab.

»Weiter«, drängt Bashir.

»Eines Tages hat Joy gesagt, ich müsse draußen vor der Tür ihres Zimmers bereitstehen.«

»Wann war das?«

»Letzte Woche oder so. Sie hat mir einen Schlüssel übergeben, kaum war der Alte im Badezimmer verschwunden.«

Marisa saugt scharf Luft ein. »Du musstest ihn nachmachen lassen.«

Ayelet nickt. »Es gibt einen Schlüsseldienst an der Sihlhallenstrasse, gleich da vorne. Danach musste ich so schnell wie möglich zurückrennen und Joy beide Schlüssel unter der Tür durchschieben.«

»Hat Graf etwas bemerkt?«

»Fast, ich habe gelauscht.« Sie kichert und wirkt für einen kurzen Moment wie das Mädchen, das sie altersmäßig ist. »Sie lagen noch auf dem Bett, danach, und er hat das Geräusch an der Tür gehört, als ich die Schlüssel durchgeschoben habe. Dabei war ich total vorsichtig!« Ayelet verdreht die Augen. »Joy ist sofort aufgesprungen und hat so getan, als würde sie nachschauen, dabei hat sie den einen Fuß auf die Schlüssel gesetzt, damit er sie nicht sehen konnte. Und hat sie schnell an sich genommen, sobald er weggeguckt hat. Während er in der Dusche war, hat sie den Originalschlüssel wieder an seinen Bund gehängt. Hat sie mir danach alles erzählt.«

»Danke«, sagt Bashir und reicht Ayelet den Fünfziger.

»Joy hat ihren Abgang perfekt geplant«, meint Marisa, nachdem sich das Mädchen auf den kurzen Rückweg an die Kernstrasse gemacht hat. »Nicht nur die Wiederbeschaffung ihres Passes, sie hat sich sogar eine Notunterkunft organisiert, falls etwas schiefgehen würde.«

»Grafs Villa als Notunterkunft? Hätte sie schlimmer treffen können.«

»Woher weißt du, dass der eine Villa besitzt?«

»Wir hatten es ja vorher mit Klischees.«

»Er wohnt tatsächlich in einer Villa.«

»Sag ich doch.«

»Jetzt wissen wir wenigstens, wohin wir müssen.«

Marisa und Bashir steuern auf den roten Renault zu, den sie am andern Ende der Straße geparkt haben.

Als sie einsteigen, entgeht ihnen, wie Ayelet in die Kernstrasse einbiegt. Ehe sie sich versieht, klammert sich eine Hand um ihren Hals und stößt sie hart gegen die Hauswand.

»Und jetzt erzählst du mir Wort für Wort, was du den beiden Schnüfflern gerade verraten hast«, zischt es giftig in ihr Ohr.

Ayelet nickt, so gut es geht, und die Hand drückt noch etwas heftiger zu, bis das Mädchen keine Luft mehr bekommt und zu würgen beginnt. Dann erst lockert sich der Griff etwas.

»Ich bin ganz Ohr«, sagt Lisha und verzieht ihre Augen zu lauernden Schlitzen.

»Verdammt, Joy hätte uns eine Telefonnummer hinterlassen sollen!« Verärgert schaut Marisa durch die schmiedeeisernen Gitterstäbe des Eingangstors.

Dahinter schlängelt sich ein gekiester Pfad die sanft ansteigende Anhöhe hinauf, an deren Ende die Graf'sche Villa steht. Jugendstil, ein pompöser und klobiger Bau, unnatürlich grüner Rasen, akkurat geschnittene Büsche und gepflegte Blumenrabatten ringsum, gegen Westen der freie Blick auf den Zürichsee und die Innerschweizer Bergketten.

Marisa hat bereits mehrmals die Klingel neben dem Tor betätigt und dabei möglichst vertrauenerweckend in die darüber installierte Überwachungskamera gelächelt. Falls sich Joy tatsächlich in der Villa verschanzt, scheint sie nicht das geringste Interesse zu haben, Marisa und Bashir hereinzulassen.

»Da können Sie lange klingeln!«, ruft eine zittrige Stimme hinter ihnen und sie fahren beide herum.

Eine ältere Frau mit Gehstock, sie trägt trotz der herbstlichen Temperaturen einen gefütterten lilafarbenen Wintermantel, bunte Wanderschuhe und ein gestricktes Stirnband, das sie zu tief in die Stirn gezogen hat.

»Ist seit Tagen keiner da«, erklärt sie und fuchtelt mit dem Stock Richtung Villa. »Die Margrith ist in ihrem Haus in Südfrankreich und Rudolf liegt in der Klinik.« Voller Mitgefühl verzieht sie das Gesicht. »Das Herz. So eine Karriere fordert irgendwann ihren Tribut.«

»Dann müssen wir wohl ein andermal wiederkommen«, sagt Bashir.

»Ich glaube, in ein paar Tagen sollte Margrith wieder da sein. Sie bleibt ja immer nur zwei, drei Wochen, bevor sie zurückkehrt, um nach dem Rechten zu sehen.«

»Haben Sie in letzter Zeit etwas Ungewöhnliches bemerkt?«, erkundigt sich Marisa.

»Nein, wieso meinen Sie?« Die Alte mustert die beiden misstrauisch. »Wer sind Sie überhaupt? Und was wollen Sie von den Grafs?«

»Wir sind von einer Sicherheitsfirma. *Greco und Berisha,* Schlieren.« Bashir deutet eine Verbeugung an. »Herr Graf hat

204

uns gebeten, das vorhandene System zu überprüfen und Verbesserungsvorschläge zu machen.«

»Dabei haben die das Zeugs erst im Frühjahr installieren lassen. Mit dem Resultat, dass jetzt bei jedem vorbeihuschenden Eichhörnchen die Flutlichtanlage anspringt und die Gegend taghell beleuchtet.« Missbilligend schüttelt die Frau den Kopf. »Manche Leute haben einfach zu viel Geld.«

»Ist in letzter Zeit jemand vorbeigekommen? Unerwünschte Besucher womöglich?«, startet Marisa einen neuen Versuch.

»Wir müssen die Bedrohungslage abklären, das ist wichtig für unsere Beurteilung«, wirft Bashir rasch ein.

Die Alte nickt wissend. »Da treibt sich viel Gesindel herum, ausländisches und einheimisches, da mache ich keinen Unterschied. Alles Ganoven! Früher war man hier an der Goldküste noch unter sich, aber heute …«

»War in den letzten Tagen jemand im Haus?« Marisa kann ihre Ungeduld kaum zügeln.

»Nein, das wäre mir garantiert aufgefallen.«

»Sind Sie sich sicher?«

»Ganz sicher.« Die Frau hält inne. »Die Putzfrau natürlich, die habe ich mal kurz gesehen, als ich vorbeispaziert bin.«

»Die Putzfrau?«

»Ja, ich glaube schon.« Sie zögert. »War in einem der oberen Stockwerke, sie stand ganz kurz am Fenster. Meine Augen, wissen Sie …?«

»Ich verstehe«, erwidert Marisa, dreht sich um und blickt nachdenklich zur Villa hinüber.

32

»Du hattest einen Job, Jamila, einen einzigen Auftrag, verdammt noch mal!« Wie eine Furie stürmt Andrea auf Jamila zu, die am Treffpunkt ihrer ersten Begegnung wartet.

Wolken treiben über den Nachthimmel, ein ungestümer Wind geht. Der Zürichsee ist aufgewühlt, Wellen klatschten hart gegen die Stahlpfeiler des Cassiopeiastegs.

»Und du hast ihn vermasselt!« Keuchend bleibt Andrea vor der jungen Frau stehen, die erschrocken zusammengefahren ist, als sie die aufgebrachte Politikerin brüllend auf sich zustürmen sah. Mittlerweile hat sie sich gefasst, streckt den Rücken durch und reckt Andrea trotzig das Kinn entgegen.

»Was willst du noch? Ich habe deinen Scheiß wie verlangt getwittert, die Meldung wurde mehrere Tausend Mal gelikt, x-fach geteilt und hat Hunderte von Nachrichten generiert.«

»Aber …«

»Die gesamte Community hat Mitleid mit mir. Auf einmal sogar meine Hater.«

Andrea starrt sie fassungslos an. »Du hast das entscheidende Wort vergessen!«

»Chill mal, Alte.«

»Ich will nicht chillen! Du hast es versaut!«

»So viele Reaktionen wie mit diesem einen Tweet kriegst du im Leben nicht hin, Schwester! Lass das mal sacken, okay?«

»Das alles ist zwecklos, wenn du nicht einmal einen derart simplen Text korrekt hinkriegst.«

»Willst du sagen, ich bin blöd?«

Andrea stöhnt auf, entfernt sich ein paar Schritte von Jamila und schlägt mit der Faust auf das Geländer des Stegs. »Ein einziges Wort! Fuck!« Ein weiterer Hieb, der das Holz erzittern lässt. »Das kann nicht so schwierig sein!«

Seufzend verschränkt Jamila die Arme vor der Brust und verdreht die Augen. Heute trägt sie eine silbern glitzernde Jacke und ein hautenges Kleid, schwarze Strümpfe und High Heels dazu.

»Take it easy, Sis. Mach nicht so einen Aufstand wegen eines Details!«

»Das war nicht bloß ein Detail! Das war das Wichtigste am ganzen Text! Und jetzt? Alles für die Katz wegen dir!«

»Welches Wort fehlt denn?«, fragt Jamila in gelangweiltem Ton.

Aufgebracht wirft Andrea die Hände hoch. »›Ausländer‹, gottverdammt! Nicht ›abgefuckt‹, nicht ›behindert‹ – die Scheißkerle hätten Ausländer sein müssen. Oder wenigstens dunkle, bärtige Männer unbekannter Herkunft, etwas in der Art. So kann ich nicht das Geringste mit der Meldung anfangen, sie nützt mir rein gar nichts!«

»Aha, jetzt verstehe ich.« Jamila nickt. »Dann hättest du gegen Ausländer hetzen können.«

»Nicht hetzen!« Irritiert hält Andrea inne. »Unsere Partei hetzt nicht, wir machen nur auf gesellschaftliche Probleme aufmerksam. So ein Vorfall hätte die Diskussion um Einwanderung und Flüchtlinge erneut angefacht.«

»Und du hättest davon profitiert.«

»Du schnallst aber auch alles.«

Jamila schürzt die Lippen, dreht sich um und schaut auf den See hinaus. Am gegenüberliegenden Ufer glitzern die Lichter der Goldküste, der Steg ist um diese Uhrzeit menschenleer.

»Wir sind Ausländer«, sagt sie. »Meine Eltern, meine Brüder, meine kleine Schwester, meine ganze Familie. Sie haben uns zwar mittlerweile Schweizer Pässe gegeben, doch wir werden nie als Schweizer angesehen werden. Niemals.« Sie wendet sich Andrea zu. »Und daran sind Politikerinnen wie du schuld. Denen es einzig darum geht, wiedergewählt zu werden, und denen dazu jedes Mittel recht ist. Die einfach nicht aufhören können, gegen Schwächere zu hetzen, gegen Leute, die sich schlecht wehren können, gegen alles, das nicht so ist wie sie: weiß, reich, privilegiert.«

Andrea blinzelt, wie in Zeitlupe klappt ihr Mund auf. »Du hast das Wort absichtlich vergessen!«, entfährt es ihr.

»Vielleicht.« Fordernd streckt Jamila die Hand aus. »Du schuldest mir die andere Hälfte meines Honorars.«

Andrea lacht auf. »Sicher nicht, wenn du unsere Abmachung nicht einhältst.«

Jamila seufzt und lehnt sich lässig mit dem Rücken ans Geländer. »Wie du willst, Sis. Man hat mich wegen dieses Tweets zu einer Talksendung im Schweizer Fernsehen eingeladen. Morgen Abend. Es geht um sexuelle Belästigung von Frauen. Wird alles live ausgestrahlt, beste Sendezeit. Womöglich rutscht mir ja dabei heraus, wie es zu diesem Tweet gekommen ist, wer dahintersteckt und so weiter.«

»Das würde ich an deiner Stelle nicht tun!«, faucht Andrea.

»Du kannst deiner Karriere schon mal bye-bye sagen.« Jamila verzieht maliziös den Mund. »Man sollte es sich gut überlegen, bevor man sich mit Ausländern anlegt.«

»Du elende Fotze!«

»Man sieht sich, Sis.« Jamila klopft mit den Knöcheln zweimal auf den Handlauf und wendet sich ab.

Andrea glotzt ihr hinterher, wie Jamila mit ihren hohen Absätzen über den Steg stöckelt, sie schwankt leicht. Im nächsten Moment rennt sie los und reißt ihre Widersacherin an den Haaren zurück. Ein entsetzter Aufschrei entfährt Jamila, sie verliert das Gleichgewicht, fällt nach hinten und knallt hart auf die Planken. Sie wälzt sich zur Seite und will sich aufrappeln, da hat Andrea bereits ihren Nacken gepackt und rammt Jamilas Stirn gegen den Geländerpfosten direkt vor ihr. Mit voller Wucht, wie von Sinnen lässt Andrea den Kopf immer wieder gegen den Stahl krachen. Die Influencerin wehrt sich verzweifelt, ihre Schreie hallen über den See, bis Knochen splittern und der Widerstand nachlässt. Erst dann hört Andrea auf, erst dann lockert sie den Griff und lässt Jamilas leblosen Körper auf den Steg sacken.

Pfeifend schnappt Andrea nach Luft und merkt, dass sie in den letzten dreißig Sekunden aufgehört hat zu atmen. Es dauert eine Weile, bis sie wieder klar sieht und ganz bei sich ist. Ihr Körper zittert unkontrolliert, Schweiß läuft über ihren Rücken, das Herz scheint in der Brust zu explodieren.

Kein Mensch in Sicht, davon überzeugt sich Andrea als Erstes, nachdem sie sich einigermaßen gefasst hat. Blut klebt dunkel wie Teer am Pfosten, am Maschendraht unter dem Handlauf, sickert auf den Boden, tropft zwischen den Planken ins Wasser. Sie nimmt ein Taschentuch und wischt Jamilas Nacken ab, aus den Filmen im Fernsehen weiß sie, dass man selbst auf menschlicher Haut Fingerabdrücke nachweisen kann. Sie versucht sich zu erinnern, ob sie Jamila noch anderswo berührt hat, doch ihr fällt keine weitere Stelle ein.

Und jetzt?, überlegt Andrea fieberhaft, während sie die Blutspritzer an ihren Händen abwischt.

Allein schafft sie es nicht, die Leiche über das Geländer zu hieven, das ist ihr sofort klar, die Seiten sind außerdem mit Maschendraht gesichert, wegen der Kinder vermutlich. Da fällt ihr etwas ein, das ihr beim ersten Treffen mit Jamila per Zufall ins Auge gestochen ist.

Andrea läuft das Geländer ein Stück ab, bis sie die Stelle wiederfindet, an der sich der Maschendraht gelöst hat. Zu ihrer Erleichterung ist sie noch nicht repariert worden. Andrea hebt den Zaun an und reißt ruckartig daran, bis sich weitere Befestigungen lösen und die Lücke ausreichend aufklafft, um einen schmalen Körper durchzuschieben.

Andrea kehrt zu Jamila zurück und beginnt, am Körper zu zerren. Erschrocken zuckt sie zusammen, als Jamila ein Stöhnen entfährt, aber Andrea lässt sich nicht beirren und schleppt ihre einstige Komplizin Schritt für Schritt weiter, bis sie die lose Stelle im Zaun erreicht hat.

Kurz richtet sie sich auf und schnappt nach Luft. Der Schweiß rinnt ihr jetzt auch übers Gesicht, ihre Augen brennen. Sie geht in die Knie, ein kräftiger Stoß und Jamilas Körper platscht ins Wasser.

Schwankend steht Andrea auf, ihr wird schwindelig, helle Punkte tanzen vor ihren Augen und sie muss sich am Handlauf festhalten. Im selben Moment durchzuckt es sie wie ein Stromschlag: das verdammte Telefon!

Ihre knappe Kommunikation verlief ausschließlich über die extra gekauften Prepaidhandys.

Andrea lehnt sich über das Geländer und späht hinunter. Jamilas Körper treibt zwischen den Stützpfosten, die silberfarbene Jacke unter der Wasseroberfläche ausgebreitet, das Gesicht nach unten.

Mit einem Mal fühlt sich Andrea wie gelähmt, alle Kraft verlässt sie, jeder weitere Schritt scheint ihr unmöglich. Sie wünscht sich, sie wäre heute Abend zu Hause geblieben, in ihrer gemütlichen Wohnung, bei einem guten Glas Rotwein und einer Komödie auf Netflix. Doch sie ist so wütend auf Jamila und ihre scheinbare Dummheit gewesen, sie wollte sie unbedingt von Angesicht zu Angesicht sehen, sie ausschimpfen, sie bestrafen dafür, dass sie den Neustart ihrer Karriere an die Wand gefahren hat.

Und genau das hat sie getan. Andrea wird schlagartig flau zumute. Erst in diesem Moment wird ihr wirklich bewusst, was sie angerichtet hat. Das ist nicht geplant gewesen, ganz und gar nicht, dass ihr Treffen derart ausartet, hat sie sicher nicht gewollt.

Mit weit aufgerissenen Augen sieht sie auf Jamilas Jacke hinunter, die sich im Wellengang unablässig bauscht und wieder zusammenfällt. Wie eine riesige silberne Qualle.

Reiß dich zusammen!, ermahnt sich Andrea und unterdrückt die aufkommende Übelkeit. Jetzt bloß keinen Fehler begehen!

Sie nimmt allen Schmuck ab, legt Handy, Brieftasche und den Mantel auf den Steg. Dann zwängt sie sich entschlossen durch die Lücke im Zaun und gleitet ins Wasser hinab.

33

Kommt der Wind von Norden und weht frische Luft durch die vergitterten Fenster, riecht es in dem weiß getünchten Raum plötzlich nach Meer, nach Salz und Tang und Fäulnis. Und wenn Faith die Augen schließt, verschwinden die zerschlissenen, eng aneinandergereihten Matratzen, die den Boden bedecken, die sechzig Frauen, die hier – zum Teil samt ihren Kindern – auf engstem Raum eingesperrt sind. Sogar der Gestank der ungewaschenen Menschen und der Toiletten nebenan rückt in den Hintergrund.

Wenn Faith die Augen schließt und sich ausschließlich auf den Geruch des Meers konzentriert, steht sie mit einem Mal neben ihrer Mutter und den Geschwistern im Hafen von Benin City. Weiß uniformierte Matrosen drängen sich an ihnen vorbei, es duftet nach gegrillten Platanen und frittiertem Fisch. Um sie herum wird geredet und gelacht, Menschen in bunter Kleidung, ein farbenfroher Anblick. Die Dämmerung hat eingesetzt, der Himmel leuchtet lila und rosa, hohe Wolkenberge treiben über den Atlantik. Langsam legt ein riesiges Containerschiff ab, steuert durch den Kanal und nimmt Kurs auf das offene Meer. Die Luft vibriert von der Hitze des Tages und aus einer der Hallen dringen metallische Hammerschläge. Kräne drehen sich wie in Zeitlupe, Männer brüllen sich Anweisungen zu und grelle Flutlichter erhellen die Piers.

»Wohin das Schiff wohl fährt?«, fragt Taslima, die Jüngste, doch niemand kann ihr eine Antwort geben.

Sie stehen einfach dort und halten sich an den Händen. Das Gesicht ihrer Mutter leuchtet im Schein der letzten Sonnenstrahlen, als wäre es mit schimmerndem Gold überzogen. Ein Gefühl von Wärme und Geborgenheit erfasst Faith dann, ihr Herz wird ganz weit und schmerzt gleichzeitig, als würde es von eisernen Klauen auseinandergerissen. Und während sie auf das weite Meer schaut, die Möwen beobachtet, die kreischend über einem hereinfahrenden Fischkutter kreisen, füllen sich ihre Augen mit Tränen.

Eine Hand berührt sie an der Schulter, ganz sachte. Faith zuckt zusammen und sieht auf, wischt sich hastig das Gesicht ab. Unbemerkt hat sich Mereth neben sie gesetzt, eine junge Anwältin aus Eritrea, die erst vor wenigen Tagen hierhergebracht worden ist. Faith öffnet den Mund, doch es kommt kein Laut heraus. Mereth versteht auch so, sie legt den Arm um Faith und lässt sie weinen.

Faith ist seit drei Monaten hier, nach einer weiteren Fahrt durch die sengend heiße libysche Wüste nordwärts, von Sabha Richtung Meer. Ein gut bewachtes Lager außerhalb von Tripolis. Es ist zwar eng und die Hygiene mangelhaft, aber die Frauen bekommen immerhin regelmäßig zu essen und zu trinken, es gibt kaum Misshandlungen, keine sexuellen Übergriffe. Alle warten sie auf die Weiterreise, auf die Fahrt übers Meer nach Europa. Wann es weitergeht, weiß niemand. Die libysche Küstenwache, hat einer ihrer Aufseher einmal erklärt, als sei damit alles gesagt.

Von den einst zweiundzwanzig Mädchen, die vor einer gefühlten Ewigkeit voller Hoffnung auf eine bessere Zukunft in Benin City aufgebrochen sind, sind noch dreizehn übrig. Der Rest ist verdurstet, tödlich erkrankt oder verkauft worden, zwei wurden nach einer Vergewaltigung ermordet. Auf dieser Teilstrecke, bevor sie die letzte Station auf dem afrikanischen Kontinent erreichen, ist ein weiteres Mädchen gestorben, Hitzschlag, sie wurde von den Fahrern von der Ladefläche gezerrt und am Straßenrand liegen gelassen.

Faith trocknet sich die Tränen ab. Mereth lächelt, Faith sieht ihr allerdings an, wie schlecht es ihr geht. Ihr Körper ist ausgemergelt, die Augen glänzen fiebrig, sie hustet andauernd, neuerdings sogar Blut. Sie ist monatelang in einem der berüchtigten Detention Centres festgehalten worden, einem Auffanglager für Flüchtlinge, wo jedes geltende Recht außer Kraft gesetzt ist. Wie es ihr gelungen ist, hierher verlegt zu werden, weiß niemand. Man munkelt, sie habe einen Aufseher bestochen, mit Geld oder Sex oder beidem.

»Du bist nie sicher, kannst dich nie entspannen«, hat Mereth erzählt. »Sie behandeln dich wie den letzten Dreck, verprügeln dich mit Stöcken, quälen dich, vergewaltigen dich, als wärst du ein Tier. Die Libyer hassen uns Schwarzafrikaner, für sie sind wir Abschaum. Es gibt keinen Platz in diesen Hallen, Hunderte Menschen werden dort auf engstem Raum eingepfercht, die Toiletten und Duschen funktionieren oft nicht, alles ist starr vor Schmutz, manchmal gibt es tagelang kein Essen, weil dem Staat das Geld fehlt. Wenn jemand ernsthaft krank wird, kommt in der Regel kein Arzt, weil es eh nichts zu verdienen gibt, und wenn eine Frau ein Kind gebärt, muss sie es an Ort und Stelle tun, einzig auf die Hilfe der Anwesenden kann sie bauen. Kommen neue Flüchtlinge an und es gibt keinen Platz, werden die Überzähligen einfach erschossen.«

Sie holte tief Luft, bevor ihr Körper erneut von einem Hustenanfall durchgeschüttelt wurde. »Manche von uns wurden erpresst, sie mussten ihre Eltern anrufen und mehr Geld anfordern, und wenn die Familie die Summe nicht aufbringen konnte, wurden sie als Sklaven verkauft oder in der Wüste ausgesetzt.« Sie sprach mit ausdrucksloser Stimme, ein Herunterleiern der unmenschlichen Verhältnisse in diesen Zentren.

»Es nimmt Monate in Anspruch, bis entschieden ist, ob man weiterreisen darf oder zurückgeschafft wird. Libyen ist ein derart zerrütteter, zersplitterter Staat, dass sich niemand für die Flüchtlinge zuständig fühlt. Meist ist es deshalb die Miliz, die diese Zentren führt. Europa zahlt einen Haufen Geld, damit keiner übers Meer kommt, und die Küstenwache setzt alles daran, diesen Deal einzuhalten. Die Zahlen sind seither tatsächlich um achtzig Prozent zurückgegangen, doch dass die Flüchtlinge in KZ-ähnlichen Einrichtungen unter rechtsfreien Bedingungen festgehalten werden und dabei Gewalt und Willkür ausgeliefert sind, kratzt die europäischen Politiker nicht. Hauptsache, sie können ihren Wählern gegenüber behaupten, das Problem gelöst zu haben. Es geht ihnen einzig darum, wiedergewählt zu werden.«

Eine Stunde pro Tag dürfen die Frauen in den abgeriegelten Hof und sich die Beine vertreten, streng bewacht von Soldaten.

»Alles okay?«, fragt Tynisha, als sie Faith bemerkt, die apathisch an der Kasernenmauer lehnt. Ein Schweißfilm bedeckt ihre Stirn.

»Nur leichtes Fieber«, murmelt Faith und hustet.

»Oh, okay.« Betreten bleibt Tynisha neben Faith stehen und wartet, bis sich ihre Freundin Precious zu ihnen gesellt.

»Ich hoffe, es geht bald weiter«, sagt sie dann und Faith nickt.

»Europa wartet, yay!«, macht Precious und ballt halbherzig die Hand zur Faust.

Floskeln, denkt Faith, sie tauschen seit Monaten bloß noch Floskeln aus, als seien ihnen unterwegs die Worte ausgegangen.

Die wenigen Gespräche zwischen ihnen sind Balanceakte auf dem Rand eines Abgrunds, jede zu persönliche Bemerkung könnte sie in die Dunkelheit stürzen lassen. Sie haben so viel unsagbar Schreckliches erlebt, dass sie sich bloß anzusehen brauchen, um daran erinnert zu werden.

Faith ringt sich ein Lächeln ab und die beiden Mädchen gehen weiter, drehen Arm in Arm eine Runde im Hof.

Aus der Ferne ist plötzlich ein Rotorengeräusch zu hören und die Frauen laufen aufgeregt zusammen, suchen den Horizont ab, bis der Hubschrauber am dunstigen Himmel auftaucht. Er nähert sich rasch, hält zielgerade auf die Kaserne zu und setzt kurze Zeit später auf dem Vorplatz zur Landung an. Sandstaub wirbelt auf, als sich der Helikopter senkt, der Abwind zerrt an Kleidern und Haaren. Die Frauen rühren sich nicht vom Fleck, sie drängen sich am zwei Meter hohen Metallzaun, der den Hof gegen die Wüste abgrenzt, und sehen gebannt zu, wie die Maschine sanft aufsetzt. Wenn schon mal was passiert, will sich das niemand entgehen lassen. In der Monotonie des Kasernenalltags ist jede Abwechslung willkommen.

»Was ist das für ein Land?«, schreit Precious gegen den Lärm an und zeigt auf die aufgemalte Flagge am Heck des Hubschraubers. Rot-weiß-schwarze Streifen, ein goldener Adler in der Mitte.

»Keine Ahnung«, brüllt Tynisha zurück.

»Ägypten, das ist die ägyptische Flagge«, erklärt Mereth und stützt sich auf Faiths Schulter ab.

Ihr Zustand hat sich in den letzten Tagen verschlechtert, sie hustet jetzt andauernd Blut, oft verschläft sie den halben Tag, schwitzend und sich unruhig auf der Matratze herumwerfend. Faith hat einen der Aufseher angefleht, einen Arzt zu rufen, bislang ist keiner aufgetaucht.

»Ägypten? Was wollen die hier?«, will Faith wissen und hustet ebenfalls, aber Mereth gibt keine Antwort, ihre Miene wirkt besorgt.

Drei Männer in Zivilkleidung entsteigen dem Helikopter, Araber, dem Aussehen nach, einer trägt eine große Kühlbox, ein anderer eine lederne Tasche.

»Vielleicht sind es Ärzte?«, hofft Faith, als Mereth von einem weiteren Hustenanfall erfasst wird.

Blut tropft ihr über die Lippen und sie wischt es verschämt weg.

»Du kriegst endlich medizinische Betreuung!«

Mereth schüttelt den Kopf. »Die sind nicht wegen mir da.«

»Wer weiß?«, hält Faith entgegen und lächelt ihrer neuen Freundin aufmunternd zu.

Die Männer begrüßen den Lagerleiter, einen übergewichtigen Mann in Uniform, wechseln ein paar Worte und verschwinden anschließend in der Kaserne. Nach einer guten Viertelstunde betreten sie gemeinsam den Innenhof und zwei der Ägypter beginnen sofort, die Frauen zu mustern, während der dritte noch in ein Gespräch mit dem Lagerchef verwickelt ist.

Die Männer gehen mit prüfenden Mienen durch die Reihen der Frauen, die misstrauisch zurückweichen, und halten schließlich inne.

»Duck dich!«, flüstert Mereth Faith zu, aber die Warnung erreicht sie zu spät.

Die beiden Männer haben Faith bereits entdeckt und steuern zielstrebig auf sie zu. Sie unterdrückt einen Hustenreiz und weicht instinktiv zurück, bis sie den Zaun im Rücken spürt.

Die Männer bleiben direkt vor Faith stehen, tauschen sich leise aus, dann packt der eine unvermittelt Faiths Arm. Erschrocken schreit sie auf und kann jetzt den Reiz nicht länger unterdrücken, sie hustet, versucht, sich die Hand vor den Mund zu halten, es gelingt ihr nicht. In weitem Bogen spritzt gelbgrünlicher Schleim auf den sandigen Boden.

Angewidert weichen die beiden Typen zurück.

»*Tadarrun?*«, fragt der eine und der andere verzieht das Gesicht.

»Ja«, ruft Mereth dazwischen. »Sie hat Tuberkulose!«

Die beiden Männer tauschen einen Blick, ein kaum merkliches Kopfschütteln, bevor sie Faith von sich wegstoßen und sich auf der Suche nach einem anderen Opfer umdrehen.

Tynisha, die sich nicht von der Stelle gerührt hat, zuckt zusammen, ein Aufschrei entfährt ihr, als der eine Kerl sie ergreift und hinter sich herzerrt, der andere schnappt sich Precious. Ein paar Sekunden später ist der Spuk vorbei und die Männer sind samt den beiden Mädchen in der Kaserne verschwunden.

»Was haben sie mit Tynisha und Precious vor?«, fragt Faith, doch anstelle einer Antwort hustet Mereth bloß.

Später, die Frauen sind längst wieder in die Unterkunft hineingetrieben worden, hört Faith, wie draußen eine Tür blechern zugeschlagen wird, der Motor des Helikopters startet mit einem grellen Aufheulen und das Flappen der Rotorblätter setzt ein. Die Frauen rennen zu den vergitterten Fenstern und rangeln um die besten Plätze. Sand wirbelt hoch, als die Maschine abhebt.

Sie sehen dem Hubschrauber hinterher, der so schnell, wie er gekommen ist, wieder im nachmittäglichen Wüstendunst verschwindet.

Die Ankunft der Männer hat für einige Aufregung gesorgt, die Frauen setzen sich angeregt schwatzend auf ihre Matratzen, bürsten ihren Töchtern derweil das Haar und für einen kurzen Moment herrscht so etwas wie Normalität in der Kaserne.

Aus Sorge um Tynisha und Precious ist Faith am Fenster geblieben und fragt sich immer wieder, wo die beiden sind, was die Männer mit ihnen gemacht haben. Sie haben sie kaum im Helikopter mitgenommen, zwischen dem Auswahlverfahren im Hof und dem Abflug ist viel Zeit verstrichen. Sicher haben sie die Mädchen in einen der Nebenräume gebracht, denn irgendwann hat man durch die Wände grelle Schreie gehört, die allerdings abrupt verstummt sind.

Nachdem sich der Sandstaub allmählich gelegt hat und die Sicht wieder klar wird, sieht Faith den Pick-up des Kasernenleiters heranfahren. Er bremst vor dem Eingang des Gebäudes scharf ab und fast gleichzeitig treten zwei Soldaten ins Freie, die einen leblosen Körper heraustragen. Achtlos werfen sie ihn auf die Ladefläche, nur um gleich wieder zu verschwinden und mit der zweiten Leiche zurückzukehren.

Faith schnappt entsetzt nach Luft. Die beiden Körper sind aufs Übelste malträtiert worden, sind übersät von Blutergüssen und grotesk angeschwollenen Stellen, auf der Taille schwarz verfärbte Narben. Man hat die Mädchen offenbar aufgeschnitten und behelfsmäßig wieder zusammengenäht, mit groben Stichen und dunklem Faden. Tynisha und Precious sehen aus wie schlecht geflickte Puppen. Um die Augenhöhlen klebt getrocknetes Blut, das fällt Faith erst jetzt auf.

Mit einem Mal kommt es ihr vor, als würde der Himmel

über ihr einstürzen, ihr Dasein erscheint ihr unerträglich, der Schrecken nimmt und nimmt einfach kein Ende. Am liebsten würde sie auf der Stelle abhauen und nach Hause zurückkehren, egal, ob sie dort keine Arbeit, kein Essen, keine Zukunft hat. Dann erinnert sie sich an den Juju-Fluch, die Rache des Ogoun, der ihre Familie zerstören wird, wenn sie sich nicht an ihren Schwur hält. Es gibt keinen Weg zurück, sie sitzt in der Falle.

Tränen laufen ihr übers Gesicht, sie wimmert verzweifelt, als sich Mereth neben sie stellt und sie an sich drückt.

»Nieren, Leber, Hornhäute. All das kann man für viel Geld verkaufen«, erklärt sie. »Deshalb die Kühlbox und die Tasche mit den Operationsinstrumenten. Die Männer sind perfekt ausgerüstet.«

Faith nimmt ihre Worte gar nicht richtig wahr. Sie sieht nur die beiden geschändeten Mädchenkörper, die auf der Ladefläche des Pick-ups liegen, und begreift mit Entsetzen, dass sie nur um Haaresbreite davongekommen ist.

34

»Sie trieb leblos im Wasser«, schluchzt Andrea. »Natürlich bin ich, ohne lange zu überlegen, hineingesprungen. Aber ich kam zu spät, ich konnte nichts mehr für sie tun.«

Dominik Schwendener presst die Lippen zusammen, während sich Andrea die Tränen mit einem Taschentuch abwischt und ihr Aussehen im Rückspiegel überprüft.

»Der Stützpfeiler war voller Blut, die Planken auch. Sie muss brutal ermordet worden sein. Man hat sie ausgeraubt, ihre Jackentaschen waren leer und eine Handtasche habe ich nirgendwo entdeckt. Womöglich war es doch keine so gute Idee, sich spätabends auf einem verlassenen Steg zu treffen.«

»Hm.«

Andrea schnieft. »Ich hätte vermutlich gleich die Polizei rufen sollen ...«

»Wäre angebracht gewesen«, brummt Schwendener. »Mittlerweile hat das offenbar ein nächtlicher Spaziergänger erledigt, die Presse ist laut meinen Informationen ebenfalls im Anmarsch.«

»Ich wollte um jeden Preis vermeiden, in den Fall verwickelt zu werden«, rechtfertigt sich Andrea. »Immerhin habe ich sie dafür bezahlt, diesen gefakten Tweet abzusetzen, und ich schuldete ihr die zweite Hälfte des Honorars ...«

»Den Tweet hat sie versiebt.«

»Total. Uns wird etwas Neues einfallen.«

»Hm.« Dominik kratzt sich an der Schläfe und lenkt seinen Wagen stadtauswärts.

Nachdem sie Jamilas Prepaidhandy und die Handtasche an sich genommen hatte, wusste Andrea nicht, wen sie um diese Uhrzeit und in dieser Angelegenheit anrufen sollte, um sie nach Hause zu bringen. Ein Taxi schied aus, da sich der Fahrer garantiert an eine völlig durchnässte Frau erinnern würde, wenn es zu polizeilichen Befragungen kam. Und sich selbst hinters Steuer setzen, konnte sie unmöglich.

Sie stand immer noch unter Schock, als ihr Politberater vorfuhr, ihr ganzer Körper zitterte.

»Erst einmal verhältst du dich ruhig und machst keinen Mucks«, weist Dominik Schwendener seine Klientin an. »Ich hoffe nur, man findet keine Spuren von dir am Tatort.«

»Nein, darauf habe ich peinlich genau geachtet.«

»Fingerabdrücke?«

»Ich habe alles abgewischt, was ich berührt habe.«

Dominik wirft ihr einen schnellen Seitenblick zu. »Ich verstehe.«

»Macht man doch so.«

»Klar.«

Den Rest der Fahrt verbringen sie schweigend. Sobald sie in die Einfahrt der Siedlung hoch über dem Zürichsee rollen, überprüft Andrea sofort, ob in der Wohnung Licht brennt. Aber Matthias ist noch immer nicht nach Hause zurückgekehrt, alle Fenster sind dunkel.

»Danke«, sagt Andrea.

»Gern geschehen«, erwidert Dominik, schaltet den Motor aus und starrt geradeaus.

»Lass uns morgen telefonieren, wir brauchen dringend eine neue Strategie ...«

»Gönn dir erst mal ein heißes Bad und schlaf dich aus.«

»Jaja«, macht Andrea unwillig und knetet grübelnd ihr Kinn.

Sie bemerkt Dominiks Hand erst, als er ihren Oberschenkel umfasst. Er hat sich ihr zugewandt, sein Gesicht ist plötzlich ganz nah.

»Lass das, verdammt!«, zischt sie und schiebt seine Hand gereizt weg.

»Ich habe gehofft, du und ich ...?«

»Vergiss es! Das ist lächerlich!«

Mit einem leisen Stöhnen lässt sich Dominik auf den Fahrersitz zurückfallen.

Als wäre nichts vorgefallen, fährt Andrea nach einer kurzen Pause fort: »Vielleicht ist dieser Mord ja ganz nützlich für uns.«

»Wie das?« Verblüfft weiten sich Dominiks Augen hinter seiner Designerbrille.

»Falls der Täter nicht schon gefunden ist, natürlich.«

»Andrea, ich kann dir nicht folgen.«

Andrea richtet sich auf, ihr Gesicht vor Eifer leuchtend. »Wir könnten den Mord Ausländern anhängen! Selbstverständlich nicht direkt, wir werfen nur die Frage auf.«

»So wie das deine Partei halt so macht. Tendenziöse und rassistische Fragestellungen.« Dominik lacht bitter auf. »Da spricht eindeutig die Tochter deines Vaters!«

Andrea taxiert ihn sekundenlang. »Ich glaube, damit ist unser Gespräch beendet«, versetzt sie kühl und steigt aus.

»Wir sprechen uns morgen«, ruft ihr Dominik hinterher, aber sie hat die Tür bereits zugeschlagen und geht auf den Hauseingang zu.

Verärgert fährt der Politberater über den Beifahrersitz. Das feine Leder ist völlig durchnässt, trotz der Decke, die er vorsichtshalber über Sitzpolster und Rückenlehne ausgebreitet hat.

»Verdammt!«, murmelt er und langt nach hinten, um die Küchenpapierrolle, die im Fußraum liegt, zu ertasten.

Stattdessen greift er in etwas Weiches. Ruckartig dreht er sich um. Andrea hat ihren Mantel auf dem Rücksitz vergessen.

35

Andrea schließt die Tür hinter sich, dreht den Schlüssel und verharrt in der dunklen Diele. In der Stille kann sie ihren Herzschlag hören, dumpf und schnell unter der Bluse, die an ihrem Körper klebt, Wasser tropft aus ihren Kleidern. Sie streift die aufgeweichten Schuhe ab und geht mit nackten Füßen durchs Wohnzimmer, bleibt am Fenster stehen. Dominiks Wagen verschwindet gerade am Ende der Auffahrt, die Abblendlichter leuchten hell in der Dunkelheit.

Fest hält Andrea das Handy umklammert und starrt auf das Display. Dann öffnet sie die App einer Gratiszeitung. Die Schlagzeile springt ihr sofort ins Auge. Auch beim einzigen Schweizer Boulevardblatt, wo Jamila als Influencerin natürlich ein Begriff ist, hat man die Meldung ihres Todes an prominenter Stelle platziert.

Das ging schnell, denkt Andrea.

Noch sind es nur kurze Berichte, vage Zusammenfassungen, man merkt ihnen an, unter welchem Zeitdruck sie verfasst wurden. Auf der ewigen Jagd nach Klicks und Kommentaren will jeder der Erste sein. Allerdings sind sich die Reporter einig, dass der Mord von seltener Brutalität war, ein eiskalter, gnadenloser Gewaltakt. Die Polizei scheint von einem Raubüberfall auszugehen und bittet die Bevölkerung um Hinweise, ebenso sucht man nach Augenzeugen. Noch nicht geklärt ist die Frage, was die junge Frau um diese späte Uhrzeit auf dem Cassiopeiasteg gewollt hat.

Angespannt schaut Andrea auf und mustert ihr vom Mobiltelefon gespenstisch beleuchtetes Gesicht in der Fensterscheibe. Sie weiß, dass jetzt jede Sekunde zählt. Sie muss prompter reagieren als ihre Konkurrenz, die Jungspunde, die schneller tippen als denken können. Die meisten davon Dumpfbacken, die man dennoch sorgsam aufpäppelt, in der Hoffnung, dass sie dereinst auf wundersame Weise gestandene Politiker werden, um das Erbe der Partei weiterzutragen.

Andrea beißt sich auf die Unterlippe, wechselt zur Twitter-App und lässt den Finger einen Moment lang über dem Bildschirm kreisen, bevor sie zu schreiben beginnt.

Kurz nachdem sie den Tweet abgesetzt hat, klingelt ihr Handy. Ihr Vater. Sie zögert, bevor sie den Anruf entgegennimmt.

»Andrea, du machst jetzt exakt das, was ich dir sage!«, schnarrt er ihr ins Ohr.

»Was soll …?«

»Du löschst auf der Stelle deine letzte Twitternachricht und rufst mich zurück.«

Verwirrt starrt sie auf ihr Telefon, ihr Vater hat den Anruf abrupt abgebrochen. Kopfschüttelnd wechselt sie wieder zu Twitter, liest die Nachricht noch einmal durch, in der sie die Frage nach der möglichen Nationalität des Täters aufwirft, und nach kurzem Zögern tut sie, was er von ihr verlangt hat.

»Das ist alles ein riesengroßer Beschiss, Andrea!«, fährt er sie an, nachdem sie zurückgerufen hat. »Und ich hoffe wirklich, dass nicht du dahintersteckst!«

»Ich …«

»Ich kenne dich gut genug. Es ist schlicht unmöglich für dich, dich ein paar Wochen lang ruhig zu verhalten, du brauchst das Rampenlicht …«

»Genau wie du!«, verteidigt sich Andrea.

»Es geht hier nicht um mich!«, weist ihr Vater sie scharf zurecht. »Das Ganze ist unglaublich stümperhaft aufgezogen. Wenn die Journalisten der Sache erst einmal auf den Grund gehen, werden sie im Handumdrehen herausfinden, dass es diesen Übergriff am Bahnhof Winterthur nie gegeben hat.«

»Doch, das …«

»Unterbrich mich nicht! Auf den Überwachungskameras ist an besagtem Abend nichts zu sehen, keine Spur von Belästigung …«

»Vermutlich ein toter Winkel.«

Rudolf Graf lacht trocken. »Schön wär's. Ich kenne da Leute, ich habe mich erkundigt. Von dieser Jamila fehlt jede Spur. Keine einzige Kamera hat sie erfasst! Kein Wunder, wenn man einen Blick auf ihren YouTube-Kanal wirft. Denn exakt zum Zeitpunkt des angeblichen Übergriffs befand sie sich auf einer Veranstaltung im IKEA Spreitenbach. Vor zahlreichem Publikum, Andrea! Es gibt Handyfilmchen, wie diese Jamila irgendeinen verdammten Mixer vorführt und Grünkohl und Gurken zu einem Smoothie vermatscht!«

Es fühlt sich an, als hätte ihr Vater Andrea gerade den Boden unter den Füßen weggerissen. Alles beginnt sich zu drehen und sie muss sich an der Fensterscheibe abstützen, um nicht umzukippen.

Diese verdammte Fotze!, fährt es ihr durch den Kopf. Wenn Jamila nicht schon im Zürichsee gelandet wäre, hätte sie sie bei nächster Gelegenheit eigenhändig hineingeworfen.

»Ich weiß nicht genau, wieweit du in diese selten dumme Aktion verwickelt bist, Andrea«, fährt ihr Vater in hartem Ton fort. »Aber ich will, nein, ich befehle dir, dich für die nächsten Wochen aus allem rauszuhalten!«

»Ich habe nicht …«

»Ich kenne dich!«, donnert Graf und Andrea zuckt zusammen. »Du machst jetzt eine ganze Weile keinen Mucks, verstanden?«

Stille.

»Hast du mich verstanden, Andrea? Absolute Funkstille!«

Die Antwort kommt mit Verzögerung und ziemlich kleinlaut. »Ja, Papa.«

Im nächsten Moment dringt nur noch das Besetztzeichen an ihr Ohr.

Andrea stößt einen unwilligen Schrei aus und schmettert das Handy quer durchs Wohnzimmer gegen die Wand. Scheppernd landet es auf dem Boden, während sie beginnt, vor der Fensterfront auf und ab zu tigern, ihre Lippen formen tonlose Flüche, ihre Hand ballt sich zur Faust, einen Wimpernschlag später fuchtelt sie mit den Händen in der Luft.

Er hat sie ruhiggestellt, nein, schlimmer: Sie hat sich selbst ruhiggestellt. Hat sich selbst mit vollem Karacho aufs Abstellgleis gefahren. Ihr grandioses Comeback ist abgesagt, für die nächsten Monate ist sie zum Nichtstun verdammt. Und sie weiß nur zu gut, wie schlecht sie das kann: nichts tun. Still sitzen. Die Klappe halten. Die eigene Meinung für sich behalten. Nicht provozieren, nicht debattieren. Nicht twittern.

Sie marschiert in die Küche, schenkt sich ein bauchiges Glas bis zum Rand voll mit Rotwein, nimmt einen großen Schluck und schnauft vor Wut. Dann lehnt sie sich gegen die Anrichte und starrt hinaus auf den Zürichsee, bis sie sich etwas beruhigt hat.

Das Ziehen ist schon die ganze Zeit da gewesen, das wird ihr jetzt bewusst. Seit sie den Anruf beendet hat, seit sie weiß, dass ihre Karriere auf Eis liegt. Eine zarte Stimme, die lockend an ihren Nerven zupft, ihre Sinne springen sofort darauf an, sie versucht, die verführerischen Rufe zum Verstummen zu bringen, doch je mehr sie sich anstrengt, desto lauter werden sie, desto enger kreisen die Gedanken um das Thema.

Das Biest ist erwacht, es war nie besiegt. Es hat nur geschlafen und auf eine günstige Gelegenheit gewartet. Und Andrea ist zu erschüttert, zu labil, um ihm zu widerstehen.

Sie geht ins Schlafzimmer und zieht sich endlich trockene Sachen an: Jeans und ein kariertes Flanellhemd, eine Baseballkappe, unter der sie ihre Haare verbirgt. Die Sonnenbrille steckt sie für später ein, damit sie niemand erkennt.

Seit das Biest weiß, dass es bald gefüttert wird, brüllt es in ihr drin, es ist ausgehungert, gierig, lechzt nach Befriedigung. Jede Faser ihres Körpers ist zum Zerreißen gespannt. Mit zittrigen Fingern schnürt Andrea ihre uralten Nike-Sneaker und wirft sich Matthias' abgewetzte Bomberjacke über, schnappt sich die Autoschlüssel und stürmt aus der Wohnung.

36

Faith drückt Mereth fest an sich, spürt den ausgemergelten Körper durch das dünne Kleid, die Knochen unter der Haut.

»Los, los jetzt!«, ruft der Aufseher zum wiederholten Mal und zerrt Faith aus Mereths Umarmung.

Tränen laufen über Faiths Gesicht, ein Schluchzen entfährt ihr, während sie hinter dem Mann durch die Unterkunft zum Ausgang stolpert. Diese Reise ist voller Abschiede, mehr als Faith verkraften kann, und es sind stets Abschiede für immer. Mereth schaut bemitleidenswert aus, sie hustet andauernd Blut und Faith weiß, dass sie sich nie mehr sehen werden. Geschwächt und apathisch liegt Mereth seit Tagen auf ihrer Matratze, steht kaum noch auf. Antibiotika würden sie vermutlich retten, hat sie gesagt, doch ohne Arzt sind sie unmöglich zu bekommen.

Das harte Ratschen der Zikaden erfüllt die Luft, als Faith zu einem weißen Pick-up geführt wird, es riecht nach Meer und eine fahle Mondsichel steht am Himmel. Auf der Ladefläche drängt sich bereits eine Handvoll Mädchen aneinander.

Die Fahrt ist kurz, etwas mehr als zwei Stunden nur. Gleich nach Sabrata schaltet der Fahrer die Scheinwerfer aus und sie fahren ein paar Hundert Meter durch die Dunkelheit, bevor er unvermittelt rechts abbiegt und von der Straße fährt. Der Transporter spurt in einen schmalen, kaum auszumachenden Strandweg ein, der über holpriges Gelände direkt zum Meer führt, trockenes Buschwerk knistert im Wind, in der Ferne glitzern die Lichter der Hafenstadt Zuwara.

»Welcome to Hawaii!« Der Fahrer grinst. Er steigt aus und deutet mit einer ausholenden Handbewegung auf die vereinzelten Palmen, die entlang des mondbeschienenen Strands wachsen.

Die Mädchen springen von der Ladefläche, aufgeregt, nervös, ängstlich. Niemand spricht.

Das ist das zweitwichtigste Ziel ihrer Reise, die Überfahrt nach Europa, und es hat Monate, zum Teil sogar Jahre gedauert, bis sie endlich hier angekommen sind, an dieser Küste. Es hat sie fast all ihre Kräfte und mehrmals beinahe das Leben gekostet.

Wir sind die Überlebenden, denkt Faith, aber sie verspürt dabei keine Erleichterung. Stattdessen schaudert sie, als sie sich all das Leid, die ungezählten Tränen und vor allem den Tod vor Augen führt. Der Tod, ihr treuester Begleiter, der die ganze Reise über nicht von ihrer Seite gewichen ist und der immer wieder zugeschlagen hat, erbarmungslos und willkürlich, und sie doch verschont hat.

Faith hustet und spuckt ein wenig Blut aus. Der Husten ist in den letzten Tagen schlimmer geworden. Mereth hat sie beschworen, gleich nach ihrer Ankunft in Europa einen Arzt aufzusuchen.

Doch erst das Meer. Diejenigen, die von der Küstenwache aufgegriffen und zurückgebracht worden sind, haben grauenvolle Geschichten erzählt, von lecken Booten, von explodierenden Außenmotoren, von den libyschen Patrouillen, die auf Flüchtlinge schießen, um sie an der Weiterreise zu hindern, von vorbeitreibenden Leichen, von Menschen, die im Wasser um ihr Leben kämpfen und verzweifelt um Hilfe rufen und denen man nicht helfen kann, weil das eigene Boot schon voll ist und unterzugehen droht.

»Wenn die Wüste eine Tortur war, dann ist das Meer *Dschahannam!*«, hat eine junge Frau aus dem Sudan Faith gewarnt, der islamische Begriff für Feuerhölle.

Schemenhaft sind in einiger Entfernung zwei Männer zu erkennen, die sich an einem Schlauchboot zu schaffen machen, sie arbeiten im Dunkeln, damit die Küstenwache nicht auf sie aufmerksam wird.

Sanft rauschend rollen die Wellen über den Strand und als sie zu dem Boot laufen, spürt Faith den weichen nassen Sand unter ihren Fußsohlen.

Einer der Männer richtet sich auf und begrüßt den Fahrer

des Pick-ups mit Handschlag, sie wechseln ein paar Worte und der Mann, der offenbar Mohammed heißt, deutet auf das Meer hinaus.

Irgendetwas ist mit der Küstenwache, das kann Faith verstehen. Vermutlich ist sie bestochen worden oder anderweitig beschäftigt. Womöglich ein Fluchtversuch von einem anderen Küstenstreifen aus, den es zu vereiteln gilt.

Mohammed ist ein untersetzter Mann mit einem üppigen, teigigen Körper, der sich deutlich unter seiner Djellaba abzeichnet, kahler Schädel und Schnauzbart. Er holt ein Handy hervor und spricht leise hinein, während er mit der freien Hand seinen Mitarbeiter und den Fahrer anweist, das Boot ins Wasser zu stoßen. Dann bedeutet er den Mädchen, darin Platz zu nehmen.

Ein Gedanke durchzuckt Faith, sie schaut Mohammed an. Sie steigt als Letzte ein und ist erstaunt, wie viel Platz das Schlauchboot bietet. Man hat ihr von überfüllten Transporten erzählt, von Booten, die beinahe gesunken sind, weil sie der Last nicht gewachsen waren.

Mohammed steckt sein Handy wieder ein und Faith knetet nervös ihre Unterlippe. Sie muss auf der Stelle reagieren, wenn sie ihre Idee in die Tat umsetzen will.

Sich die Hände reibend, unterhält sich Mohammed nun mit seinem Mitarbeiter, einem jungen Mann, der, so wie es scheint, wohl auch das Boot über das Mittelmeer steuern wird. Faith gibt sich einen Ruck und schickt sich an, wieder auszusteigen, als Mohammed sie scharf anfährt, sich sofort wieder hinzusetzen.

»Please, one question!«, fleht Faith.

Fragend reckt Mohammed das Kinn.

»One call, please. My mother.«

»One call?«

»Yes, please.«

Er überlegt kurz und deutet zu einem militärgrünen Geländefahrzeug, das in einiger Entfernung unter einer Palme steht. »Come with me.«

Erfreut steigt Faith aus dem Boot. Sie landet im knöchel-
tiefen Wasser und hört ein Motorengeräusch. Ein Pick-up rollt
den Strandweg herunter, ihm folgt ein zweiter Wagen. Die Lade-
flächen sind voller Menschen.

»Come on!« Ungeduldig winkt Mohammed Faith heran,
die wie erstarrt stehen geblieben ist.

Er stapft mit raschen Schritten durch den Sand und sobald
er seinen Wagen erreicht hat, öffnet er die Tür und setzt sich
auf den Fahrersitz.

Unschlüssig verharrt Faith, erst als er mit der flachen Hand
auffordernd auf den Beifahrersitz klopft, umrundet sie den Wagen und setzt sich neben ihn.

»Phone call?« Er hält ihr das Handy hin.

»Yes, please.« Faith will nach dem Gerät greifen, aber er
hält es fest.

»Okay.« Er krempelt seine Djellaba hoch und präsentiert
Faith seinen weißlichen Schmerbauch, darunter, klein und dick,
wie ein trotziger Wurm in einem unordentlichen Vogelnest, sein
Schwanz, der beinahe unter den Schamhaaren verschwindet.
»Okay?«

Faith starrt ihn an und er hält das Handy in die Höhe.

»Okay?«

Mit einem leisen Seufzen beugt sich Faith über seinen Schoß.

Eine halbe Stunde später ist das Boot unterwegs, schwer beladen, die Menschen drängen sich dicht aneinander. Der Motor
tuckert leise und gleichmäßig, der junge Mann steuert gekonnt
durch die Wellen. Zwölf Meilen müssen sie hinter sich bringen,
ohne entdeckt zu werden, so weit hinaus reicht der Arm der
libyschen Küstenwache, danach werden sie mit etwas Glück
von einem Rettungsschiff an Bord geholt. Mit dem Schlauchboot dauert die Reise dreißig Stunden. Dreißig Stunden über
das offene Meer nach Europa, nach Italien.

Zu Faiths grenzenloser Enttäuschung hat sie ihre Mutter

nicht erreicht. Seit Monaten hat sie nicht mehr mit ihr gesprochen, weil man ihnen irgendwann die Handys abgenommen hat. Nur zu gern hätte sie endlich wieder einmal ihre Stimme gehört, gefragt, wie es ihr geht, den Geschwistern, ob alles in Ordnung sei. Doch niemand hob ab. Faith beendete den Anruf und ohne dass Mohammed es bemerkte – er war damit beschäftigt, sich mit einem Papiertaschentuch abzuwischen –, wählte sie die zweite Nummer, die sie auswendig kennt.

Joy geriet völlig außer sich, als sie ihr mitteilte, dass sie gleich losfahren würde.

»Nicht das Meer!«, schrie Joy. »Fahr nicht, Faith, bitte, bitte, fahr nicht!«

»Ich kann nicht zurück! Unmöglich!«

Joy schluchzte. »Ich komme, ich komme dich holen.«

»Wir fahren nach Italien, nach Catania.«

»Ich komme«, wiederholte Joy. »Bevor sie dich kriegen.«

»Wer soll mich nicht kriegen?« Joys Verhalten irritierte Faith zunehmend. Sie verstand nicht, weshalb sich ihre Schwester so aufregte. Wie vereinbart würde Faith in Italien abgeholt und in die Schweiz gebracht werden, wo sie in Madame Esthers Friseursalon arbeiten würde. Endlich. Kein Grund auszurasten.

»Ruf mich an, gleich wenn du in Italien ankommst, okay? Hörst du?«

»Ich habe kein Handy.«

»Frag jemanden, irgendwer wird dir seins leihen, garantiert.«

»Okay.«

»Versprich es, Faith! Ich muss wissen, wo ich dich finden kann.«

»Okay, ich verspreche es.«

»Pass auf dich auf, Faith. Möge Gott dich beschützen. Ich liebe dich.«

Gegen Morgen kommt ein leichter Wind auf, der Himmel wird erst gräulich, dann lila, bevor er sich allmählich rosa verfärbt und die Sonne am Horizont aufgeht. Kurze Zeit später ist es bereits unerträglich heiß auf dem Schlauchboot. Faith, die als Letzte eingestiegen ist, sitzt dicht neben dem Steuermann, der Husten hält sie wach. Die meisten Menschen schlafen oder haben zumindest die Augen geschlossen und dösen. Diejenigen, die keine Ruhe finden, schauen apathisch ins Leere.

Mit einem Mal richtet sich der Steuermann kerzengerade auf und lässt den Blick alarmiert über das Boot schweifen.

»Was ist?«, will Faith wissen, aber der Mann gibt keine Antwort.

Nervös hantiert er am Motor herum, der Schweiß steht ihm plötzlich auf der Stirn und als das monotone Rattern erstirbt, lauscht er angestrengt in die jähe Stille.

Es dauert einen Moment, bis Faith das Geräusch ebenfalls ausmachen kann. Es wird von den Wellen, die gegen die Außenseite des Schlauchboots klatschen, fast übertönt: ein leises Ploppen. Das Geräusch aufsteigender Luftblasen, die an der Wasseroberfläche platzen.

37

Joy beendet den Anruf und lässt sich mit einem ohnmächtigen Stöhnen gegen die Wand des Gästeschlafzimmers fallen. Dumpf hämmert der Puls in ihren Schläfen, ihr ist schwindelig. Noch immer hat sie die Stimme ihrer Schwester im Ohr. Faith hat so viel reifer geklungen, als Joy sie in Erinnerung hatte. Obschon sie sich vor Aufregung und Freude dauernd verhaspelt hat, ist Joy der dunkle Unterton nicht entgangen, die Trauer und der Schmerz, die in jedem Wort mitschwangen. Es hat ihr das Herz gebrochen. Faith ist kein Kind mehr, das ist Joy in diesem Moment klar geworden, man hat ihr die Unschuld geraubt. Die Reise von Nigeria ans Mittelmeer hat sie schlagartig erwachsen werden lassen.

Joy streicht sich mit der Hand übers Gesicht. Faith ist unterwegs, gleich fährt sie aufs Mittelmeer hinaus, direkt in die Todeszone. Und es gibt nichts, was sie dagegen tun kann, das macht sie wahnsinnig.

Sie atmet tief ein und richtet sich auf. Sie kann Faith nicht aufhalten. Selbst wenn sie es versuchte, ihre Schwester würde nicht auf sie hören. Nicht nachdem sie alles Vorangegangene auf sich genommen hat, um nach Europa zu gelangen. Nicht so kurz vor dem vermeintlichen Ziel. Das sich bloß als eine weitere Hölle, als ein weiterer Ort der Finsternis entpuppen wird.

Nein, Joy kann Faith jetzt nicht beistehen. Aber sie wird unter keinen Umständen zulassen, dass ihrer Schwester in der Schweiz das Gleiche widerfährt wie ihr. Und selbst wenn sie von dem Moment an auf der Flucht sein werden und sie nicht weiß, wovon sie leben sollen: Sie wird verhindern, dass Faith in die gierigen Fänge von Madame Esther gerät.

Jede Sekunde zählt, Joy muss so schnell wie möglich aufbrechen. Wenn sie bloß ihren Pass hätte! Vor den Grenzwächtern muss sie sich ohnehin in Acht nehmen, nur ohne Dokumente wird eine junge afrikanische Frau wie sie am Zoll hundertprozentig aufgehalten und entweder auf der Stelle zurückgeschickt oder in eines dieser Asylzentren gebracht werden, wo es schwierig wird, einfach abzuhauen.

Bislang hat sie sich nicht getraut, die zwei Detektive anzurufen. Vermutlich werden sie längst von Madame Esther überwacht und die beiden Pitbulls folgen ihnen auf Schritt und Tritt. Diese Greco und ihr Kollege würden sie direkt hierherführen. Aber nun hat sie keine Wahl mehr.

Joy reibt sich die Schläfen. Ihr Leben ist mit einem Mal wahnsinnig kompliziert geworden. Und gefährlich.

Selbst wenn die Restsumme, die Joy Madame Esther schuldet, nicht besonders hoch ist, weiß sie nur zu gut, dass die Madame sie unter keinen Umständen entkommen lassen wird. Hier geht es nicht nur um Prinzipien und Macht und einen unerfüllten Vertrag.

Das ist persönlich.

Denn Madame Esther hat sie in den letzten beiden Jahren als ihre Nachfolgerin aufgebaut, hat ihr vertraut und sie nach und nach in ihre raffiniert verzweigten Geschäfte eingeweiht, damit Joy eine Ahnung bekommt, wie der Laden zu führen ist, wie man Geld vermehrt und gleichzeitig vor dem Steueramt verschwinden lässt, auf welche Weise man junge Mädchen an den Behörden vorbeischleust.

Ganz sicher wird Madame Esther nicht einfach aufgeben und sie ziehen lassen – sie wird sich rächen. Für das fehlende Geld und das enttäuschte Vertrauen. Doch es ist das Wissen, das Joy über Madames Geschäfte besitzt, all die illegalen Aktionen, bei denen sich immer wieder beachtliche Summen in Luft auflösen, das sie ernsthaft in Gefahr bringt.

Hektisch beginnt Joy, ihre wenigen Habseligkeiten zusammenzupacken. Sie wirft sie in dieselbe kleine Tasche, die sie mitgebracht hat, nachdem sie den Alten außer Gefecht gesetzt hatte und die Dinge danach aus dem Ruder gelaufen sind.

Rudolf Graf auszuschalten, ist lächerlich einfach gewesen,

er hat es ihr leicht gemacht. Joy wusste, dass er nicht nur regelmäßig Blutdrucksenker, sondern für ihre jeweiligen Treffen auch Viagra einnahm. Männer und ihre Leistungspflicht.

Es reichte, ein Taschentuch mit Poppers zu tränken – die kleine Flasche mit der Sexdroge hatte sie in einem Erotikshop in der Nähe gekauft und vor dem Treffen unter dem Kissen versteckt – und ihm dasselbe ein paar Sekunden lang fest auf Mund und Nase zu pressen. Das Amylnitrit, früher als Arzneimittel bei Angina Pectoris eingesetzt, erweiterte wie gewünscht die Gefäße, Grafs Blutdruck sackte augenblicklich ab, er verlor das Bewusstsein und sie schlug Alarm. Bis zu diesem Zeitpunkt hat Joys Plan perfekt geklappt.

Wenn bloß dieser Idiot von Schnüffler nicht zwei Koffer mitgenommen hätte! Weshalb überhaupt, wie ist er bloß auf diese bescheuerte Idee gekommen? Sie hatte ihn eindeutig beauftragt, nur einen abzuholen, nämlich ihren rosafarbenen. Er hätte zumindest den Inhalt überprüfen können, das hätte keine fünf Sekunden gedauert. Beim Gedanken daran schüttelt Joy verärgert den Kopf. Das Verschwinden ihres alten Gepäckstücks hätte wohl niemand bemerkt, aber wenn plötzlich kiloweise Kokain abhandenkommt, fällt das allerdings auf. Ziemlich schnell.

Am Ende hat es sich ausgezahlt, den Schlüssel zu Grafs Villa nachmachen zu lassen, denkt Joy, während sie den Reißverschluss der Tasche schließt. Ihr Notfallplan, falls etwas schiefgehen sollte. Die Ehefrau weilt oft im Ausland, irgendwo in Südfrankreich angeblich, das hat ihr Graf bei einem ihrer Schäferstündchen erzählt. Und er hat ihr Fotos von der Villa gezeigt. Joy wusste, dass es ein stattliches Gebäude war. Nachdem sie Hals über Kopf aus Madame Esthers Bordell geflohen war und sich Zugang zum Haus verschafft hatte, musste sie feststellen, dass es geradezu absurd riesig war für zwei Bewohner. Sie hatte keine Ahnung, wozu die beiden Alten derart viel Platz beanspruchten, die einzige Tochter war ohnehin längst ausgezogen. Sie suchte sich das Gästezimmer im zweiten Stock aus, etwas abgelegen am Ende eines langen Flurs untergebracht, was ihr genügend Zeit geben würde, sich zu verstecken oder zu fliehen, sollte überraschend Grafs Frau oder gar er selbst auftauchen. Die paar wenigen Male, als jemand am Einfahrtstor geklingelt hat, hat sie sich von den Fenstern ferngehalten, damit man sie nicht entdeckt. In der Küche fand sie genügend Vorräte, um sich zu verpflegen, sie bemühte sich, möglichst keine Spuren zu hinterlassen. Auch das Bett hat sie wieder so hergerichtet, dass es auf den ersten Blick unbenutzt erscheint.

Joy ergreift die Tasche und dreht sich in der Tür noch einmal um, um zu überprüfen, dass sie nichts hat liegen lassen. Das Zimmer sieht so aus, wie sie es vor drei Tagen vorgefunden hat. Als Erstes wird sie die Agentur in Schlieren anrufen, um einen Treffpunkt für die Passübergabe zu vereinbaren, und sich danach unverzüglich in den nächsten Zug nach Mailand setzen.

Joy hat bereits das Licht im Zimmer ausgemacht und die Hand auf die Klinke gelegt, um die Tür zuzuziehen, da flammen draußen die Scheinwerfer auf.

Nur der Bewegungsmelder, vermutlich wieder ein Fuchs, denkt Joy. Erst als sie hinausschaut, erkennt sie die Gestalt, die sich wohl Zugang über die Mauer verschafft hat und nun grell beleuchtet mitten auf dem Rasen steht: Lisha.

»Verdammt!«, haucht Joy und drückt sich an die Wand, damit sie von draußen nicht zu sehen ist.

Sie muss den Hinweis auf meinen Aufenthaltsort von Ayelet bekommen haben!, fährt es Joy durch den Kopf. Die Einzige, die wusste, dass Joy einen Schlüssel zu Grafs Villa besaß.

Zwar hat sie dem Mädchen vertraut und auf seine Verschwiegenheit gezählt, doch Joy weiß, wie skrupellos Lisha vorgeht, wenn sie ein Ziel verfolgt. Will sie etwas in Erfahrung bringen, wird sie das auch schaffen. Ayelet ist erst fünfzehn, sie hat vermutlich nicht die geringste Chance gegen sie gehabt.

Jetzt zeigt sich, dass es ein fataler Fehler war, das Mädchen für meine Zwecke einzuspannen, denkt Joy. Doch um eine Kopie von Grafs Schlüssel zu erhalten, war sie gezwungen, mit jemandem zusammenzuarbeiten. Und Ayelet hielt sie für die vertrauenswürdigste Person in einem von Missgunst und Verrat gezeichneten Umfeld.

Joy huscht aus dem Zimmer und eilt geduckt durch den Korridor zu den Treppen, stets darauf achtend, sich unterhalb der Fensterrahmen zu halten.

Bevor sie die Stufen in den ersten Stock hinabsteigt, späht sie in den Garten hinaus. Lisha ist nirgendwo auszumachen. Beinahe gleichzeitig hört sie, wie sich unten jemand an der Haustür zu schaffen macht.

Um nicht die Aufmerksamkeit der Nachbarn auf sich zu ziehen, hat Joy bei ihrem Aufenthalt in der Villa immer darauf geachtet, dass sie nur die Lampen einschaltet, die unbedingt nötig waren, und selbst das nur so kurz wie möglich. Entsprechend ist es jetzt dunkel im Haus.

Sie schleicht ins nächste Stockwerk hinunter. Das Ruckeln an der Klinke endet so schnell, wie es begonnen hat. Lauschend bleibt sie stehen, aber kein Geräusch ist zu hören.

Auf der Suche nach einer nicht abgeschlossenen Tür oder einem gekippten Fenster wird Lisha jetzt ums Haus herumgehen, vermutet Joy.

Das Problem ist, dass sie Lishas genaue Position nicht kennt. Sie weiß nur, dass sie hier schnellstmöglich rausmuss. Mit einem Mal kommt ihr die Villa wie eine Falle vor. Wenn Lisha sie erwischt, wird sie sie, ohne mit der Wimper zu zucken, der Madame ausliefern. Oder die Sache gleich selbst in die Hand nehmen. Joy weiß, dass ihre Kollegin weder Empathie noch Erbarmen kennt, vor Gewalt schreckt sie ebenfalls nicht zurück. Die Reise durch die Wüste und die Erfahrungen unterwegs haben sie mehr verroht als alle anderen und das Schlechteste in ihr hervorgerufen. Und wenn sie der Madame Joys Kopf liefern kann, im übertragenen oder buchstäblichen Sinn, bringt sie sich damit auch gleich als mögliche Nachfolgerin in Position.

Vorsichtig bewegt sich Joy die Treppe ins Erdgeschoss hinunter. Durch die angelehnte Tür sieht sie Lisha von draußen ins Wohnzimmer lugen. Ein riesiger Raum mit Fensterfronten, beigefarbenen Sofagarnituren und braunen Ledersesseln, eine Wohnwand aus dunklem Holz zur einen Seite, auf der anderen Bücherregale und ein Kamin aus hellem Marmor. Dicke Teppiche bedecken den größten Teil des Parkettbodens.

Joy verharrt auf der untersten Treppenstufe, bis Lisha zögernd weitergeht. Erst dann setzt sie sich in Bewegung. Der Eingangsbereich befindet sich direkt gegenüber dem Wohnzimmer, auf der nordöstlichen Seite der Villa. Wenn sie sich beeilt, schafft sie es hinaus, ohne dass Lisha es bemerkt.

Eilig durchquert Joy die Diele. Kaum hat sie den Schlüssel ins Schloss gesteckt, vermeldet ihr Telefon einen eingehenden Anruf. Der Klingelton dudelt ohrenbetäubend laut durch die Stille. Erschrocken zuckt Joy zusammen, zerrt das Gerät aus ihrer Hosentasche und erstarrt, als sie einen Blick auf die Anzeige wirft. Der Anruf stammt von Lisha. Blitzschnell bricht Joy die Verbindung ab, aber das Gedudel hat sie bereits verraten: Hastige Schritte sind zu vernehmen, gleich darauf rüttelt jemand von außen an der Türklinke.

»Joy? Ich weiß, dass du dadrin bist!«, ruft Lisha auf der anderen Seite des Eingangs. »Ich werde dich kriegen!« Sie lacht krächzend.

Kalter Schweiß bricht Joy aus, sie weicht von der Tür zurück und flieht Richtung Küche, wo es einen Durchgang in den Wintergarten gibt. Kaum hat sie den Raum betreten, sieht sie Lisha ums Eck schießen, sie bewegt sich unglaublich flink, geschmeidig wie eine Raubkatze auf der Jagd. Blitzschnell duckt sich Joy hinter der Anrichte, unterdessen klopft Lisha an die Glasscheiben des Wintergartens und ruft immer wieder Joys Namen.

Kurz entschlossen nimmt Joy ihr Handy wieder hervor und wählt die letzte Verbindung.

»Lass mich gehen!«, stößt sie hervor.

Lisha lacht nur, diesmal leise und bedrohlich.

»Bitte!«

»Joy, du weißt, dass das nicht geht.«

Der Bewegungsmelder lässt erneut das Flutlicht anspringen, die Küche ist plötzlich hell erleuchtet.

Joy sucht mit den Augen den Gang ab, der von der Küche am Wohnzimmer vorbei zu Rudolf Grafs Arbeitszimmer führt.

»Hör zu, ich lass dich rein und du kannst dir nehmen, was du willst. Oben findest du haufenweise Schmuck und teures Zeug und ich bin mir sicher, da ist auch irgendwo Bargeld.«

Lisha schnalzt verächtlich. »Netter Versuch, Sister, aber so läuft das nicht. Das wissen wir beide.«

»Lisha, meine Schwester ist unterwegs übers Mittelmeer …«

»Verschon mich mit deinem rührseligen Gelaber.«

»Sie ist fünfzehn!«

»Wie wir, erinnerst du dich?«

»Ja, aber ich will nicht …«

»Pass auf, ich habe der Madame versprochen, dich zurückzubringen. Und genau das werde ich tun.«

»Weil du scharf auf den Chefsessel bist.«

»Da gehöre ich hin, ich, nicht so eine verweichlichte Heulsuse wie du!«

»Fick dich, Lisha!«

»Wieso duckst du dich eigentlich hinter der Anrichte? Glaubst du, ich kann dich nicht sehen?«

Joy reißt den Kopf hoch. Lisha steht am Küchenfenster und schaut hämisch grinsend auf sie herab. Sekundenlang fixieren sich die beiden Frauen. Joy springt auf und rennt in den Gang hinaus. Sie durchquert den Eingangsbereich und hetzt am Wohnzimmer vorbei. Aus dem Augenwinkel registriert sie den Schatten, der über die Fensterfront gleitet, Lisha folgt ihr.

Es gibt eine Kellertür, das hat Joy gleich zu Beginn überprüft, als sie die Villa nach möglichen Fluchtwegen ausgekundschaftet hat. Auf der Außenseite des Hauses führt eine Schachttreppe nach oben. Ein Leichtes für Lisha, sie dort zu erwischen.

Die Möglichkeit, durch eines der Fenster zu entkommen, verwirft Joy gleich wieder, das Hinausklettern würde sie einen kritischen Moment lang hilflos machen. Und wenn sie über die Terrasse flieht, springt sofort das Flutlicht an und verrät ihre Position.

Sie ist tatsächlich in der Villa gefangen.

Wenigstens hat Lisha noch nicht versucht einzubrechen. Joy kann sich zwar nicht vorstellen, dass Lisha weiß, wie ein Sicherheitssystem funktioniert, dass ein Einbruch direkt an die Polizei weitergeleitet wird. Sie ahnt wohl eher instinktiv, dass eine zerbrochene Fensterscheibe einen Alarm auslösen oder zumindest die Nachbarn aufschrecken könnte.

Joy hastet weiter, atemlos, an einer Reihe geschlossener Zimmer vorbei, bis sie das Ende des Korridors erreicht. Abrupt hält Joy inne. Eine Tür mit eingelassener Glasscheibe im oberen Teil befindet sich dort, mattes Licht dringt herein. Joy ist zwar bei ihrem Rundgang an ihr vorbeigekommen, aber in der Hektik ist sie ihr nicht mehr eingefallen. Sie schaut hinaus und ehe sie diese ungeahnte Fluchtmöglichkeit in Erwägung ziehen kann, verdunkelt sich das Glas und Lishas Antlitz erscheint direkt vor ihr.

Ich kriege dich, formt Lisha mit den Lippen.

Bitch!, erwidert Joy genauso lautlos.

Lisha grinst.

Joy sprintet zurück, die ganze Strecke bis zur Küche, die Tasche hat sie sich über die Schulter gehängt, sie schlägt ihr bei jedem Schritt gegen die Flanke. Sie muss Lisha ablenken, so viel ist ihr klar.

Die Idee kommt ihr unvermittelt, genau im richtigen Moment.

Joy stürzt zur Eingangstür, schließt auf, öffnet sie und schlägt sie mit Wucht wieder zu. Lisha soll glauben, sie befinde sich auf der Nordseite der Villa. Während sie hierhereilt, verschafft das Joy den dringend benötigten Aufschub.

Sie hetzt in die Küche, schnappt sich den Küchenwecker von der Anrichte, stürmt ins Wohnzimmer, öffnet leise die Terrassentür und positioniert den Wecker auf dem Tisch. Ihr Herz trommelt gegen ihre Rippen. Mit zitternden Fingern stellt sie den Zeiger auf drei Minuten. Wenn es klingelt, wird Lisha ums Haus zur Terrasse rennen und Joy wird im selben Moment durch den Haupteingang fliehen. Dieser Vorsprung sollte reichen, um Lisha zu entkommen.

»Du glaubst echt, ich würde auf einen derart billigen Trick hereinfallen?« Lishas Stimme hinter ihr, nah, viel zu nah.

Joy fährt herum. Ihre Kontrahentin steht zwischen ihr und der offen stehenden Terrassentür, in der Hand ein einfaches Küchenmesser. Mondlicht spiegelt sich auf der Klinge.

Lisha macht einen Schritt auf Joy zu. Die langt blitzschnell nach dem Wecker, holt aus und wirft ihn Lisha mit aller Kraft an den Kopf. Mit einem unwilligen Stöhnen zuckt die Nigerianerin zurück und Joy springt auf die Terrassentür zu. Lisha wirft sich ihr hinterher und bekommt sie am Arm zu fassen, Joy schreit auf und beide Frauen stürzen ins Wohnzimmer hinein.

Rangelnd wälzen sie sich über den Boden, jede versucht verzweifelt, die Oberhand zu gewinnen, doch Lisha ist nicht nur älter, sondern auch wendiger und kräftiger als Joy. Sie krallt die Finger um Joys Hals und schiebt sich keuchend auf sie. Mit ihrem ganzen Körpergewicht presst sie Joy aufs Parkett. Joy würgt, ihre Augäpfel treten hervor, die Hände fuchteln hilflos in der Luft. Rote Schwaden ziehen durch ihr Sichtfeld. In einem letzten Aufbäumen, bevor sie das Bewusstsein verliert, schlägt Joy ihre Fingernägel in Lishas Flanke. Die zuckt zusammen, als hätte sie ein Stromschlag getroffen, ihr Griff lockert sich und Joy nutzt die Chance und stößt Lisha von sich hinunter. Schwer atmend rappelt sich Joy auf und wirft sich auf ihre Kontrahentin, rammt ihr die Faust ins Gesicht. Lisha reißt Joy im Gegenzug an den Haaren, die Frauen rutschen auf den Perserteppich, stoßen dabei eine Stehlampe um, die auf den Salontisch fällt. Klirrend gehen dabei der Schirm aus Milchglas und eine Vase zu Bruch, eine Tonschüssel mit Nüssen fegt Lisha mit einem nach Halt suchenden Arm vom Tisch. Mittlerweile sind sie vor dem Kamin angelangt. Joys Kopf knallt gegen die Marmorverkleidung, eine kurze Benommenheit, die Lisha nutzt, um sich mit einem Ruck auf Joys Brust zu schwingen. Mit der einen Hand drückt sie ihr die Kehle zu, in der anderen blitzt das Küchenmesser auf. Joys Augen weiten sich, ihre Hände greifen ins Leere. Sie versucht noch, etwas zu sagen, aber Lisha lacht bloß triumphierend, während sie mit dem Messer ausholt.

38

Es ist bereits die fünfte Runde, die Andrea durch das Quartier dreht, sie flucht vor sich hin, ihre Hände auf dem Lenkrad zittern. Kreis 4, Zürichs Ausgehmeile, an einem Samstagabend sind freie Parkplätze rar. Der Verkehr staut sich nicht nur auf der Langstrasse, sondern auch in den Seitengassen, Menschen überall. Im Schritttempo fährt Andrea durch die Dienerstrasse und biegt an deren Ende in die Feldstrasse ein, dort kann sie endlich das Gaspedal durchtreten, für eine kurze Teilstrecke immerhin, dann folgt eine scharfe Rechtskurve.

Kurz entschlossen fährt Andrea auf den Gehsteig, sie lässt ihren weißen Range Rover einfach stehen, springt aus dem Wagen und eilt in die *Toro*-Bar hinein.

»Eliza!«, ruft sie der dunkelhaarigen Frau zu, die hinter dem Tresen steht und überrascht aufblickt, als sie ihren Namen hört.

»Andrea? Du hier?«

Andrea nickt knapp, setzt sich an die Theke, ihr ganzer Körper steht unter Strom.

»Was ist denn mit dir los? Du siehst total aufgelöst aus.« Besorgt beugt sich Eliza vor.

»Hast du was für mich?«, flüstert Andrea, damit es die anderen Lokalbesucher nicht mitbekommen.

Eliza zieht eine Augenbraue hoch. »Ich hab gedacht, du hättest …?«

»Falsch gedacht!«, schnarrt Andrea. »Also, was ist?«

»Du scheinst es aber eilig zu haben.«

»Laber nicht rum, Eliza, dafür hab ich jetzt echt keinen Nerv!«

»Man merkt's.« Sorgfältig sieht sich Eliza um, doch die anwesenden Gäste sind alle mit sich selbst beschäftigt. Sie weist mit dem Kinn Richtung Toiletten. »Ich geh jetzt aufs Klo. Sobald ich drin bin, stehst du an.«

»Guter Stoff?«

»Der beste, den du je hattest.« Sie schenkt ein Glas mit Cava voll und stellt es Andrea hin, bevor sie in dem kleinen Lagerraum hinter der Bar verschwindet.

Drei Minuten später sieht Andrea Eliza zu den Toiletten gehen, sie nimmt einen hastigen Schluck vom spanischen Schaumwein und rutscht vom Barhocker.

Vor der geschlossenen Toilette bleibt sie stehen, nimmt ihr Handy hervor und gibt vor, ihre E-Mails zu lesen.

»Die andere Kabine ist übrigens frei.« Die junge Frau lächelt, als sich Andrea zu ihr umdreht, und weist auf die offene Tür.

»Ist schon okay«, erwidert Andrea und errötet leicht. »Geh nur vor.«

»Echt?«

»Ja klar.«

»Du warst zuerst da.«

»Ich möchte in diese Kabine hier.« Leicht genervt deutet Andrea auf die geschlossene Toilette.

»Wieso denn das? Die andere ist …«

»Ich habe etwas darin liegen gelassen, okay?«

»Ach so, sag das doch.«

»Hab ich gerade. Und jetzt zisch endlich ab!«

»Ist ja gut«, schnappt die junge Frau zurück und verdreht die Augen. »Alter, kein Grund, gleich rumzuzicken.«

Sie schlägt die Tür hinter sich zu, fast gleichzeitig verlässt Eliza die benachbarte Kabine. Sie sehen sich nicht an, Andrea drückt ihr eine gefaltete Banknote in die Hand, bevor sie eintritt. Der Beutel ist in der untersten Reservepapierrolle auf der Ablage über der Toilette versteckt, aber Andrea schafft es erst nach mehreren Anläufen, das Tütchen herauszufingern, sie zittert zu sehr.

Mühselig schüttet sie etwas Pulver auf ihren Schminkspiegel, den sie aus ihrer Jackentasche hervorgeholt hat, zerstößt das Kokain mit ihrer Kreditkarte so lange, bis auch die kleinsten Krümelchen zu feinstem Pulver verarbeitet sind, danach zieht

243

sie zwei lange Linien auf der Spiegeloberfläche. Sie rollt einen Hunderter zusammen, steckt sich das eine Ende ins linke Nasenloch und schnupft die erste Line, dann wiederholt sie das Ganze rechts.

Andrea schließt die Augen. Pure Elektrizität schießt ihr ins Gehirn, schlagartig fühlt sie sich hellwach, das Zittern hört auf. Sie reibt sich die übrig gebliebenen Pulverreste mit dem Zeigefinger ins Zahnfleisch, steckt Spiegel, Banknote und den Beutel ein, betätigt pro forma die Spülung und verlässt die Kabine.

Sie nickt Eliza zum Abschied zu, setzt sich in ihren Wagen und lehnt sich aufseufzend zurück. Der Nebel lichtet sich zusehends, sie ist jetzt ganz ruhig, nur die Gedanken jagen mit atemberaubender Geschwindigkeit durch ihren Kopf. Alles, was ihr in den letzten Tagen verschwommen vorgekommen ist, präsentiert sich ihr in völliger Klarheit, ihre Zweifel, ihre Vorbehalte, ihre Sorgen sind weggewischt.

Die Eingebung trifft sie wie ein Faustschlag. Sekundenlang starrt sie durch die Windschutzscheibe und beobachtet Eliza, wie sie einen Tisch abräumt, flüchtig mit einem Lappen darüberwischt und das volle Tablett zum Tresen trägt.

Wieso ist ihr diese brillante Idee nicht schon früher gekommen?

Andrea startet den Motor. Sie weiß, was sie zu tun hat.

Sie setzt zurück, wendet den Range Rover und tritt aufs Gaspedal. Der Wagen holpert über das Trottoir und prescht auf die Straße, ein Velofahrer kann ihr gerade noch ausweichen. Er flucht und zeigt ihr den Mittelfinger, gleichzeitig bremst hinter ihr ein Wagen scharf ab und protestiert mit anhaltendem Hupen. Das kümmert Andrea alles nicht. Sie kann es kaum erwarten, ihrem Vater von dieser Idee zu erzählen, sein Staunen, seine Sprachlosigkeit zu sehen, wenn sie ihm eröffnet, wie sie ihre Karriere wieder in Schwung zu bringen gedenkt. Jetzt wird er endlich merken, wie unrecht er ihr getan hat, dass sie sehr wohl in der Lage ist, ihre Laufbahn allein zu planen, ohne seine Hilfe, seinen Rat, ohne seine schützende Hand, ohne seinen verdammten Einfluss, seine Finger, die er in allen Parteibereichen drin hat.

Der Range Rover fegt über die Militärstrasse, ein etwas gemächlich fahrendes Taxi überholt Andrea kurzerhand. Ein gewagtes Manöver, sie kollidiert um Haaresbreite mit einem entgegenkommenden Fahrzeug, doch selbst das lässt sie kalt. Mit quietschenden Reifen biegt sie in die Kasernenstrasse ein und brettert gleich darauf über die Gessnerbrücke Richtung Innenstadt.

39

Das Messer saust herab und Joy wirft sich zur Seite. Das Brennen registriert sie erst mit Verzögerung, eine Schmerzwelle jagt durch ihren Körper, lässt sie aufbrüllen, sie hört ihren eigenen Schrei wie von weit her, als stamme er von jemand anders.

Lisha hat offenbar ihre Schulter getroffen. Besser als den Hals.

Sie sitzt immer noch rittlings auf ihrer Brust, sodass Joy kaum Luft bekommt. Wenigstens hat Lisha ihre Kehle kurz losgelassen, während sie mit dem Messer auf sie eingestochen hat. Joy streckt ihre Hände aus, sie ertastet die Marmorverkleidung des Kamins, arbeitet sich seitlich vor, bis sie etwas Kaltes, Metallisches zu fassen bekommt. Sie reißt das Teil zu sich hin und ein Ständer fällt scheppernd um. Derweil holt Lisha erneut aus, das Messer hoch über ihrem Kopf. Joy kann jetzt das Blut spüren, das warm aus der Wunde quillt und über ihre Schulter rinnt. Fest umklammert sie den Griff des Stabs, er ist ziemlich schwer. Ein siedend heißer Schmerz fährt durch ihre Schulter, als sie den Arm hochreißt, aber der Schwung reicht aus, um mit dem Schürhaken Lishas Kleid zu zerfetzen, über ihre Flanke zu schrammen und die Haut zu ritzen. Überrumpelt schreit Joys Kontrahentin auf und lässt das Messer fallen. Joy holt bereits zum zweiten Hieb aus, stöhnend vor Qualen. Ein gellender Schrei entfährt Lisha, nachdem sich der Haken in ihre Seite gebohrt hat, sie kippt zur Seite, von Joy hinunter, und mühsam rappelt sich diese auf. Panisch sieht sie sich nach einer neuen Waffe um und schnappt sich schließlich ein Holzscheit vom Stapel im Kamin. Bevor sich Lisha hochkämpfen kann, schlägt sie ihr damit gegen den Hinterkopf, drei-, viermal, bis die Nigerianerin vornüberkippt und stöhnend zu Boden sinkt.

Augenblicklich lässt Joy das Scheit fallen und stürzt aus der Terrassentür. Die Flutlichter springen an, sie kümmert sich nicht darum, sondern hetzt über den Rasen, zum Weg, der zum Eingangstor des Anwesens führt.

Sie reißt den einen Torflügel auf, zwängt sich hinaus und rennt mitten auf der Zufahrtsstraße bergab. Kurz bevor sie die erste Biegung erreicht, hört sie ein sich rasch näherndes Motorengeräusch. Ehe sie zur Seite springen kann, schießt der Wagen bereits um die Kurve. Das Scheinwerferlicht ist so grell, dass Joy einen Moment lang blind ist.

40

In den meisten Fenstern der modernen Betonklötze rings um den Turbinenplatz im ehemaligen Industriegebiet Zürichs brennt Licht, Vorhänge hat hier keiner. Das Zentrum des Platzes ist gekiest, der Rest asphaltiert. Scheinwerfer tauchen Bäume und Sitzgelegenheiten in gelbes und blaues Licht, im Boden sind Leuchten in denselben Farben eingelassen, sodass es Bashir vorkommt, als stünden sie auf einer Landepiste.

Er hat den Renault nur wenige Schritte entfernt in der Schiffbaustrasse geparkt, gleich neben dem Ibis-Hotel. Den rosafarbenen Koffer mit dem Kokain hält er in der Hand.

Sie pokern hoch in diesem Moment, das ist sowohl Marisa als auch Bashir klar. Obschon ihnen in Grafs Villa niemand geöffnet hat, sind sie nach wie vor überzeugt davon, dass sich Joy dort vor Madame Esther und ihren Handlagern versteckt. Wozu sonst der nachgemachte Schlüssel?

Sie haben versucht, Joy über Grafs Festnetzanschluss zu erreichen, doch die Nigerianerin hat ihre Anrufe allesamt ignoriert.

»Glaubst du, sie kommen?« Marisa wirkt angespannt, ihr Gesicht ist gespenstisch blass.

Luca ist seit neun Stunden in den Händen der Kidnapper, ohne dass sie etwas von ihm gehört hat.

»Garantiert«, gibt sich Bashir überzeugt. »Madame Esther will Joy unbedingt zurückhaben.«

»Meinst du, sie geht auf den Deal ein?«

Zweifelnd wiegt Bashir den Kopf. Madames Bedingungen waren klar: das Kokain und Joy gegen Luca. Sie haben die Drogen dabei, aber von Joy kennen sie nur den Aufenthaltsort.

»Wir können es nur hoffen. Immerhin haben wir keine vierundzwanzig Stunden gebraucht, um Joy ausfindig zu machen.«

»Wenn sie überhaupt dort ist.«

Bashir nickt anstelle einer Erwiderung, denn in diesem Moment biegt von der gegenüberliegenden Technoparkstrasse her ein blauer Ford Mustang auf den Turbinenplatz ein und bremst in einiger Entfernung ab.

»Da ist Luca!«, entfährt es Marisa, sie packt Bashirs Arm und deutet sichtlich aufgewühlt auf den Wagen.

Auf dem Rücksitz ist der Umriss einer kleinen Gestalt zu erkennen. Erst als Ekon und Amaru aussteigen und die Innenraumbeleuchtung aufflammt, erhalten Marisa und Bashir den Beweis, dass sich Luca tatsächlich im Auto befindet.

Marisa strebt auf den Ford zu, Bashir hält sie zurück. Die beiden Pitbulls haben sich vor dem quer geparkten Fahrzeug positioniert und Bashir zweifelt keine Sekunde daran, dass sie bewaffnet sind.

Jetzt öffnet Ekon die Hintertür und Madame Esther entsteigt dem Ford. Wie sie so dasteht, in ihrem blau glänzenden Kleid mit den goldenen Stickereien und dem bronzefarbenen Gele, das Kinn fordernd vorgeschoben, die Haltung selbstsicher, das hat beinahe etwas Staatsmännisches, stellt Bashir fest. Diese Frau weiß eindeutig, wie man Eindruck macht.

Zwanzig Meter Abstand trennen die beiden Parteien, gerade nah genug, damit Marisa und Bashir jedes Wort verstehen, das Madame Esther sagt.

»Die Bedingung war, dass ihr mir den Koffer mit Kokain zurückbringt.« Sie deutet auf das Gepäckstück in Bashirs Hand. »Diesen Teil habt ihr erfüllt, wie ich sehe. Wo ist der zweite Teil der Abmachung? Wo ist Joy?«

»Wir wissen, wo sie sich versteckt«, antwortet Bashir.

Madame Esther schüttelt den Kopf. »So war das nicht vereinbart.«

»Wir haben die Adresse.«

»Das reicht nicht, befürchte ich.« Mit einem bedauernden Lächeln weist Madame Esther Ekon an, die Wagentür zu öffnen. »Das ist alles sehr enttäuschend. Luca hätte sich sicher gefreut, endlich nach Hause zu dürfen.«

Bei der Erwähnung seines Namens beginnt der Junge, sich im Wagen seltsam steif hin und her zu werfen, und erst jetzt wird deutlich, dass er wohl gefesselt ist.

»Wir kamen nicht ins Haus hinein!«, schreit Marisa hinüber. »Aber Joy versteckt sich dort drin, wir haben sie durch eines der Fenster gesehen.«

Madame Esther dreht sich ihr wieder zu. »Sind Sie sich sicher?«

»Lassen Sie Luca gehen!«, fleht Marisa. »Er kann nichts dafür!«

»Das war nicht die Frage.«

»Ja, wir haben sie gesehen«, bestätigt Bashir Marisas Lüge mit fester Stimme.

Madame Esther wirft ihm einen abwägenden Blick zu. »Wir machen es so«, sagt sie schließlich. »Ich schicke jemanden zu Joys Versteck und wenn er sie dort vorfindet …«

Unmerklich zuckt Ekon zusammen, der neben ihr steht, und langt in die Innentasche seiner Jacke. »Wichtig«, murmelt er, nachdem er den Anruf angenommen hat, und reicht das Handy seiner Chefin.

Sekundenlang starrt Andrea auf die Frau, die im Scheinwer-ferlicht des Range Rover auf der Straße liegt, unfähig sich zu rühren. Ein klarer Gedanke scheint unmöglich, ein Gedanke überhaupt. Die Zeit dehnt sich ins Endlose. Erst als der eine Arm der Frau zuckt, beginnt Andrea wieder zu funktionieren, sie schnappt nach Luft, rauft sich die Haare und springt aus dem Wagen.

Eine Afrikanerin, stellt sie nach einem Blick fest, offenbar ist sie an der Schulter verletzt. Blut läuft über ihren Arm, sonst wirkt sie unversehrt. Erleichtert registriert Andrea, dass die Frau leise stöhnt. Sie lebt also noch.

Wie aus dem Nichts ist die Frau plötzlich mitten auf der Straße gestanden. Andrea hat versucht abzubremsen, sie ist zu schnell unterwegs gewesen, viel zu schnell für die schmale Quar-tierstraße. Sie hat es kaum erwarten können, ihrem Vater die Neuigkeiten zu überbringen, ihn endlich zu übertrumpfen. Dann der unvermeidliche Zusammenprall. Ein durch die Luft fliegen-des Kleiderbündel, dieses Bild hat sich Andrea eingebrannt.

Andrea beugt sich zu der Frau hinunter, berührt sie zögernd am Arm. »Hallo? Können Sie mich hören?«

Langsam öffnet die Frau die Lider und sieht Andrea mit lee-ren Augen an, ihre Lippen bewegen sich, doch kein Wort ist zu hören, mit einem leisen Zischen entweicht Luft aus ihrem Mund.

Wenn sie innere Verletzungen hat, wenn sie sich den Kopf ge-stoßen hat, wenn sie für immer gelähmt ist, wenn sie jetzt stirbt, was dann? Wie ein aufgescheuchter Vogelschwarm schwirren Andreas Gedanken umher, keinen einzigen kriegt sie zu fassen, sie entwischen ihr jedes Mal, wenn sie sich auf einen konzen-trieren will.

Fieberhaft versucht sie, sich ins Gedächtnis zu rufen, was sie im Erste-Hilfe-Kurs gelernt hat, aber sie kann sich an kein einziges Detail erinnern, ihr Gehirn ist leer.

»Können Sie aufstehen?«, fragt sie und kniet sich neben die Frau hin.

Mühsam richtet sich die Afrikanerin auf, stützt sich auf den Ellenbogen ab und schaut sich verwirrt um. »Mein Kopf schmerzt«, murmelt sie.

Vor Erleichterung hätte Andrea fast aufgelacht. »Und sonst? Können Sie Ihre Beine bewegen?«

Die Frau lässt ihre Füße kreisen. »Ja.«

»Ausgezeichnet, das ist ausgezeichnet.«

»Was ist passiert?« Fragend blickt die Afrikanerin Andrea an und plötzlich weiten sich ihre Augen, hektisch will sie aufstehen, aber sie knickt immer wieder ein und ein ungehaltenes Wimmern entfährt ihr.

»Warten Sie.« Andrea ergreift ihren unverletzten Arm. »Ich helfe Ihnen.«

»Ich muss weiter«, sagt die Frau, sie schwankt, ihr Gang ist unsicher.

Andrea schüttelt bestimmt den Kopf.

»Doch, ich muss, lassen Sie mich los, mir geht es gut!«

»Auf gar keinen Fall!« Mit einem Mal kann Andrea wieder klar denken.

Wenn sie die Frau in diesem Zustand gehen lässt, wird sie garantiert jemand auf der Straße aufgabeln. Sie sieht bemitleidenswert aus, ihr Kleid trieft vor Blut. Unweigerlich wird auffliegen, wer sie angefahren hat. Weißer Range Rover, fünfzig Meter von der Villa ihres Vaters entfernt, darauf kann sich jeder einen Reim machen. Dasselbe, wenn Andrea sie in ein Spital bringt. Die Ärzte werden sie befragen, man wird die Polizei informieren und schon bald wird die Presse Wind davon bekommen, dass die quirlig sympathische Jungpolitikerin Andrea Graf verkokst und mit massiv überhöhtem Tempo über eine Quartierstraße gerast ist. Und schlimmer noch: dass sie dabei eine Afrikanerin angefahren hat, eine Ausländerin. Ausgerechnet sie, prominentes Mitglied einer Partei, die nicht gerade für ihre Ausländerfreundlichkeit bekannt ist, in der gewisse Exponenten gern mal verlauten lassen, der Bürger müsse die Dinge halt selbst in die Hand nehmen, wenn ihm der Staat zu lasch vorgehe. Ausgerechnet sie, Andrea Graf, die sich stets für eine rigorosere Asylpolitik ausgesprochen hat.

Ein gefundenes Fressen für die Medien. Erst die psychischen Probleme und die immer wieder kursierenden Gerüchte über eine angebliche Drogensucht und jetzt der Unfall. Man wird ihr rassistische Motivation unterstellen und sie erneut in der Luft zerreißen. Ihre Karriere wäre definitiv und für alle Zeit zerstört. Das kann sie unmöglich zulassen.

»Kommen Sie, ich fahre Sie zu mir nach Hause«, sagt Andrea und dirigiert die Frau entschlossen zur Beifahrertür. »Ich wohne gleich da drüben, keine zwei Minuten von hier.«

»Ich kann nicht!«, wehrt sich die energisch. »Ich muss weiter, nach Italien.«

»Es ist schon spät, heute kommen Sie nicht mehr nach Italien.«

»Ich brauche meinen Pass!«

»Natürlich.«

»Ich brauche meinen Pass, unbedingt!«

»Wir kümmern uns darum.« Andrea öffnet die Tür und bugsiert die widerspenstige Frau auf den Sitz.

Madame Esther nimmt das Mobiltelefon entgegen. Bevor sie es sich ans Ohr hält, sieht sie Ekon fragend an. Der formt für Bashir und Marisa unhörbar ein Wort mit den Lippen.

»Lisha?«, meldet sich die Madame nun und runzelt verärgert die Stirn. »Was soll das? Jetzt ist es gerade sehr unpassend ... Was? Was sagst du da? Du hast Joy gefunden?« Sie hebt den Kopf und mustert erst Marisa, danach Bashir. »In Grafs Villa? Ausgezeichnete Arbeit, meine Liebe, das hätte ich dir gar nicht ... Wie? Was?« Sie lässt das Telefon sinken, wirft Ekon und Amaru einen unergründlichen Blick zu, bevor sie es sich wieder ans Ohr hält. »Du hast was?« Ihre Stimme wird mit jedem Wort lauter. »Du hast sie entkommen lassen? Sie ist dir entwischt?« Jetzt kreischt sie beinahe. »Du bescheuerte Gans! Du bist noch dümmer, als ich gedacht habe! Total unfähig!« Völlig außer sich schnappt sie nach Luft. »Wie kann man bloß so dämlich sein? Ich hätte es wissen müssen, gleich am ersten Tag, als du angekommen bist. Aus dir wird nie etwas! Es reicht gerade knapp fürs Ficken, und selbst das mehr schlecht als recht!«

Mit einem wütenden Schnalzen beendet sie den Anruf und steigt in den Wagen.

»Und was ist mit Luca?«, brüllt Marisa und Bashir kann seine Partnerin nur mit Mühe zurückhalten. »Lassen Sie ihn frei!«

»Die Bedingungen haben sich nicht geändert: Kokain und Joy gegen den Jungen.« Damit zieht Madame Esther die Wagentür zu, ihre beiden Bodyguards springen ins Auto und mit aufheulendem Motor kurvt der Ford vom Platz.

»Leg dich hin.« Andrea führt Joy zur Sitzgruppe im Wohn-zimmer, die weigert sich allerdings sich hinzusetzen.

»Das Blut, ich werde dein Sofa beschmutzen.«

Andrea zögert, bevor sie Joys Arm loslässt. »Warte kurz da.«

Sie durchquert den Raum und verschwindet im Badezim-mer.

Dort werden eilig Schranktüren aufgerissen und zugeknallt, unterdessen macht Joy einen Schritt auf die riesige Fensterfront zu und schaut auf den Zürichsee hinab. Ihr Gesicht spiegelt sich in der Scheibe. Im matten Licht der Designerlampen sieht das Blut auf ihrem Kleid schwarz aus, wie glänzender Lack, der über ihren Arm rinnt.

Die Badezimmertür wird geschlossen, der Schlüssel gedreht.

Joy muss so schnell wie möglich weiter, aber erst braucht sie den verdammten Pass. Andrea – die beiden Frauen haben sich auf der Fahrt hierher bekannt gemacht – meint es gut mit ihr, offensichtlich hat sie ein schlechtes Gewissen. Joy ahnt auch, weshalb. Nachdem sie die Wohnung betreten hatten, sind ihr im hellen Dielenlicht Andreas geweitete Pupillen aufgefallen. Etwas anderes hat sie wesentlich mehr verwirrt: Als sie im Flur gewartet hat, bis Andrea die Wohnungstür aufgeschlossen hatte, hat ihr Blick das Klingelschild gestreift.

»Hier«, sagt Andrea, die geräuschlos das Badezimmer ver-lassen hat, und breitet ein paar Frotteetücher auf dem Sofa aus. »Leg dich hin, vermutlich hast du eine leichte Gehirnerschüt-terung.«

»Mir geht es gut«, erwidert Joy, Andrea duldet jedoch keinen Widerspruch.

Joy lässt sich nieder und kaum hat sie die Beine ausgestreckt, übermannt sie eine bleierne Müdigkeit.

»Schlaf ein wenig«, meint Andrea und zieht einen Hocker heran.

Verbandszeug, eine Schere und ein kleine Flasche Desinfizierungsmittel liegen in ihrem Schoß.

Sie hat sich schnell eine Line gegönnt, das erkennt Joy sofort, an ihrer Nase kleben ein paar mikroskopisch kleine weiße Pulverbröckchen.

Sie schließt die Augen, während Andrea behutsam das Kleid aufschneidet und die Stichwunde säubert.

»Das stammt auf gar keinen Fall vom Unfall«, sagt sie ruhig. »Willst du darüber reden?«

Joy schüttelt den Kopf.

»Okay.« Schweigend arbeitet Andrea weiter, verarztet die Wunde, deckt sie mit einer Gaze ab und legt einen Verband um die Schulter. »Es sieht schlimmer aus, als es ist.«

Sie packt die Utensilien zusammen, steht auf und kehrt mit einem Waschlappen zurück, mit dem sie sanft über Joys Gesicht fährt.

»Du bist ein guter Mensch«, murmelt Joy und Andrea hält mitten in der Bewegung inne.

Joy schlägt die Augen auf. Andrea weint. Ihre Unterlippe zittert, die Tränen laufen ihr über die Wangen. Sie bemerkt Joys Blick und schlägt sich die Hände vors Gesicht.

»Ich nehme nicht an, dass du darüber reden willst.«

Ein gequältes Glucksen löst sich aus Andreas Kehle, da sie gleichzeitig lacht und schluchzt.

»Der Name, der neben deinem auf dem Klingelschild steht ...«

»Matthias?«

»Dein Mann?«

»Nicht mehr.«

»Wo ist er?«

»Seit Tagen verschwunden.«

Joy nickt, als hätte sie genau das erwartet. »Sein Name kam mir gleich bekannt vor.«

Andrea stutzt. »Woher?«

»Madame Esther, meine Zuhälterin …«

»Du bist …?«, setzt Andrea an, doch Joy bringt sie mit einer Handbewegung zum Verstummen.

»Darum geht es jetzt nicht. Madame Esther, sie macht viel Kohle mit uns. Ein Teil geht direkt nach Nigeria zu ihrer Familie, der Rest wird mit Kokain vervielfacht und in ihren Friseursalons gewaschen. Das reicht jedoch längst nicht mehr, die Summen sind zu hoch. Ehe die Steuerbehörden misstrauisch werden, hat Madame Esther deshalb begonnen, sich nach neuen rentablen Investitionsmöglichkeiten umzusehen.«

»Woher weißt du das alles?«, will Andrea wissen.

»Madame ist bald siebzig und wollte, dass ich ihre Nachfolgerin werde.«

»Hat die Messerattacke damit zu tun?«

Joy ignoriert die Frage und fährt stattdessen fort. »Sie hat sich umgehört und man hat ihr diesen Immobilienmakler empfohlen. Moderne Neubausiedlungen irgendwo im Kanton Aargau, einfach investiertes Geld, unglaubliche Rendite, alles legal. Das hat er ihr zumindest versprochen.«

Während Joy erzählt, richtet sich Andrea immer weiter auf, jetzt sitzt sie angespannt auf der Kante des Hockers. »Die Wohnungen konnten allerdings nicht vermietet werden, entsprechend war die Rendite gleich null.«

»Matthias war nicht einmal in der Lage, der Madame ihr Geld zurückzuzahlen. Das sie natürlich zurückwollte, nachdem sich herausgestellt hatte, dass es sich nicht nur um eine massive Fehlinvestition handelte, sondern er ihr auch nicht die ganze Wahrheit gesagt hat.«

»Das ist seine Stärke«, murmelt Andrea und reißt die Augen auf, plötzlich verstehend. »Deswegen der Affenschädel im Schlafzimmer, die Pfote im Waschbecken!«

»Sie wollte ihm Angst einjagen, Lisha, eine … Kollegin, hat die Körperteile platziert.«

»Sie hat einen Schlüssel zu dieser Wohnung?«

»Madame hat sie beauftragt, einen nachmachen zu lassen. Bei einer Besprechung, es war ganz leicht.«

»Ich werde sofort die Schlösser austauschen lassen!«

»Das würde ich empfehlen.«

»Wo ist Matthias jetzt?«

Joy zuckt mit den Schultern. »Er ist verschwunden, abgetaucht. Er schuldet Madame eine beachtliche Summe, so schnell wird er wohl nicht wieder aufkreuzen.«

»Aber er lebt?«

»Ja, sonst hätte ich das mitgekriegt.«

Andrea steht auf. »Möchtest du etwas trinken, Joy? Rotwein? Wasser? Kaffee?«

»Nein, danke, mir geht es gut.«

»Koks?«

Joy lacht leise und schüttelt den Kopf. »Doch ich würde gern telefonieren, es ist dringend.«

44

Marisa steigt aus dem Renault und geht auf den Wohnblock mit den gigantischen Fensterfronten zu. »Bringen wir das schnell hinter uns.«

»Madame Esther hat sich nicht mehr gemeldet«, informiert Bashir sie nach einem Blick auf sein Handy und schließt die Wagentür.

»Ich fahre nachher zu ihrem Puff und dann lernt mich die blöde Kuh richtig kennen!«

»Ich weiß nicht, ob das …«

»Wir waren so nah dran!«, faucht Marisa und dreht sich zu Bashir um. »So nah! Verdammt!«

»Wir bekommen Luca auf jeden Fall zurück. Jetzt wissen wir ja, wo sich Joy aufhält.« Er langt in die Innentasche seiner Jacke und holt den Pass heraus.

»Willst du sie echt verraten?«

»Haben wir eine Wahl?«

Marisa beißt sich auf die Unterlippe und sieht zu Boden.

»Ich übergebe Joy den Pass, erst danach rufe ich die Madame an.«

»Ein kleiner Vorsprung? Und wenn das nicht reicht?«

Bashir denkt an die beiden Brownings, die er Ekon und Amaru abgenommen hat und die immer noch in seinen Jackentaschen stecken. Erst vorhin, als er sich die Jacke übergezogen und sich über ihr Gewicht gewundert hat, sind ihm die Pistolen wieder eingefallen. Er wird eine davon Joy überlassen, mehr kann er für sie nicht tun.

Marisa geht auf den Eingang des Wohnhauses zu und überfliegt die Klingelschilder, bis sie den Namen findet, den Joy ihnen am Telefon angegeben hat.

Kaum sind sie aus dem Aufzug getreten, öffnet sich eine Tür am Ende des Korridors und Joy winkt ihnen ungeduldig zu.

»Sie?«, wundert sich Marisa, nachdem sie die Wohnung betreten hat und unvermittelt Andrea Graf gegenübersteht.

»Zufälle gibt's«, erwidert die trocken.

»Pass!« Fordernd streckt Joy Bashir die Hand entgegen, doch der schüttelt den Kopf. »Erst müssen wir etwas Wichtiges besprechen.«

Joys Mund klappt bereits zum Protest auf, aber Andrea rettet die Situation, indem sie vorschlägt, dass sich am besten alle erst einmal hinsetzen.

Marisa und Bashir folgen den beiden Frauen ins Wohnzimmer, wo sie sich an dem langen Akazientisch niederlassen. Bewundernd fährt Marisa mit der Hand über das lackierte Holz, während Bashir den Pass achtlos vor sich hinlegt. Blitzschnell beugt sich Joy über den Tisch und schnappt sich den Ausweis.

»Sie hätten mich unbedingt darauf hinweisen müssen, dass sich in dem Schrank zwei rosafarbene Koffer befinden.«

Aufgebracht fährt Joy ihn an: »Woher hätte ich das wissen sollen? Hätten Sie nur einen davon schnell aufgemacht, wären Sie gleich darauf gekommen, welcher der richtige ist!«

»Dazu war keine Zeit, die beiden Bodyguards der Madame sind überraschend zurückgekehrt.«

»Trotzdem. Sie hätten mir viel Ärger erspart, ich wäre längst in Italien.«

»Hören Sie, wir alle hätten uns viel Ärger erspart«, schaltet sich Marisa in scharfem Ton ein. »Das ist längst nicht mehr nur Ihr Problem!«

»Was meinen Sie damit?«

»Madame Esther hat meinen Sohn entführt und gibt ihn nur im Austausch gegen den Koffer mit Koks frei. Und gegen Sie.«

»Ich hatte ja keine Ahnung …« Joys Blick flackert. »Das tut mir schrecklich leid, es war nicht meine Absicht, Sie in irgendwas hineinzuziehen. Ich wollte nur meinen Pass zurück, damit ich nach Italien reisen kann, um meine Schwester abzuholen.« Abrupt hält sie inne und stößt einen abgewürgten Laut aus, ihre Augen weiten sich. Erst jetzt scheint sie zu begreifen, was Marisa gerade gesagt hat. »Ihr Sohn gegen den Koffer mit dem Koks?«

»Ja.«

»Und mich?«

»Madame Esther wird Sie nicht einfach so gehen lassen«, bestätigt Bashir.

Joys Lider flattern, sie richtet sich alarmiert auf. »Weiß sie, dass ich hier bin?«

»Noch nicht.«

»Aber Sie werden es ihr verraten?«

»Wegen Luca haben wir keine Wahl.«

»Wie viel Zeit bleibt mir?«

»Ich habe sie noch nicht angerufen.«

Ein erleichtertes Aufatmen entfährt Joy, sie springt auf. »In dem Fall haue ich auf der Stelle ab.«

»Das geht nicht«, mischt sich Marisa wieder ein.

Joy erstarrt mitten in der Bewegung. »Wieso nicht?«

»Wie sollen wir sonst Luca zurückbekommen? Madame Esther gibt ihn nicht frei, wenn wir ihr nicht liefern, was sie verlangt hat.«

»Was soll ich tun?« Verzweifelt schaut Joy Marisa an.

Ohne sich um Marisas verblüfftes Gesicht zu kümmern, holt Bashir eine der Brownings aus seiner Jackentasche und schiebt sie Joy über den Tisch zu. »Mit etwas Glück gelingt es Ihnen damit, der Madame zu entkommen.«

»Mit etwas Glück!« Joy lacht freudlos auf.

»Sie schaffen das.«

Joy langt nach der Waffe und zieht sie vorsichtig zu sich heran, derweil Bashir das Telefon hervorholt. »Ich werde jetzt anrufen, okay?«

Joy will widersprechen, Bashir hält sich das Handy bereits ans Ohr.

Gleich darauf ist vom Flur her ein Klingelton zu hören, das

261

Telefon scheint sich direkt auf der anderen Seite der Wohnungstür zu befinden.

»Fuck, sie sind uns gefolgt!«, ruft Marisa, im nächsten Moment springt die Tür auf.

Ekon und Amaru stürzen ins Wohnzimmer und halten angesichts der Versammlung verblüfft inne. Ehe jemand etwas sagen kann, marschieren sie auf Joy zu, der eine Kerl packt sie an den Schultern, der andere schnappt sich einen Arm und gemeinsam versuchen sie, die junge Frau aus dem Raum zu zerren. Joy wehrt sich, sie kreischt schrill auf, beißt und kratzt, während ihre Füße über den Boden schleifen.

Bashir hat sofort die zweite Browning aus seiner Jacke gezogen und die Waffe gerade entsichert, da brüllt jemand: »Hey!«

Amaru dreht sich sofort nach der Stimme um.

Der Schuss klingt ohrenbetäubend laut in der Loftwohnung und lässt die Scheiben erzittern. Er trifft den Nigerianer mitten in die Stirn, Blut spritzt aus seinem Hinterkopf und der Mann sackt augenblicklich zusammen.

Alle erstarren.

Die Browning zittert in Andreas Hand, der Lauf der Waffe schwenkt Richtung Ekon. Sofort lässt er Joy los, hebt die Hände in die Luft, zu spät. Die Wucht des Geschosses lässt den Jungen zusammenklappen, der nächste Schuss verfehlt ihn knapp und bohrt sich in die Wand hinter ihm. Ekon fällt auf die Knie und schleppt sich zur Diele, eine verschmierte Blutspur hinter sich herziehend.

»Sind Sie verrückt geworden?« Mit einem Aufschrei stürzt sich Marisa auf Andrea und entwindet ihr die Waffe, sie lässt es willenlos geschehen, wie in Trance schaut sie vor sich hin.

Mit ein paar Schritten ist Bashir bei Ekon, der Junge sieht flehend zu ihm auf, sein Atem geht gurgelnd, die Jacke und das Hemd darunter sind blutgetränkt.

Ruf eine Ambulanz!, will Bashir Marisa zurufen, seine Partnerin ist allerdings plötzlich verschwunden.

»Frau Graf!«, schreit er Andrea an, doch die Politikerin reagiert erst nach dem zweiten Zuruf, sie ist kalkweiß im Gesicht.

»Was soll ich tun?«, fragt sie, die Stimme bloß ein Wispern, ihr Oberkörper schwankt hin und her.

»Rufen Sie eine Ambulanz, auf der Stelle, der Junge stirbt sonst!«

Benommen tastet Andrea nach ihrem Handy, findet es aber nicht.

»Beeilen Sie sich, verdammt noch mal!«

»Das Telefon ist vermutlich im Badezimmer«, flüstert sie, wankt zum Flur hinüber und kehrt nach kurzer Zeit mit dem Gerät zurück.

Anstatt anzurufen, geht sie auf Joy zu, die benommen am Boden kauert, und drückt ihr ein Bündel Banknoten in die Hand.

»Das ist leider alles, was ich dahabe«, sagt Andrea und hilft ihr auf die Beine.

»Es tut mir leid«, murmelt sie. »Es tut mir alles so leid.«

Sie umarmt Joy kurz. »Und jetzt geh, Joy. Ehe hier alles von Polizisten und Sanitätern wimmelt.«

Verwirrt steckt Joy das Geld ein, setzt sich in Bewegung und verschwindet durch die Tür.

45

Die Schüsse sind auf dem Parkplatz vor dem Wohnhaus deutlich zu vernehmen, Madame Esther kann sie selbst im Ford hören. Sofort blickt sie hoch zur hell erleuchteten Wohnung dieser Andrea Graf, deren Mann sie um einen Riesenbetrag betrogen hat, und kann die Scheiben beim zweiten und dritten Schuss vibrieren sehen. Einen Moment ist sie versucht auszusteigen, hochzugehen und nach dem Rechten zu schauen, sie verwirft diese Idee jedoch gleich wieder. Ekon und Amaru werden schon klarkommen, davon ist sie überzeugt. Sie kurbelt das Fenster hinunter. Ein lauer Septemberabend, die frische Luft tut gut.

Der Junge hat leise geweint, als Ekon den Wagen vor dem Haus geparkt hat, kurze Zeit später ist er auf dem Rücksitz zur Seite gekippt, den Kopf an der Seitenscheibe. Seine gleichmäßigen Atemzüge verraten Madame Esther, dass er schläft, nur hin und wieder wimmert er leise.

Sie dreht sich zu ihm um und betrachtet ihn im Halbdunkel des Autos. Unweigerlich muss sie an ihren eigenen Sohn denken, Noam, den sie damals in Benin City zurückgelassen hat, um in Europa ihr Glück zu suchen. Sie hatte dem Kind die strapaziöse Reise nicht zumuten wollen, außerdem hätte es ihre Anstellung in diesem Friseursalon in Zürich gefährdet, dem Job, den man ihr in Aussicht gestellt hatte. Eine Lüge, wie sich nach ihrer Ankunft in der Schweiz erwies.

Esther hat ihren Sohn regelmäßig angerufen, sich bemüht, den Kontakt nicht abbrechen zu lassen, doch bei ihrem ersten Besuch in Nigeria hat Noam sie erst nicht erkannt und danach kaum beachtet. Die Geschenke, die sie ihm mitgebracht hatte, hat er zwar geöffnet und sofort begonnen, mit den Spielsachen zu spielen, teure Mitbringsel, wie sie keiner seiner Schulkameraden besaß. Aber ihr gegenüber ist er immer kühl geblieben, distanziert, bis heute.

Ich habe sein ganzes Leben verpasst, denkt sie. Ich war nicht da, als er die ersten Schritte gemacht, sein erstes Wort gesprochen hat. Ich konnte nicht miterleben, wie mein Sohn herangewachsen ist, durfte seine Erfolge in der Schule nicht mitfeiern, war nicht da, als er seine erste Liebe nach Hause brachte, die Hochzeit, drei Kinder, die ihre Oma kaum kennen. Alles ist an mir vorbeigegangen, sein ganzes Leben, mein ganzes Leben. Geblieben ist mir nur die Einsamkeit. Und alles nur wegen Geld, diesem verfluchten Geld.

Sie lehnt sich im Beifahrersitz zurück und der kühle Lauf der Pistole fühlt sich im ersten Moment angenehm beruhigend an.

»Wenn Sie sich bewegen, drücke ich ab«, zischt eine Frauenstimme.

Madame Esther traut sich nicht, den Kopf zu drehen, sie starrt geradeaus, durch die Windschutzscheibe auf die von LED-Leuchten erhellte Rasenfläche, die beiden Sitzgelegenheiten. Der Druck des Laufs an ihrer Schläfe lässt nach und verschwindet schließlich ganz, die Hintertür wird aufgerissen und im Seitenspiegel verfolgt Madame Esther, wie Marisa Greco den Jungen aus dem Wagen zieht. Sie weckt ihn auf und schlaftrunken folgt er ihren beschwörenden Anweisungen. Er schlingt seine Arme um den Hals seiner Mutter und sie presst ihn fest an sich. Ihr Blick ist eiskalt, als er sich mit ihrem im Spiegel kreuzt. Drohend hebt sie die Waffe, bevor sie den Jungen zu dem roten Renault führt, der direkt vor dem Hauseingang geparkt ist.

Madame Esther atmet auf, ohne die Unterstützung von Ekon und Amaru kann sie jetzt nichts unternehmen, sie ist eine alte Frau und unbewaffnet. Sie ist zuversichtlich, dass die beiden gleich mit Joy und dem Kokainkoffer herunterkommen werden.

Ein Flüstern vom Eingang her, sie sieht in den Rückspiegel. Im Wohnhaus sind jetzt überall die Lichter angegangen, die Schüsse müssen die Bewohner alarmiert haben, noch traut sich jedoch niemand aus der sicheren Wohnung. Madame Esther kann die Leute hinter den Fenstern herumhuschen sehen. Die

Greco hat den Jungen mittlerweile in den Wagen verfrachtet und setzt sich ans Steuer.

Als Madame Esther den Kopf hebt, steht Joy direkt vor der Kühlerhaube des Fords, in der Hand die Pistole. In ihren Augen glüht abgrundtiefer Hass, der Lauf ist auf ihren Kopf gerichtet und einen Moment lang befürchtet Madame Esther, Joy würde tatsächlich abdrücken. Sie schließt die Lider, aber das Klicken des Abzugshahns bleibt aus.

Stattdessen hört sie plötzlich Joys Stimme ganz nah an ihrem Ohr, spürt ihren Atem.

»Faith wirst du nicht kriegen!«, flüstert Joy. »Das werde ich nicht zulassen. Ihr Leben wirst du nicht zerstören, nicht so, wie du meins zerstört hast. Meins und die Leben vieler anderer Mädchen.«

Madame Esther schlägt die Augen auf und fixiert Joy. »Du machst es dir so einfach, unterteilst deine kleine Welt in Gut und Böse, als wären das Gegensätze. Sieh dich an, Joy! Ohne mich wärst du nichts! Ich habe dich vor einem armseligen Leben in Benin City gerettet, einem Leben ohne Zukunft. In wenigen Monaten wärst du frei gewesen, deine Schuld ist fast abbezahlt. Du hättest meinen Job übernehmen und richtig viel Geld verdienen können, massenweise Geld, du hast das Zeug dazu, Joy. Doch du musstest ja alles gegen die Wand fahren.«

Voller Verachtung sieht Joy sie an, sie hebt den Lauf der Browning und richtet ihn auf Madame Esther.

»Es ist noch nicht zu spät, ich bin sicher, wir finden eine Lösung.«

Joy verzieht das Gesicht. »Eher erschieße ich mich, als so zu werden wie du!«

»Überlege es dir.«

»Da gibt es nichts zu überlegen. Ich hoffe, du verrottest eines Tages in der Hölle.«

Madame Esther hält Joys Blick stand. »Das tue ich schon seit Jahren«, sagt sie leise.

Voller Abscheu spuckt Joy auf den Boden. »Wenn du versuchst, mich aufzuhalten, komme ich zurück und erledige dich.«

Sie steckt die Waffe ein und läuft entschlossen die Auffahrt hinunter. Erstaunlich behände springt Madame Esther aus dem Wagen, umrundet den Ford und wirft sich auf den Fahrersitz. Sie startet den Motor. Joy ist direkt vor ihr, die junge Frau fährt erschrocken herum.

Ehe Madame Esther aufs Gaspedal treten kann, wird die Beifahrertür aufgerissen und jemand setzt sich neben sie.

»Lisha?«, entfährt es Madame Esther.

Angewidert starrt sie auf die zerrissene Bluse, das Blut, das über Lishas Gesicht läuft, ihr Haar verklebt. »Was, zum Teufel …?«

»Ich war gerade in der Nähe.« Lisha lächelt so gut es geht. »Grafs Villa ist keine fünf Minuten von hier entfernt. Die Schüsse waren weithin zu hören.«

»Gut, dass du da bist. Wir müssen verhindern, dass …«

»Wie war das? So dumm, dass es knapp zum Ficken reicht?«

»Das habe ich nicht so gemeint.«

»Das weiß ich.« Lisha lächelt versöhnlich. »Jetzt, da Joy die Fliege macht, werde ich übrigens die Geschäfte übernehmen.«

»Was?« Verblüfft lacht Madame Esther auf.

»Ich bin lang genug dabei, um zu wissen, wie der Laden läuft.«

Madame Esther taxiert sie herablassend. »Du überschätzt dich, wie immer.«

»Ich kann das, ich werde die bessere Nachfolgerin sein, als Joy es je geworden wäre.«

»Dazu fehlt dir das nötige Rüstzeug, Lisha, das Fingerspitzengefühl fürs Business, die Vorstellungskraft, das gewisse Etwas. Und du kannst nicht mit den Mädchen umgehen. Anders als Joy, die wäre mehr als fähig gewesen, aber du, du warst immer nur zweite Garnitur und wirst es bleiben.« Sie schnalzt verächtlich, im selben Moment schnellt Lishas Arm vor. Die Klinge durchbohrt Madame Esthers Augapfel, Lisha rammt ihr das Küchenmesser so tief in den Schädel, dass nur noch der hinterste Teil des Plastikgriffs aus der Augenhöhle ragt.

46

Bashir steigt die Treppe in den dritten Stock hoch. Risse ziehen sich durch den Verputz, vor den Wohnungen Schuhregale und Schränke, alberne Aufschriften auf den Türvorlegern. Es riecht muffig nach Fußschweiß, nach angebratenen Zwiebeln und Müll. Er betätigt die Klingel und sofort ereilt ihn ein seltsames Gefühl. Er klingelt erneut und da niemand öffnet, schiebt er den Reserveschlüssel ins Schloss. Wenig überrascht stellt er fest, dass er auf keinen Widerstand stößt. Er betritt das Apartment und spürt gleich, dass es verlassen ist.

Sie hat aufgeräumt, bevor sie gegangen ist, die wenigen Möbel zurechtgerückt, die Bettwäsche abgezogen, die Schränke geleert. Auf der Suche nach einer Nachricht läuft Bashir durch die Zimmer, er findet den Zettel in der Küche neben dem Herd.

Më vjen keg, steht darauf, es tut mir leid.

Er lässt sich gegen die Spüle fallen. Am Ende muss die Einsamkeit schlimmer gewesen sein als die tägliche Gewalt. Es ist auch seine Schuld, das weiß er, er hat sie kaum je besucht, hat sich zu wenig um sie gekümmert, nachdem er ihr die kleine Wohnung besorgt hatte. Ein Teil von ihm hat gehofft, dass es damit getan ist, dass die Wunden heilen werden und alles gut wird, aber so einfach ist das nicht. Es gibt Wunden, die heilen nicht, sie eitern vor sich hin und vergiften dich langsam.

Er wählt ihre Nummer, natürlich nimmt sie nicht ab. Sie weiß, was er ihr an den Kopf werfen wird, ahnt seine Wut, die Vorwürfe, die er ihr vor lauter schlechtem Gewissen machen wird. Bashir bricht den Anruf ab und drückt auf einen anderen Kontakt. Er muss die Wohnung seiner Mutter kündigen, muss dafür sorgen, dass die Möbel wegkommen.

Später sitzt er in seinem resedagrünen BMW E30 und starrt vor sich hin. Endlich hat er den Wagen aus der Reparatur holen können. Montag, der letzte Tag im September, die Luft ist glasklar, wie sie nur im Herbst ist. Dieser goldene Schimmer über der Stadt, die Berge zum Greifen nah. Das Licht stimmt ihn melancholisch.

Ekon hat den Schuss nicht überlebt, er ist verblutet, ehe die Ambulanz da war. Die Polizei ist fast gleichzeitig eingetroffen, natürlich wurden sie in der Folge alle verhört.

Die Ermittler wirkten überfordert, als sie ihnen die Geschichte von Joy, den veruntreuten Geldern und dem schiefgelaufenen Immobiliendeal auftischten. Einleuchtend fanden sie, dass die Nigerianer bei Andrea Graf aufgetaucht waren, um sich zu holen, was ihnen zustand. Bashir und Marisa haben immer wieder betont, dass Andreas Mann verschwunden sei und Andrea Graf keine Wahl geblieben war, als sich zu verteidigen. Mit der Hilfe von Joy sei es ihr gelungen, einem der Angreifer die Waffe abzunehmen, gab Andrea zu Protokoll. Joy habe dann beide Männer damit erschossen, bevor sie geflohen sei. Bashir hatte vor der Ankunft der Beamten mit der einen Browning ein paar Schüsse auf die Wand hinter ihr abgefeuert und die Waffe Ekon in die Hand gedrückt, um ihre Version der Geschehnisse zu untermauern.

Die zweite Waffe stellte man später auf dem Parkplatz sicher, wo Joy sie hatte fallen lassen, bevor sie abgehauen ist, seltsamerweise war darauf kein einziger Fingerabdruck zu finden. Im Kofferraum des Ford Mustang, der auf dem Parkplatz vor dem Haus stand, stießen die Ermittler zudem auf einen rosafarbenen Koffer, der bis zum Rand mit Kokain gefüllt war, sauber abgepackt in hundertachtundvierzig Päckchen. Verkaufswert um die anderthalb Millionen.

Offen blieb, wer Madame Esther das Küchenmesser ins Auge gerammt hatte, die Frau saß leblos zusammengesunken auf dem Fahrersitz. Aber in der Hinsicht konnte niemand der Anwesenden weiterhelfen. Marisa war mit Luca beschäftigt gewesen und bekam nach eigenen Angaben nichts mit, Andrea und Bashir kümmerten sich derweil um den angeschossenen Ekon. Auch die aufgeregt zusammengelaufenen Bewohner des Wohnhauses konnten nichts zur Lösung des Falls beitragen. Jemand glaubte, eine Frau aus dem Wagen steigen gesehen zu haben, war sich jedoch nicht sicher.

Die Ermittler sind immer noch an dem Fall dran und versuchen, die Angaben zu sortieren, sich einen Überblick zu verschaffen. Sehr wahrscheinlich werden sie alle zu weiteren Verhören vorgeladen, damit ist bei der verwirrenden Ausgangslage zu rechnen.

Bashir startet den Motor, dabei streift sein Blick die Zeitung, die auf dem Beifahrersitz liegt. Er hat sie vorhin in der Autowerkstatt herumliegen sehen und sie kurzerhand mitgenommen.

Auf dem Titelblatt ist Andrea Graf zu sehen, wie sie Samstagnacht von Beamten aus dem Haus geführt wird. Die Frau ist in eine Decke gehüllt und sieht mitgenommen aus, ihr Blick ist allerdings triumphierend auf die Kamera des Reporters gerichtet.

Afrikanische Einbrecher erfolgreich besiegt!, lautet die Schlagzeile, darunter steht etwas kleiner: *Politikerin Andrea Graf wurde am Samstagabend in ihren eigenen vier Wänden von afrikanischen Einbrechern überrascht. Doch die rechtspopulistische Hoffnungsträgerin setzte sich erfolgreich zur Wehr.*

Bashir hat den Artikel überflogen. Der preist das mutige Vorgehen Grafs, verweist natürlich auf ihren Vater, auf die offenbar zu lasche Schweizer Asylpolitik und schließt mit der Frage, wie viele Ausländer dieses Land noch vertrage, wenn man nicht einmal mehr in der eigenen Wohnung sicher sei. Die Verfasserin gibt dabei der Hoffnung Ausdruck, dass Graf auf politischer Ebene ein ähnlich entschlossenes Vorgehen an den Tag legt wie am Samstag. Dass die beiden Männer ihren Schussverletzungen erlegen sind, wird lediglich am Rand erwähnt.

Bashir steuert aus der Parklücke und fährt quer durchs Quartier. Am Vormittag herrscht meist wenig Verkehr, selbst auf der Langstrasse ist freie Fahrt. Er parkt den BMW vor dem spanischen Lokal an der Schöneggstrasse und steigt aus.

»Du?« Eliza zieht eine Augenbraue hoch, sie ist im Begriff, Bierflaschen in eine Schublade hinter der Theke zu räumen.

Es ist zu früh für Gäste, Stühle stapeln sich auf den Tischen, die Bar liegt im Dunkel. Es riecht nach Putzmitteln.

»Sie ist ausgezogen«, sagt Bashir.

»Ich weiß, sie hat es angekündigt. Erst habe ich gedacht, sie sagt das nur, um Aufmerksamkeit zu bekommen, ein weiterer verzweifelter Versuch, mich zu einem Besuch zu zwingen. Aber gestern hat sie mich angerufen, da war sie schon wieder bei ihm.«

»Wie klang sie?«

Eliza lächelt müde. »Anklagend. Vorwurfsvoll.«

»Wie immer also.« Seufzend setzt sich Bashir an den Tresen.

Eliza senkt ihre Stimme zu einem Raunen, obschon sich sonst niemand im Lokal befindet. »Dieses Zeug, das du mir dagelassen hast …«

»Darauf wollte ich gerade zu sprechen kommen.«

»Ist alles weg. Kaum hat das die Runde gemacht, haben mir die Leute die Bude eingerannt.«

Bashir zieht zwei Beutel mit weißem Pulver aus seiner Jackentasche und schiebt sie über den Tresen. Als er am Samstagabend, kurz vor dem Eintreffen der Polizei, den rosafarbenen Koffer aus Marias Wagen geholt und im Kofferraum des Ford Mustang verstaut hat, hat er sie dem Gepäckstück entnommen. »Mehr habe ich nicht.«

»Ich beteilige dich am Gewinn.«

»Nicht nötig.«

»Danke.« Eliza lächelt und legt ihre Hand auf seine. »Valentina hat nach dir gefragt, Bashir. Du solltest uns bald wieder einmal besuchen.«

»Werde ich machen.«

»Wirklich?«

»Versprochen.«

»Sie würde sich sehr freuen, sie vermisst dich. Und ich auch«, fügt sie nach einer kurzen Pause hinzu.

47

»Vielen Dank!«, ruft Andrea am Ende ihrer Ansprache in den brechend vollen Saal des Schützenhauses und tosender Applaus brandet auf, ehe sie weitersprechen kann. »Gemeinsam werden wir den nächsten Schritt in die Zukunft gehen. Und ich garantierte euch: Es wird eine sonnige Zukunft!«

Sie verbeugt sich nach allen Seiten, während der Jubel nicht enden will, schließlich steigt sie vom Podest, wo ihr Vater sie mit zwei Küssen auf die Wange in Empfang nimmt. Dann hakt er sich bei ihr unter und führt sie durch die Reihen der immer noch applaudierenden Parteimitglieder auf den Balkon des Lokals hinaus.

Kaum sind sie durch die offen stehende Flügeltür getreten, wendet sich Andrea ihrem Vater zu. »Du hättest mir sagen müssen, dass du im Spital bist!«, wirft sie ihm mit besorgt gerunzelter Stirn vor.

Lachend wehrt er ab. »Es war nichts Schlimmes.«

»Trotzdem. Hast du Mama angerufen?«

Er schüttelt den Kopf. »Wir wollen sie nicht beunruhigen.«

»Aber ...«

»Sie braucht das nicht zu wissen. Sie würde sich nur unnötig Sorgen machen.«

Zweifelnd sieht Andrea ihren Vater an. »Was war denn los?«

»Ein kleiner Schwächeanfall, nichts Ernstes.«

»War jemand bei dir, als es passiert ist?«

»Ja.«

»Wer?«

Rudolf Graf räuspert sich. »Andrea, es ist höchste Zeit, dass wir über deine Zukunft reden.«

»Du lenkst ab, Papa.«

Er grinst schief. »Ich bin Politiker, schon vergessen?«

»Papa!«

»Ein Abendessen, Schatz, ich habe zu viel getrunken, was mir etwas peinlich ist ...«

Die Antwort überzeugt Andrea nicht restlos, aber wenn er nicht darüber reden will, wird er es nicht tun. Dazu kennt sie ihren Vater gut genug.

»Wir sollten über meine Nachfolge nachdenken. Dein Popularitätshoch kommt da wie gerufen.« Graf sieht seine Tochter plötzlich ernst an. »Aber ich will lieber nicht wissen, was da am Samstag genau gelaufen ist.«

»Ich hake ja bei dir auch nicht weiter nach.«

»Touché.«

Eine halbe Stunde später verlässt Andrea das Schützenhaus, im Arm mehrere Blumensträuße. Ihr ist etwas schwindelig vom Applaus und vom Weißwein. Doch was ihr Vater dort oben auf dem Balkon zu ihr gesagt hat, die Pläne, die er für sie hat, die plötzlich wieder breit abgestützte Akzeptanz innerhalb der Partei, das alles versetzt sie in Hochstimmung. Am liebsten hätte sie laut aufgejauchzt. Sie ist zurück im Spiel und diesmal ist sie der Mittelstürmer, der Starkicker, alle Scheinwerfer sind auf sie gerichtet, es ist ihr Spiel.

Andrea bleibt am Straßenrand stehen und schaut sich um. Das Schützenhaus befindet sich am Stadtrand, in einem dörflich anmutenden Quartier, und Taxis sind hier rar.

Auf der Suche nach dem Handy nestelt sie in ihrer Handtasche, als sich unvermittelt jemand neben sie stellt.

»Darf ich dich nach Hause fahren?«, fragt Dominik Schwendener mit einem freundlichen Lächeln.

Einem zu freundlichen Lächeln, findet Andrea. Sie hat ihn bereits vorhin auf der Veranstaltung gesehen, hat es jedoch geschafft, ihm aus dem Weg zu gehen. Sie haben sich nicht mehr gesprochen, seit er sie nach dem tragischen Überfall auf Jamila am See abgeholt hat.

»Nicht nötig«, versetzt sie kühl.

»Ich glaube schon«, erwidert er. »Wir haben einiges zu besprechen.«

»Ich habe einen anderen Berater engagiert.«

»Das wirst du wieder rückgängig machen.«

»Wieso sollte ich?«

»Weil du zukünftig nur noch auf mich hören wirst.«

»Träum weiter, Dominik!«

»Und mehr als das.« Ein schadenfreudiges Zucken verzerrt kurz seine Mundwinkel.

»Das habe ich nicht nötig. Du hast ja gerade gesehen, wie sie mir zugejubelt haben.«

Schwendener nickt. »Das macht alles viel interessanter für mich. Jetzt sitze ich direkt an den Hebeln der Macht. Dank dir.«

»Du hast sie nicht mehr alle.«

»Doch, Andrea, ich habe sie alle. Vor allem habe ich deinen Mantel. Denjenigen, den du an dem Abend getragen hast, an dem ich dich abgeholt habe und du klatschnass warst. Erinnerst du dich? Du hast ihn in meinem Auto vergessen.«

Andrea wird leichenblass. Es ist so viel los gewesen an jenem Abend, in den Tagen seither, dass sie überhaupt nicht mehr an den Mantel gedacht hat. Sie öffnet den Mund, aber ihr fehlen die Worte.

»Da war auch eine Handtasche, sie war in den Mantel eingewickelt. Der Ausweis im Portemonnaie ist auf eine Jamila ausgestellt, türkischer Nachname, kommt dir sicher bekannt vor. Man wird sich fragen, wie die gefeierte Andrea Graf an diese Handtasche gelangt ist. Nicht zu vergessen die beiden Prepaidhandys, die in der Innentasche des Mantels steckten. Interessante Kommunikation. Laut euren Nachrichten habt ihr euch auf demselben Steg getroffen, auf dem sie kurz danach brutal ermordet worden ist.«

»Was willst du?« Andreas Stimme ist tonlos.

»Ab heute tust du exakt das, was ich dir auftrage. Ich und niemand anders, verstehst du? Nicht dein Vater, nicht irgendein dahergelaufener Berater und erst recht keiner dieser Parteihampelmänner. Ich habe jetzt das Sagen, ich lenke deine Karriere, ich habe die alleinige Macht über dich. Mit dir zusammen werde ich die Schweizer Politik komplett umkrempeln.«

Andreas Gesichtszüge verzerren sich vor Hass. »Du bist so ein widerlicher, abartiger, schmieriger …!«

Schwendener hebt die Hand und unterbricht sie. »Da ist noch etwas, ehe du deinen ganzen Wortschatz an wüsten Beschimpfungen aufgebraucht hast, liebste Andrea. Ich habe nämlich einen ersten Auftrag für dich und bin mir sicher, du wirst darüber entzückt sein.«

»Einen Auftrag?«

»Ruf das *Baur au Lac* an und buch für heute Abend zwei Plätze im Restaurant *Pavillon* sowie die *Deluxe River Suite*. Ich kann es kaum erwarten, dein Comeback gebührend mit dir zu feiern.«

48

Marisa fährt mit dem Finger über den Bilderrahmen und hält inne, als sie Antonios Gesicht berührt, dann gleitet ihre Kuppe weiter zu Luca. Wie viel sich in einem einzigen Jahr ändern kann.

Wir sehen wie eine glückliche Familie aus, denkt sie und stellt das Foto wieder auf den Fenstersims. Und vielleicht waren wir das sogar, in jenem Moment.

Mit einem Seufzen wendet sie sich ab, setzt sich an den Esstisch und nimmt einen Schluck Tee. Kirschblüten-Matcha-Grüntee.

Man kann nicht mit jemandem so viel Zeit verbringen, wie sie es in den letzten Wochen mit Bashir getan hat, ohne dass einen der andere zu beeinflussen beginnt. Es geschieht unbewusst, aber unweigerlich. Bashir drängt sich in ihr Leben, Stück für Stück, dabei hat sie sich vorgenommen, nicht so bald wieder jemanden hereinzulassen. Lieber hätte sie sich etwas länger allein durchgekämpft, sie braucht Zeit, um die Ereignisse der letzten zwölf Monate zu verarbeiten, herauszufinden, wer sie wirklich ist, was sie will.

Und doch kann sie Bashir unmöglich aussperren, er hat ihr die Gelegenheit geboten, ihr Leben und ihre Finanzen in den Griff zu bekommen. Ein Job außerdem, bei dem sie ernst genommen wird und nicht der Willkür eines Vorgesetzten ausgesetzt ist.

Es macht ihr Spaß, mit ihm zusammenzuarbeiten, die Abwechslung tut ihr gut, die riskanten Situationen in den letzten Tagen haben sie wacher werden lassen, ihrer Fähigkeiten bewusster. Ihr Leben hat zweifelsohne an Intensität gewonnen. Selbst wenn sie sich körperlich nicht zu ihm hingezogen fühlt, sie mag Bashir, mag ihn sehr. Und er kann gut mit Luca umgehen, der Junge vergöttert ihn geradezu.

Marisa nippt erneut an der dampfenden Teetasse. In den

ersten Wochen nach Antonios Tod ist sie in ein Loch gefallen, ein schwarzes, abgrundtiefes Loch. Sie hat eine Leere gespürt, die ihr beinahe den Willen weiterzuleben geraubt hat. Erst nach einer Weile hat sie gemerkt, wie vertraut ihr dieses Gefühl ist. Weil sie diese Leere schon zuvor gespürt hatte, als Antonio noch am Leben war.

Marisa dreht den Kopf und betrachtet das Foto erneut. Er ist nicht allein im Wagen gewesen, als er von der vereisten Fahrbahn abgekommen ist. Die Polizei hat Fußspuren gefunden, die vom Autowrack weggeführt haben. Winterstiefel, Größe sechsunddreißig. Im Hotel in Arosa ist er an der Bar und später auch beim Abendessen mit einer Frau gesehen worden, offenbar hat sie in seinem Zimmer übernachtet. Allerdings wusste niemand, wer sie war, sie war nicht als Gast angemeldet, die polizeiliche Suche verlief erfolglos.

»Mama, bist du bereit?«, ruft Luca aus dem Badezimmer.

Rasch verscheucht Marisa die düsteren Gedanken. »Gleich, mein Schatz.«

»Mach endlich vorwärts, Bashir kommt uns gleich abholen.«

»Ist ja gut.« Marisa lacht. Sie ist erleichtert, dass Luca die Entführung, abgesehen von den Albträumen in den ersten Nächten nach seiner Heimkehr, locker wegsteckt. Der Junge hat auch so schon genug zu verarbeiten.

»Und?« Luca kommt in die Küche gestürmt und dreht sich um die eigene Achse.

Das hellblaue Prinzessinnenkleid, das Bashir am Vortag besorgt hat, flattert um seinen schmalen Körper, im Haar steckt ein glitzerndes Diadem, die Augenlider und Teile der Schläfen sind strahlend blau angemalt, Lippen und die angrenzende Mundpartie schimmern blutrot, bunter Glitter klebt in seinem Gesicht. Als hätte sich der Joker entschlossen, an einem Dragqueenwettbewerb teilzunehmen. Marisa will sich lieber nicht vorstellen, wie das Badezimmer jetzt aussieht.

»Du siehst toll aus, Luca«, sagt sie, ohne mit der Wimper zu zucken.

»Echt?«

»Das Kleid steht dir wirklich gut.«

»Ich habe es mir so gewünscht.«

»Und du bist dir immer noch sicher, dass du in dem Aufzug zum Schulball willst?«

Luca verdreht die Augen. »Aber hallo?«

Marisa lacht auf. »War nur eine Frage.«

»Außerdem ist das kein ›Aufzug‹, sondern ein Kostüm.«

»Okay, okay.«

»Mit dir als Zofe kann sowieso nichts schiefgehen.« Er deutet auf Marisas Kostüm, im selben Augenblick klingelt es an der Wohnungstür.

»Das ist Bashir!«, brüllt der Junge, rennt in die Diele und reißt die Tür auf.

Bashir steht in voller Türstehermontur vor ihm und deutet einen Knicks an. »Darf ich eintreten, Hoheit?«

Mit einer majestätisch gemeinten Armbewegung bittet ihn Luca herein. »Bitte, Herr Bodyguard. Ohne Sie darf ich das Schloss unter keinen Umständen verlassen.«

»Das ist korrekt.«

»Die Zofe sitzt übrigens wieder mal nur in der Küche herum und schlürft ekligen Tee.«

»Es ist heutzutage so schwierig, gutes Personal zu bekommen.«

Luca seufzt theatralisch. »Wem sagen Sie das, Herr Bodyguard?«

Bashir, der mittlerweile die Küche betreten hat, zwinkert Marisa zu.

»Die Zofe muss jetzt aufs Klo«, erklärt die. »Dabei wird sie sich wohl oder übel um die Schweinerei im Badezimmer kümmern müssen, danach können wir los.«

Später stehen sie zu zweit auf dem Schulhof, jeder ein Glas alkoholfreier Bowle in der Hand, die Dämmerung hat gerade eingesetzt. Sie haben getanzt, zu Stücken von Ariana Grande und Rita Ora, und sich mit den Lehrern und anderen Eltern unterhalten, ein fröhlicher Anlass. Die Prinzessin hat Hof gehalten und sich von Pirat Timo auf die Tanzfläche führen lassen, ohne dass es auch nur einer gewagt hätte, sie auszulachen. Ihr persönlicher Bodyguard hat offensichtlich einen bleibenden Eindruck hinterlassen.

»Wir machen weiter, oder?«, fragt Marisa.

»Wie meinst du das?«

»Mit der Agentur.«

»Natürlich. Wieso fragst du?«

»Nun, nach allem, was passiert ist. Ungefährlich war das nicht.«

Bashir zuckt mit den Schultern. »Aber allemal spannender als ein normaler Job.«

»Das stimmt.« Marisa nestelt an ihrer Handtasche herum und fördert schließlich einen Zettel zutage. »Für dich.«

»Was ist das?«

»Sieh es dir an.«

Bashir faltet den Papierfetzen auseinander. Eine Handynummer steht darauf, sonst nichts. Fragend sieht er Marisa an.

»Franziska Capauls Nummer.«

Bashir ächzt.

»Ruf sie an.«

»Vielleicht später.« Sein Telefon klingelt.

Er zieht das Handy aus der Hosentasche, eine unterdrückte Nummer. »Berisha«, meldet er sich.

»Bashir Berisha?«

»Ja.«

»Yvonne Zimmermann, Assistenzärztin am Universitätsspital Zürich. Es geht um Ihre Mutter.«

Bashirs Herz setzt einen Schlag aus. »Was ist mit ihr?«

»Sie wurde in die Notfallaufnahme eingeliefert. Schwere Kopfverletzungen.«

Bashir tauscht einen Blick mit Marisa aus, dann rennt er los, quer über den Schulhof zum Parkplatz.

49

Atemlos spurtet Joy über die Hafenmole, die fast zwei Kilometer weit ins Meer hinausragt. Sie stürmt vorwärts, an den vertäuten Segelschiffen vorbei, den bunten Containern, die an den Anlegestellen für Frachtschiffe auf die Verladung warten. Die Sonne brennt, der Himmel wolkenlos. Zur linken Seite, unterhalb der Brüstung, sind Felsbrocken und Betonklötze aufgehäuft, um den Wall gegen das Meer hin zu sichern. Keuchend schnappt Joy nach Luft, sie schluchzt.

Sie hat sich nach Faith umgehört, kaum ist sie nach der vierundzwanzigstündigen Zugfahrt in Catania eingetroffen, angefangen bei den Bettlern am Hauptbahnhof, allesamt Flüchtlinge, Afrikaner, die seit ihrer Ankunft in Sizilien feststecken und nicht weiterkommen. Niemand konnte ihr Auskunft geben, sie erfuhr nur, dass schon länger kein Boot mehr eingelaufen ist. Dem Rettungsschiff einer Nichtregierungsorganisation wurde seit Tagen das Anlegen im Hafen untersagt, an Bord waren angeblich hundertdreiundfünfzig Menschen, die bei ihrer Überfahrt in Seenot geraten waren.

Joy hat auf einer Parkbank geschlafen, zusammen mit Dutzenden Asylsuchenden, die jede Nacht dort verbrachten, und sich am nächsten Morgen mit einer Frau unterhalten, die eigentlich im Cara di Mineo einquartiert war. Dem größten Flüchtlingslager Siziliens, das für zweitausend Leute konzipiert ist, in der Zwischenzeit aber mindestens doppelt so vielen Immigranten Unterkunft bietet, Stacheldraht und bewaffnete Soldaten inklusive. Tagsüber dürfen die Flüchtlinge das Lager verlassen und nicht wenige kehren nachts nicht mehr zurück, um sich den langen Weg in die Stadt zu sparen. Wo sie sich mit Prostitution, Betteln und dem Verkauf von Zigaretten über Wasser halten, in der Hoffnung, irgendwann genug Geld beisammenzuhaben, um sich das Zugticket Richtung Norden leisten zu können.

Die Frau hat ihr versprochen, sich im Lager nach Faith zu

erkundigen, doch als sie sich wiedergetroffen haben, hat sie bloß den Kopf geschüttelt.

Joy war am Boden zerstört, sie wusste, dass das Schlauch-boot längst in Catania hätte sein müssen.

Und dann heute Morgen die unerwartete Meldung, dass die italienische Regierung der *Neptun* nach Tagen auf offener See die Erlaubnis erteilt hat, in Catania anzulegen. Unter den Flücht-lingen brach Aufregung aus, etliche hofften auf die Ankunft von Angehörigen oder Freunden, im Park gab es kein anderes Gesprächsthema mehr.

Joy ist auf der Stelle losgerannt, quer über die Piazza Papa Giovanni XXIII, wo sich der Busbahnhof befindet, bog vor der Stazione di Catania Centrale rechts ab und folgte den Bahn-gleisen zum Hafen.

Sie hat in der Zwischenzeit fast das äußerste Ende des Piers erreicht, schwer atmend hält sie auf der kleinen Plattform inne, die in den Hafen hineinragt. Einen Moment lang stützt sie sich auf den Knien ab, bis sich ihr Puls einigermaßen beruhigt hat, sucht mit zusammengekniffenen Augen den Horizont ab. Das von den Wellen reflektierte Sonnenlicht blendet, sie kann erst kaum etwas erkennen, dann sieht sie ein paar gelbe Masten auf-ragen, kurz darauf schiebt sich ein blauer Rumpf in ihr Sichtfeld. Die *Neptun.*

Unruhig tigert Joy auf dem Pier hin und her, bis sich das Schiff auf Rufweite genähert hat. Endlich kann sie erste Ge-sichter an Bord ausmachen. Dutzende Menschen hängen an der Reling, manche schauen bange, die Mienen apathisch von der zermürbenden Warterei, andere wiederum grinsen hoff-nungsvoll, sie glauben tatsächlich, dass eine vielversprechende Zukunft sie erwartet, sie winken Joy zu. Aber Joy kann jetzt nicht zurückwinken, nervös tänzelt sie auf der Stelle, immer mehr Menschen drängen sich am Geländer, verzweifelt sucht sie in der Menge nach dem einen Gesicht, nach Faith. Sie kann sie nirgendwo entdecken.

Ist ihr Boot untergegangen? Musste ihre Schwester elendig im Meer ertrinken? Joys Kehle wird eng. Die Schlauchboote sind oft von schlechter Qualität und kaum seetauglich, Joy weiß das aus eigener Erfahrung. Der Zustand der Boote ist manchmal so prekär, dass eine Überfahrt nach Italien schlicht unmöglich ist. Die Schlepper setzen darauf, dass sie es an der libyschen Küstenwache vorbei bis zu den Rettungsschiffen schaffen.

Angsterfüllt fliegt Joys Blick über die Passagiere, das Schiff ist jetzt zum Greifen nah und fährt den Pier entlang in den Hafen ein. Es wimmelt von Gesichtern, alle starren sie an, doch das eine, auf das sie so hofft, fehlt. Sie spürt die Tränen aufwallen, ihr Herz ist mit einem Mal tonnenschwer.

Plötzlich stößt ein junger Mann einen ungehaltenen Schrei aus, im nächsten Augenblick wird er energisch zur Seite geschoben. Erst weigert er sich, Platz zu machen, und fährt die Person hinter sich harsch an. Unbeirrt strecken sich jedoch zwei Hände nach dem Geländer aus und klammern sich daran fest, jemand drängt sich zwischen dem Burschen und seinem Nachbarn hindurch und kämpft sich zielstrebig zur Reling vor. Endlich rückt der Kerl murrend zur Seite und gibt den Blick frei auf ein Mädchen, eine junge Frau vielmehr. Sie ist so abgemagert, dass Joy sie im ersten Moment nicht erkennt.

Die Frau reißt die Augen auf, als sie Joy direkt vor sich entdeckt, und ein spitzer Schrei entfährt ihr.

»Joy! Joy!« Sie winkt und lacht und hustet und weint, alles zur selben Zeit. Immer wieder springt sie vor Freude in die Höhe, sodass Joy befürchtet, Faith könnte über Bord fallen.

Mehr von Sunil Mann –

Sunil Mann
Fangschuss

ISBN 978-3-89425-369-1

Der indischstämmige Vijay ist frischgebackener Privatdetektiv – und schon desillusioniert. Sein aktueller Auftrag ist weder lukrativ noch Ruhm versprechend: Ness macht sich Sorgen um ihren Freund, einen Drogendealer. Lustlos hört sich Vijay in der Szene um und merkt erst, als er über eine Leiche stolpert, dass er selbst in Gefahr schwebt.

Sunil Mann
Lichterfest

ISBN 978-3-89425-384-4

Ein Medientycoon beauftragt Vijay, seine Putzfrau Rosie zu suchen. Ihr Neffe wurde von einem Schlägertrupp bewusstlos geprügelt. Dann wird ein rechter Politiker tot aufgefunden – auch bei ihm hat Rosie geputzt.

Sunil Mann
Uferwechsel

ISBN 978-3-89425-407-0

Vijay erhält den anonymen Auftrag, den grausamen Tod eines Ausländers aufzuklären. Freundin Miranda glaubt, dass der Tote ein Stricher war. Also zwängt sich Vijay in sein schwulstes Outfit und ermittelt im Milieu.

grafit

Privatdetektiv Vijay Kumar ermittelt

Sunil Mann
Familienpoker
ISBN 978-3-89425-425-4

Noemi will wissen, wer ihre leiblichen Eltern sind. Was als einfacher Rechercheauftrag beginnt, entwickelt sich für Vijay zu einer gefährlichen Jagd durch Europa – auf der Suche nach dem mysteriösen Doktor Grüninger.

Sunil Mann
Faustrecht
ISBN 978-3-89425-447-6

Adrian Bühler glaubt, dass seine Frau ihn mit einem Ausländer betrügt. Als ihr syrischer Liebhaber erschossen wird, verschwindet Bühler. Und Vijay bekommt es mit rechtspopulistischen Politikern und einer Geheimorganisation zu tun.

Sunil Mann
Schattenschnitt
ISBN 978-3-89425-476-6

Eine Dokumentarfilmerin wird auf offener Straße niedergestochen. Ihr aktuelles Projekt thematisierte die Lebensbedingungen HIV-positiver Menschen in Indien. Vijay folgt der Spur ins Land seiner Vorfahren.

Sunil Mann
Gossenblues
ISBN 978-3-89425-492-6

Franziska Zehnder sucht Gaudenz Pfister. Vijay findet heraus, dass er auf der Straße lebt, obwohl der einstige Banker genug Geld für einen Neuanfang haben müsste. Kurz darauf sind sowohl Pfister als auch Zehnder tot.

Lust auf weitere Lektüre?

Marcel Huwyler

Frau Morgenstern und das Böse

ISBN 978-3-89425-628-9
Auch als E-Book erhältlich

Scharfzüngig und herzerfrischend bösartig

Das Recht ist nicht immer gerecht – davon ist die pensionierte
Lehrerin Violetta Morgenstern überzeugt. Daher übt sie sich
regelmäßig in Selbstjustiz und bringt auf kreative Weise Übeltäter um.
Als sie erwischt wird, tritt das geheime Schweizer Killer-Ministerium
»Tell« mit ihr in Kontakt. Das Angebot: Morgenstern wird die
Haftstrafe erlassen, wenn sie im Gegenzug Auftragsmorde ausführt.
Die Rentnerin sagt begeistert zu. Als sie einer riesigen Verschwörung
auf die Spur kommt, muss sie alle Register ihres mörderischen
Könnens ziehen.

grafit